MW01232312

Zu diesem Buch:

Der Roman führt in ein kleines Dorf in der Region Semmering. So verschieden wie die Menschen in dieser Geschichte sind, so unterschiedlich sind auch ihre Wünsche und Ziele – Liebe, Glück, Sex, Besitz und Reichtum. Die Lehrerin Iphigenie ist nicht mehr ganz jung, aber den Mann fürs Leben hat sie noch nicht gefunden. Iphi, so nennen sie ihre Freundinnen, lernt durch Zufall einen älteren Mann, der wie ein Einsiedler in einem abgelegenen Haus im Wald wohnt, kennen. John ist nicht auf der Suche nach einer Beziehung gewesen, aber den Gefühlen, die er für Iphi empfindet, kann er sich nicht entziehen.

Einer, der nur das Geld sucht, ist der in Wien lebende Otto, der durch vorgetäuschte Liebe und erfundene Geschäfte an das Vermögen der Frauen, die auf seine Versprechungen hereinfallen, kommen will.

Die gefährlichste Suche ist jene nach Rache. Die irre Ideologie der Nazizeit treibt einen Mann, der noch nach Jahrzehnten eine Schande seiner Familie rächen will. Sein Wahnsinn bedroht nicht nur Iphi und John, sondern auch die Bewohner des Dorfs.

Norbert Zagler

Schatten der Vergangenheit

© 2021 Norbert Zagler

Verlag und Druck:
tredition GmbH, Halenreie 40-44, 22359 Hamburg

ISBN
Paperback: 978-3-347-13675-5
e-Book: 978-3-347-13676-2

ZEITGESCHICHTE

Berichte von Zeitzeugen über die letzten Monate des Zweiten Weltkriegs und die letzten Kämpfe im Gebiet Semmering, Rax und Wechsel. Das bevorstehende Ende des Kriegs war abzusehen. Durch fanatisierte Mitglieder der NSDAP und der Hitlerjugend wurden in diesen Tagen noch Verbrechen an unschuldigen Zivilisten begangen. Wegen angeblichen Landesverrats wurden nach fadenscheinigen Prozessen Todesurteile ausgesprochen und unter grausamen Umständen vollstreckt.

31. März 1945: Die Aufregungen werden immer größer, da die Russen schon bis Kirchberg vordringen konnten. Unendliche Kolonnen von Flüchtlingen ziehen durch Schottwien.

1. April 1945: Um die Mittagsstunden konnten die Russen über Kirchberg bis Gloggnitz vordringen. Kleine Kämpfe in Gloggnitz und Schlöglmühl.

2. April 1945: Die Panzersperre in Schottwien wurde geschlossen, Schottwien geräumt. Die Russen rückten gegen Schottwien vor. Mittags 4 Russen in Schottwien

gesehen...Nach kurzem Kampf fiel Schottwien in die Hände der Russen...Großer Waldbrand in Gloggnitz am Silbersberg...

3. April 1945: Am Nachmittag besetzten die Russen ohne Widerstand Klamm und die Ruine Klamm. Starker Waldbrand von Schottwien bei den Hirschstadeln bis zum Pfarrhof Klamm...SS Gebirgsjäger besetzen den Semmering, Breitenstein und den Kreuzberg, mit der höchsten Erhebung den Kobermannsberg...In der Ortschaft Klamm wurde die Lehrerin von den Russen vergewaltigt.

6. April 1945: Schießerei in den Adlitzgräben...

8. April 1945: Beschuss von Maria Schutz. Maierhof brannte...

12. April 1945: ...um 15.15 begann bei uns der bis jetzt schwerste Kampf. Haus Wallner lag zwischen der deutschen SS und russischen Truppen.

23. April 1945: Da die Front beim Payerbacher Viadukt zum Stillstand gekommen war, wurde der am 1. April geräumte Gendarmerieposten Prein wieder besetzt. Neue Verhaftungswelle in Prein und Reichenau. Anna F. war mit ihren

Bewachern bei ihrem Kaffeehaus in Reichenau, Hauptstraße 79, angelangt, wo sie in den Keller geführt und durch mehrere Pistolenschüsse getötet wurde. Die gerade vorbeikommende Gendarmeriestreife G. und Z. wurde von den schwer bewaffneten HJ-Burschen gezwungen, die Leiche der Anna F. aus dem Keller herauszutragen und an einem Gartenpfeiler aufzuhängen. Als den beiden Gendarmeriebeamten beim Anblick der entstellten Leiche übel wurde, wurden sie von den HJ-Jungen als alte Schlappschwänze bezeichnet. Anna F. war mit einem roten Fahnentuch umwickelt und trug um den Hals eine Tafel mit der Aufschrift „Ich war eine Verräterin!"

25. April 1945: Am Eichberg keine Schießereien. Den ganzen Tag kommen Russen ins Haus...

8. Mai 1945: Um 10.15 kam ein Russe und sagte, ein Deutscher Sender um 10.00 Uhr hat gesagt: Alle deutschen Truppen, auch in Österreich haben kapituliert.

10. Mai 1945: Auf der Straße fuhren unendliche Kolonnen von Pferden und Autos. Viele russische Flieger flogen ganz nieder über Wörth....zu Hause schaute es fürchterlich aus...Herr und Frau D. lagen noch immer

unbeerdigt, so wie sie getroffen wurden, nur waren sie schon halb verwest.

11. Mai 1945: Herr B., Herr K. und Herr W. haben die Familie D. an Ort und Stelle ohne Sarg begraben. Diese Tagebücher sind noch nicht zu Ende, doch wiederholt sich alles, Gott sei Dank sind die Vergewaltigungen zurückgegangen, Plünderungen, Raub und Diebstahl leider weiter auf der Tagesordnung.

Sommer 1945: Zonengrenze in Tauchen. Nachdem die Engländer dann schon weg waren, hat die Jugend bei den Baracken am Sonntag oft mit der Ziehharmonika gespielt und getanzt. Einmal sind auch die Russen, zum Teil in Zivil gekommen, worauf die meisten aus Angst sofort nach Hause gelaufen sind. Aber es hat auch Österreicherinnen gegeben, die mit sowjetischen Offizieren Verhältnisse hatten. Ein sowjetischer Offizier, der bei einem Bauern oberhalb unseres Ortes ein Zimmer hatte, bekam immer Besuch von einer österreichischen attraktiven Frau. Im August 1955 haben uns die Russen dann verlassen. Das Haus meiner Tante haben sie mit langen Nägeln zugenagelt. Erst nach der Unterzeichnung des Staatsvertrages hat sie ihr Haus zurückbekommen.

Sommer 1946: An der Demarkationslinie wurde Johanna S. ermordet aufgefunden. Sie war vollkommen entkleidet und durch mehrere Messerstiche getötet worden. Der Mord war jedoch am Dachboden der Villa K. erfolgt und die Leiche danach erst an den Auffindungsort gebracht worden. Es dürfte sich um eine Eifersuchtstragödie gehandelt haben. Dann wurde wieder eine Frau von zwei Männern in sowjetischer Uniform vergewaltigt. Die Täter konnten von der sowjetischen Militärpolizei ausgeforscht und verhaftet werden.

Textteile der Tagebuchaufzeichnungen der 14-jährigen Hansi W. und der 16-jährigen Hermine W. Sowie Berichte der 17-jährigen Maria K. und Wilfried G., alle im Originalwortlaut, aus dem Buch: Geflüchtet, Vertrieben, Besetzt, von Friedrich Brettner, erschienen im Kral-Verlag GmbH, 2560 Berndorf.

WERWOLF

Eine vom Reichsführer SS Heinrich Himmler im Herbst 1944 gegründete Organisation für den Guerillakampf. Über diese Organisation ist nur wenig dokumentiert, obwohl es einige Ausgaben einer Werwolf-Zeitung und einen eigenen Sender gegeben hat. Die Werwölfe, eine Bezeichnung aus der germanischen Mythologie, sollten hinter den alliierten Linien Anschläge verüben und den Vormarsch des Feindes ins Deutsche Reich stören. Die Aufrufe fanden in der kriegsmüden Bevölkerung kaum Gehör. Gegen die alliierten Truppen wurden nur wenige Aktionen ausgeführt. Mehr Opfer gab es unter der einheimischen Bevölkerung, wenn fanatische Nazis vermeintliche Verräter ermordeten. In der deutschen Stadt Aachen traf dieses tragische Schicksal den Oberbürgermeister Openhoff. Er hatte die Stadt den Amerikanern übergeben. SS-Truppen eroberten die Stadt zurück, und zwei Männer richteten den Bürgermeister mit einem Kopfschuss hin. In Südbayern wurden mit Hilfe von Zwangsarbeitern Waffendepots angelegt. Als das Regime bereits am Ende ist, sendet der Werwolf-Sender noch immer Durchhalteparolen. Einige Aktionen verursachten bei den Besatzungsarmeen eine Hysterie, die nach Kriegsende zu einer unterschiedslosen Verfolgung von fanatischen Nazis, aber auch vollkommen unbeteiligten Jugendlichen und jungen Männern führte.

© Quelle: Wikipedia

PROLOG

Sie wehrte sich verzweifelt, mit allem, was ihr zur Verfügung stand. Sie schwang ihren Rucksack und wollte ihn dem Mann ins Gesicht schlagen. Einen Schlag mit der Handkante wehrte er ab. Sie wollte ihm einen Tritt in die Hoden geben, traf aber nur den Oberschenkel. Der Mann war nicht mehr sehr sicher auf den Füßen, trotzdem hatte sie keine Chance gegen ihn. Er war groß und massig. Sie wich zurück, bis ihr der Zaun den Weg versperrte. Dann war der Mann über ihr, riss sie um und drückte sie auf den Boden. Sein Gewicht auf ihrem Körper nahm ihr die Luft. Sein Atem roch übel nach faulen Zähnen und Schnaps. Sie versuchte noch, ihm einen Finger ins Auge zu stoßen, konnte ihm aber nur die Wange blutig kratzen. Der Mann packte sie und schloss seine Hände um ihren Hals. Sie hörte noch das wütende Bellen ihres Hundes und das Meckern der Ziege hinter dem Zaun, dann wurde es schwarz vor ihren Augen.

Es war der erste schöne Sonntag im April. Iphigenie hatte für die heutige Runde mit Bertl den Weg zur Höhe eingeschlagen. Beim Felsen oben war sie stehengeblieben. Der Aufstieg war anstrengender als ihre anderen Routen rund ums Dorf, aber kein Problem für ihre sportliche Kondition. Oben angelangt wurde sie mit einer eindrucksvollen Aussicht belohnt. Von den grünen Rücken der Ausläufer der Wiener Alpen zur Ebene hin, nach Süden und Westen zu Rax und Schneeberg, deren Bergflächen noch mit Schnee bedeckt waren. Die Hänge und tiefer liegenden Erhebungen zeigten schon Grün, aber der Frühling machte sich rar. Dieses Panorama war zu jeder Jahreszeit beeindruckend. Iphigenie atmete tief ein, wie um alles nicht nur mit den Augen aufzunehmen, sondern als Depot gegen ihre fallweise aufkommenden Depressionen in der Seele zu speichern. Heute war Sonntag und ein Mann an ihrer Seite fehlte ihr mehr als sonst. Einer, der diese Wanderung mit ihr machte, mit ihr sprach, ein Mensch, mit dem sie alles teilen konnte, Gutes und Schlechtes, Freud und Leid. Und dem sie in derselben Weise zur Seite stehen konnte.

Sexuell ging ihr nichts ab. Alles andere, was eine Beziehung erst richtig ausfüllt, war ihr mit der Liaison mit Eugen verwehrt. Sie bückte sich, um Bertl, ihren Beagle, zu streicheln, der sich zu ihren Füßen niedergelassen hatte. Der wenigstens war treu und immer bei ihr. Aber Eugen war genau genommen nicht untreu, zumindest ihr nicht. Er war verheiratet, das war was Anderes. Und dass er zu schwach war, sich von seiner Frau zu lösen, war auch was Anderes als Untreue. Ein Hallodri war er nicht. Das tröstete Iphigenie ein wenig. Es würde sich alles zum Guten wenden, wenn seine Kinder mit dem Studium fertig wären. Aber bis dahin würde Iphigenie eine alte Jungfer sein, bildlich gesprochen.

Sie folgte dem Weg weiter bis zu jenem Punkt, von dem aus man hinunter zur Stadt sah. Im Tal, zum Teil von einem Geländevorsprung verdeckt, breitete sich die kleine Stadt aus. Die Kirche mit einem Turm, der auch zu einer Burg gepasst hätte. Häuser, das Schloss auf einer Anhöhe, das Areal der großen Papierfabrik, der Fluss und dahinter die gerade Linie der Bahngleise, die dem Semmering zustrebten. Ein Bild wie eine Ansichtskarte, nur nicht so kitschig in den Farben. Es verleitete Iphigenie immer zum Philosophieren. Wie viele Menschen in diesen Häusern waren jetzt glücklich, wie viele unglücklich, wie viele besorgt über ihr Schicksal. Sie empfand etwas Tröstliches in diesen Gedanken, dass auch andere Leben nicht problemlos verliefen.

Iphigenie wollte sich zum Gehen wenden, als sie eine Rauchfahne bemerkte, die aus den Bäumen heraus in den Himmel stieg. Irgendwo da unten im Hang gab es ein altes Haus, von dem angeblich niemand im Dorf wusste, wer das gebaut und wer darin gelebt hatte. Beim Stammtisch nach der Chorprobe hatte Iphigenie einmal eine ältere Kollegin, eine Bäuerin gefragt, aber die glaubte nur zu wissen, dass es einmal als Jagdhaus gedient hätte und es seit

Jahrzehnten leer stünde. Aber geh dort nicht hin, der Wald ist verflucht, dort sind Menschen verschwunden. Als Iphigenie weiter bohrte, murmelte die Frau nur etwas von der Nazi-Zeit, niemand redete gerne darüber. Iphigenie fragte sich, wieso da jemals einer eine Baugenehmigung bekommen hatte. Bei der heutigen Bauordnung wäre das nicht möglich. Aber in den Anfangsjahren des vorigen Jahrhunderts waren die Behörden noch nicht so streng. Oder es gab keine Vorschriften, keinen Gedanken an den Schutz der Umwelt. Ein Haus mitten im Wald hatte nicht als Gefährdung der Natur gegolten. Die restriktiven Normen für Bauland, Grünland, landwirtschaftliches Gebiet wurden erst später aufgestellt.

Iphigenie ging ein paar Minuten den Höhenweg weiter und hatte den dichter werdenden Rauch immer im Blick. Sie zögerte, den Notruf 122 zu wählen. Sie wollte sich selbst ein Bild machen. Ein Waldbrand konnte gefährlich werden. Aber es war April, gestern hatte es fast den ganzen Tag lang geregnet. Im Sommer war ein Brand viel bedenklicher. Iphigenie würde das klären. Mit der, durch viele Schuljahre erworbenen Autorität, würde sie die Sache in Angriff nehmen.

Ein zögerlicher Mensch wäre vielleicht stehengeblieben, hätte die Feuerwehr gerufen und das weitere Geschehen nur beobachtet. Iphi zögerte nicht und tat den ersten Schritt. Wie sehr der ihr weiteres Leben beeinflussen würde, konnte sie nicht voraussehen.

Ein steiler, verwachsener Pfad, der vom Weg abzweigte, schien die Richtung zum Haus zu weisen.

Iphigenie und Bertl stolperten hinunter. Der Weg wurde breiter, flacher und endete vor einer Lichtung. Iphigenie erblickte ein Haus, das auf den ersten Blick wie eine kleine Ausgabe der Villen am Semmering wirkte. Erst bei näherem Hinsehen zeigte sich eine Verwahrlosung, wie sie entsteht, wenn ein Haus lange nicht bewohnt wird. Die Rauchsäule wurde stärker, sie kam nicht aus dem Rauchfang, sondern aus einem Fenster an der Seite.

Bertl bellte, dann war er wieder ruhig. Ein Beagle hat eher ein ruhiges Wesen, außer er stammt aus einer schlechten Zucht.

Das Bellen reichte, um Bewegung in die Sache zu bringen. Im Schatten eines großen Fliederbuschs bewegte sich etwas.

Iphigenie marschierte entschlossen darauf zu. In einem Liegestuhl saß ein Mann, der sich gerade aufrichtete. Seine Mühe dabei war nicht zu übersehen.

„Es raucht! Es brennt!"

„Ich bin Nichtraucher!"

„Ich will keine Zigaretten von Ihnen, es raucht aus einem Fenster!"

„Was?"

John dachte, was will die Frau von mir? Er war noch nicht klar im Kopf. Am Vormittag war alles schiefgelaufen. Zuerst hatte er beim Abwaschen sein liebstes Rotweinglas zerbrochen. Da ging immer was zu Bruch, aber dass es gerade dieses Glas sein musste. Danach hatte er im Wohnzimmer gearbeitet, wo er breite Deckenleisten montieren wollte. Er tat das nicht, weil ihn die fehlenden Leisten gestört hätten, beileibe nicht. Er werkte jeden Tag im Haus herum. Eine Therapie, die ihn davon abhalten sollte, in irgendeinem Sessel zu hocken, über sein Leben zu grübeln und sich mit Rotwein zuzuschütten. Die Gehrung mit der Handkreissäge ohne Schnittführung zu schneiden war mühsam. Nachdem er zwei Leisten verschnitten und bei der dritten den Winkel falsch gesetzt hatte, schmiss er alles hin. Er würde wieder ins Lagerhaus fahren müssen, was ihn genauso nervte wie der Einkauf von Lebensmitteln. Eigentlich nervte ihn alles, was von ihm abverlangt wurde, auch wenn er sich eine Arbeit selbst auferlegt hatte, um nicht ganz abzusacken, um halbwegs einen Sinn in sein Leben zu bringen. Und wieder die Flucht zu einem Buch. In das Leben anderer eintauchen, um das eigene für eine Weile zu vergessen. Wein und Mineralwasser, draußen im Liegestuhl. An dem Nordhang, an dem das Haus stand, war es schon auszuhalten. Irgendwann nach dem dritten Spritzer war er eingenickt. Später hatte er Hunger gespürt, eine Pfanne mit Öl auf den eingeschalteten Herd gestellt, um ein paar Erdäpfel zu braten. Irgendwas hatte ihn dann abgelenkt. Das war ihm schon öfters passiert. Eine Arbeit beginnen, an was Anderes denken, das eine stehen lassen, sich mit etwas Anderem beschäftigen. Er hatte sich wieder hingesetzt, weil er einen Gedanken zu Papier bringen wollte. Und während dessen war die Pfanne am Herd immer heißer und heißer geworden.

„Was ist los?"

„Drehen Sie sich doch um, dann sehen Sie es selbst!"

Bertl bellte wie zur Unterstützung und John

rappelte sich hoch und tat wie geheißen. Der Mann war groß, schlaksig und dünn wie ein ausgehungerter Marathonläufer.

Iphigenie hatte wenig Erfahrung mit Betrunkenen. Denen war sie immer aus dem Weg gegangen. Aber dass der Mann einiges intus hatte, erkannte auch sie. Als er endlich stand, überragte er sie um gut zwanzig Zentimeter. Iphi war mittelgroß, sie musste zu dem Mann aufschauen.

Er sah zum Haus hin und setzte sich in Bewegung. Bertl bellte und zog an der Leine. Iphigenie folgte ihm und so gelangten alle drei ins Haus.

In einer Pfanne am Elektroherd brannte Öl. Das Feuer hatte auf die Wandverkleidung aus Fichtenholz übergegriffen. Die Flammen zogen hinauf und hatten bereits den Plafond erreicht.

„Verdammte Scheiße!"

„Schnell, Wasser!" Iphigenie suchte nach einem geeigneten Gefäß und einem Wasserhahn.

„Nein, nur das nicht, da wird es nur schlimmer. Da spritzt das brennende Öl weg!"

John rannte in den Abstellraum, betätigte den FI-Schalter und schnappte den Feuerlöscher. Das Ding funktionierte und nach zwei Minuten waren Herd, Geschirr, Wand und Boden mit einem stinkenden Schaum bedeckt.

„Ich habe den FI Schalter gedrückt, jetzt kann nichts mehr passieren."

„Das hätte schlimm enden können." Iphigenie wollte zum gekippten Fenster, um es ganz zu öffnen.

„Nicht, ich mache das". Er drängte sie weg vom Fenster. „Kommen Sie hinaus an die frische Luft".

Iphigenie konnte noch einen Blick hinaus machen und sah drei kleine längliche Erdhaufen. Nicht mit einem Zwischenraum wie am Friedhof, sondern dicht nebeneinander. Auf jedem lagen dürre Zweige. Die wirkten wie Kreuze.

Gräber für Kinder, fiel Iphigenie als erstes ein.

Der Mann nahm sie am Arm und zog sie hinaus. Das gefiel Bertl gar nicht. Er knurrte und bellte. Iphigenie fühlte sich gar nicht wohl in dem Haus, so nahe bei einem Mann, von dem sie nichts wusste.

„Der Brand ist gelöscht, ich gehe jetzt wieder."

John ließ sie los. „Ich muss die Sauerei beseitigen."

„Also dann, auf Wiedersehen!"

„Auf Wiedersehen", und nach einigem Zögern, „und danke noch, dass Sie mich geweckt haben."

Iphigenie erwiderte nichts. „Bertl, komm wir gehen", diese Ankündigung wurde mit kurzem Wedeln des Schwanzes begrüßt. Die beiden marschierten den steilen Pfad hinauf zum Höhenweg. Sie wusste, dass der Mann ihr nachschaute, sie spürte seinen Blick im Rücken. Iphigenie war verwirrt. Auf Befragen hätte sie nicht erklären können, worauf das beruhte. Auf der Aufregung wegen des Brands oder auf dem Mann oder sonst was. Der Mann sah zerknittert aus, sowohl im Gesicht als auch im Gewand. Er zog sie an, zugleich war er auch unheimlich. Er hatte schöne blaue Augen, obwohl die etwas getrübt waren. Vielleicht hatte sie zu viele Krimis gelesen. Oder machte ihr das düstere Haus Angst und diese seltsamen Hügel mit den Kreuzen? Das alles wirkte auf sie wie der Ort für einen Gruselfilm. Iphigenie war erleichtert, als sie den Höhenweg erreicht hatten und ab da bei leichtem

Gefälle zurück ins Dorf gingen.

John hatte ihr wirklich nachgeschaut, bis die Frau samt Hund oben am Weg aus der Sicht kam. Es störte ihn, dass jemand in sein Refugium eingedrungen war. Andererseits konnte er ihr keinen Vorwurf machen. Er musste ihr sogar dankbar sein, dass sie den Rauch bemerkt und Schlimmeres verhindert hatte. Die Frau war auf eine eigene Art attraktiv. Ein bisschen streng vom Typ her. Keine Illustrierten-Beauty, aber ein intelligentes Gesicht, ausdrucksvolle Augen und eine angenehme Stimme. Früher einmal hätte er gerne ihre Bekanntschaft gemacht, aber diese Wallungen waren lange vorbei. Jetzt wollte er nur mehr so leben, wie er es sich früher vorgestellt hatte. Wie ein englischer Landedelmann.

John war anglophil. Er wusste, dass es lächerlich klang, sich selbst so zu bezeichnen, aber es war so. Sein längliches Gesicht passte dazu. In den Jahren seines beruflichen Weges hatte er begonnen, sich nach englischem Stil zu kleiden. Solide Stoffe, Tweed, hatte Pfeife geraucht und englische Romane gelesen. Aus Johann war dann John geworden und alle Freunde hatten ihn nur mehr so genannt. Nach seiner gescheiterten Ehe, den enttäuschenden Affären danach und der letzten Intrige einer bösartigen Frau war er fast zum Frauenfeind geworden. Vorläufig einmal. Er musste das noch verarbeiten, es beschäftigte ihn nicht immer, aber doch, besonders in der Nacht, wenn er grübelnd im Bett lag. Er hatte kein Interesse, keine Kraft für eine neue Beziehung. Er war in dieses heruntergekommene Haus gezogen, weil er weg wollte. Und weil er es geerbt hatte. Weg von der Stadt, weg von den Menschen. Hier wollte er seinen Traum von einem ungestörten Leben verwirklichen.

John ging zurück ins Haus und in die Küche. Betrachtete das Chaos und konnte sich nicht aufraffen mit dem Putzen zu beginnen. Er überlegte eine Radikallösung. Den alten Herd und die abgenutzten Möbel entsorgen, einen neuen Fußboden legen, eine Pantry kaufen, so was hatte er im Baumarkt gesehen. Eine Einheit aus Kühlschrank, Abwasch und E-Herd. Alles kein Problem, nur Geld würde es kosten. Und mit dem musste er sorgsam umgehen. John schenkte einen roten Spritzer ein und ging hinaus in den Garten, um über seine Baustellen nachzudenken. Irgendwie würde sich alles lösen lassen, so wie sich alles in seinem bisherigen Leben irgendwie ausgegangen war. Meistens aber nicht zu seinem Vorteil. Nur aktiver sollte er sein. Auch dieser Tag würde zerbröseln, verrinnen in Grübeleien, das wusste er schon jetzt. Nichts weitergebracht, viele Gedanken, vage Pläne, aber mehr als Laissez-faire kam meistens nicht heraus. Die Dinge laufen lassen, Nichts-Tun, die Franzosen drückten es eleganter aus. Manchmal fragte er sich, ob er nur aus Feigheit die Einsamkeit suchte. Kontakt zu anderen meiden, um nichts Falsches zu tun oder zu sagen, um über das eigene Verhalten nicht nachdenken zu müssen.

Nach einem Spritzer raffte sich John auf, suchte im Schuppen ein Brett, malte mit schwarzer Farbe die Worte: PRIVATBESITZ – KEIN DURCHGANG darauf. Das Brett nagelte er an einen Baumstamm an der oberen Grenze des Grundstücks. Dort wo der schmale Pfad in Johns Wiese einmündete. Etwa zweihundert Meter unterhalb des Hauses zweigte eine geschotterte Straße von der Landstraße ab. Auf der erreichte man mit dem Auto nach etwa fünf Minuten die Einfahrt des Grundstücks. Dort standen wie Torposten zwei dicke Bäume, auf denen ebenfalls Schilder mit PRIVATBESITZ befestigt waren. Manche Wanderer ließen sich nicht abhalten, die Straße zum Haus zu gehen. Erst wenn sie merkten, dass sie nicht weiterkamen, drehten sie um. Das Übel unserer Zeit, dachte John: jeder glaubt, dass die Regeln und Gesetze nur für die anderen gelten, nicht für ihn selbst. Er war nicht besser, nicht anders, aber das blendete er aus.

Gegen elf Uhr nachts setzte das angsteinflößende Geheul der Sirene eines Ortes im anderen Tal ein. Wenig später folgte die Sirene von Hochdorf, der Ort, in dem Iphi lebte. Er lag auf einem Plateau, das nördlich und südlich von Flusstälern begrenzt wurde. In der Rekordzeit von zehn Minuten trafen die ersten Wehrmänner aus einer Stadt im Tal ein und machten sich fertig für den Einsatz. Ein Bauernhof brannte! Etwa fünf Kilometer außerhalb des Dorfs gelegen. Als der erste Löschtrupp einlangte, schlugen die Flammen schon meterhoch aus den Fenstern des ersten Stockwerks und aus dem Dachstuhl. Ein alter Bauernhof, das Erdgeschoss gemauert, der erste Stock ein Holzbau. Weitere Feuerwehren trafen ein, darunter auch die von Hochdorf. Alle waren machtlos gegen die wütenden Flammen, die wie bei einem gigantischen Sonnwendfeuer in den nächtlichen Himmel loderten.

Die Wehren konzentrierten sich darauf, ein Übergreifen des Feuers auf Stall und Nebengebäude zu verhindern. Mehr konnten sie nicht mehr tun. Zum Glück gab es am Hof keine Viehzucht mehr, der alte Bauer hatte schon vor Jahren seine Kühe verkauft und die Futterwiesen verpachtet. Die Männer des Dorfs wussten, dass er und seine Frau hier lebten. Da die beiden bis jetzt nicht erschienen waren, musste man das Schlimmste befürchten. Ein Trupp, der mit Atemgeräten ausgerüstet war, ging unter Gefahr für das eigene Leben ins Haus, konnte aber das Ehepaar im Erdgeschoss nicht finden. Ein Vordringen ins Obergeschoss war unmöglich. Wenn die beiden den Weg aus dem ersten Stock hinunter aus dem Haus nicht geschafft hatten, war das Schlimmste zu befürchten.

Das bewahrheitete sich am Morgen, als die verkohlten Leichen entdeckt wurden. Die zwei alten Menschen waren im Schlaf überrascht worden und hatten sich nicht mehr retten können. Später am Vormittag begannen die Ermittler mit ihrer Arbeit. Die Brandursache war schnell gefunden worden. Ein Feuerteufel hatte zwei Kanister Benzin über den Stapel Holz an der Hinterfront des Hofs ausgeleert.

Einen Tag darauf wurde im Briefkasten des Hauses ein handgeschriebener Zettel gefunden.

Das ist die verdiente Strafe dafür, dass der Bauer im Krieg Deserteure versteckt und mit Essen versorgt hat. Die aufrechten deutschen

Männer haben im Kampf gegen die rote Brut ihr Leben geopfert und diese feigen Hunde konnten sich verstecken. Nichts bleibt ungesühnt.
Der Werwolf!

Verena Schmidt stand nackt vor dem Spiegel im Vorzimmer. Also nicht ganz nackt, Höschen und BH, vor kurzem bei Palmers erworben, hatte sie an. Sie drehte sich hin und her und freute sich, dass die Figur nicht aus dem Leim gegangen war, soweit wollte sie es nicht kommen lassen. Sie war vollschlank, kein am Hungertuch nagendes Haut-Couture-Model, genau jene Figur, die viele Männer liebten. Verena hatte einige Kolleginnen, die ihren Frust über den falschen Mann mit Essen kompensierten. Sie war da anders. Viele Frösche hatte sie geküsst. Ein paar hatten sich in einen Prinzen verwandelt, um nach kurzer Zeit wieder in das grüne Kostüm zu schlüpfen. Ein jeder in der Meinung, die Frau läge ihm nun zu Füßen, jede weitere Anstrengung sei überflüssig. Das glaubten sie so lange, bis Verena mit ihrem Fuß draufgetreten war und das Hüpftier zerquetscht hatte. Sinnbildlich halt.

Sie war nun im fünften Jahrzehnt ihres Lebens und noch immer auf der Suche nach einem Mann, bei dem es Klick machen würde, bei ihr und auch bei ihm. Schlecht war es ihr in den Jahren der Affären nicht ergangen. Manche Verabschiedungen waren einfach, andere etwas schmerzlicher. Dann genoss Verena den Schmerz, gab sich ihm hin. Vielleicht für eine Woche oder auch zwei, aber dann war es vorbei. Also ein Indiz, dass die ganze Sache keinen Tiefgang gehabt hatte. Das beste Mittel gegen Liebeskummer war Shoppen. Eine Tour durch die City, eine neue Bluse, ein neues Kleid, Ohrhänger mit Amethyst oder ein Ring mit Bernstein, alles wirksamer gegen

Liebeskummer als Essen oder Beruhigungsmittel. Oder ein Urlaub, bei dem dann ein neuer zu erlösender Frosch auftauchen konnte.

> Akademiker, 50+, 184, NR, sucht feminine Begleiterin für kulturelle Veranstaltungen und Wanderung in der Natur. Diese Erlebnisse sollen die Basis für einen Gedankenaustausch und gemeinsame Stunden bilden. Zuschriften unter „13677825" an die PRESSE.

So war es an einem Samstag in der PRESSE Rubrik – Er sucht Sie - zu lesen. Verena hatte ein kurzes Schreiben verfasst, ohne allzu viel von sich preiszugeben, allerdings hatte sie ihre Handynummer angegeben, sie hatte nichts zu verbergen. Und gegen einen lästigen Anrufer würde sie sich zu wehren wissen. Acht Tage später läutete gegen sechs Uhr abends das Telefon. Verena war ganz Ohr. Eine angenehme, sonore Stimme. Er habe einige Zuschriften erhalten, ihr Brief habe ihm besonders gut gefallen und er würde sie gerne kennenlernen.

Das beruhte auf Gegenseitigkeit und es wurde für den nächsten Sonntag ein Rendezvous im Café Diglas in der Wollzeile vereinbart. Nach Verenas Erfahrungen ein gutes Zeichen, denn verheiratete Männer hatten an einem Wochenende nie Zeit. Als Erkennungszeichen würde die PRESSE am Tisch liegen. Der neue Frosch würde ein dunkelblaues Leinensakko tragen und eine flaschengrüne Krawatte mit schmalen roten Querstreifen und kleinen goldenen Wappen anlegen.

Verena war es recht so. Wenn er ihr nicht gefiel, konnte sie jederzeit das Café verlassen, ohne sich zu erkennen zu geben. Nach dem kurzen Gespräch war sie aufgeregt. Sie wusste nicht einmal seinen Namen. Er hatte sich am Telefon vorgestellt, aber Verena hatte das nicht genau verstanden und wollte nicht nachfragen. Im Moment war es ihr egal. Einen Teil des Abends verbrachte sie vor dem vierteiligen Kleiderschrank in vollkommener Unschlüssigkeit. Das Date war für Sonntag, zwei Uhr, ausgemacht. Heute war Donnerstag, sie hatte also genug Zeit, sich am Freitagnachmittag in der City nach der neuesten Frühjahrsmode umzusehen. Geld sollte dabei keine Rolle spielen.

Das Haus muffelte wie immer, wenn Otto es nach Wochen der Abwesenheit wieder aufsuchte. Kein Wunder, alles war alt, abgewohnt, seit Jahren, wenn nicht Jahrzehnten, nichts erneuert. Möbel aus dem vorigen Jahrhundert, für Nostalgiker alles von großem Reiz. Ihm war es egal. Er hatte es für ein Jahr über einen Makler gemietet und im Voraus bezahlt. Der Makler, eine zwielichtige Gestalt, war froh, die Provision in bar zu kassieren. Er hatte das Geld genommen, ohne von Otto einen Ausweis zu verlangen. Der Eigentümer lebe in England und dem sei alles egal, der sei vermögend, wolle nichts investieren, verkaufen jedoch auch nicht. Zuletzt sei das Haus vor zwei Jahren an ein junges Paar vermietet gewesen. Als denen das Geld ausging, mussten sie ausziehen, so erzählte ihm das der Makler.

Ein Kabinett war mit einer grellroten Farbe ausgemalt, die in den Augen schmerzte. Egal, Otto musste es nicht betreten.

Das Haus passte sehr gut zu seinen Plänen. Die Miete war günstig, er hatte das Geld von seinem Kapital genommen, das dahin schmolz wie der letzte Schnee in der Märzsonne. Am Zustand des Hauses hatte er nichts geändert. Er hatte nur die Fenster geputzt, Küche, Bad und Klo gereinigt, die Teppiche und Sitzmöbel gesaugt, dann war das Haus benutzbar, vorausgesetzt einer wollte es nicht für den Rest seines Lebens zum Wohnsitz machen. Er öffnete alle Fenster und Türen und ging hinaus in den Garten. Der war, im Gegensatz zum Haus, sehr erfreulich anzusehen. Zumindest nach seinem Geschmack. Ein großes, verwildertes und verwachsenes Areal, in dem sich einer verlieren konnte. Das war eine Umgebung, die zum Verstecken einlud. Sich verbergen vor neugierigen Blicken. Die Gärten mit weiten Rasenflächen hatte er nie gemocht. Die Rückfront bildete die Mauer des Friedhofs Rodaun, rechts und links grenzten Gärten an. Dichte Thujen an den Zäunen aus Maschendraht verwehrten von außen den Einblick in das Grundstück. Vorne an der Kheckgasse, einer stillen Rodauner Seitengasse, boten sich nur die Küchenfront und die Fenster des Klos und Abstellraums dem neugierigen Passanten. Aber da ging sowieso selten jemand vorbei.

Mit einem Glas Zweigelt setzte er sich hinter dem Haus in einen der alten, stoffbespannten Liegestühle. Nostalgie in Reinkultur. Das Leben hier ließe sich genießen, wenn seine Finanzlage nicht so prekär wäre.

Für morgen hatte er Termine im Café Mozart und im Café Museum ausgemacht, für übermorgen im Café Diglas und im Prückl. Bei ihm hieß das immer nur Termin, nicht Rendezvous. Schließlich handelte es sich ja um ein Geschäft, irgendwie halt. Auf seine Annonce hatte er in der Vorwoche zwölf Briefe erhalten. Heute hatte er noch ein Sammelkuvert der PRESSE vorgefunden. Nochmals fünf Zuschriften. Er bevorzugte dieses altmodische System der Akquisition. Da konnte er seine wahre Identität leichter verbergen, als wenn er seine Fühler übers Internet ausstreckte. Bei diesen Betrügereien kannte er sich nicht so gut aus. Aus der ersten Welle der Briefe hatte er neun ausgewählt. Nach einem System, das er auf Grund seiner jahrelangen Erfahrungen mit Frauen aufgestellt hatte. Drei Schreiben waren gleich in der Rundablage gelandet. Krakelige Schrift, wenige Zeilen, strotzend von orthografischen Fehlern. Das wollte er sich nicht antun, ein wenig Spaß sollte es doch machen. Die Post von heute würde er sichten. Wenn da weitere interessante Damen dabei waren, konnte er das am darauffolgenden Wochenende erledigen. Und dann die Arbeit im Detail angehen. Zu viel auf einmal erforderte eine genaue Planung. Bei so vielen Namen war es kompliziert. Er war nicht mehr der Jüngste. In der Anzeige hatte er 50+ geschrieben. Heuer hatte er den sechzigsten Geburtstag gefeiert. Also nicht wirklich gefeiert. Es gab niemanden, der ihm gratuliert hätte. Die Feier bestand in einem Besäufnis mit dem teuersten Rotwein, den er in einem Super-Markt hatte finden können. Und mit Erinnerungen an Patricia, an Hongkong, an Gwendolyn, an New Jersey, an das prachtvolle Anwesen in Montvale. Und an vieles andere, an das er nicht hatte denken wollen. Wie auch immer, Geburtstage waren eh nicht interessant. Man glaubt nur, einen gewissen Tag feiern zu müssen. Weil man sich für wichtig hält. Weil man glaubt, für andere wichtig zu sein. Das mit fünfzig plus ging locker durch. Niemand würde ihn auf sechzig schätzen. Als Knabe in der Pubertät hatte er gelitten, weil der Bart nicht sprießen wollte. Alle Freunde konnten am Kinn herum schaben, nur bei ihm tat sich nichts. Nun war die späte Entwicklung ein Vorteil.

Otto Karl Sedlacek war immer ein Schwindler gewesen, ein Angeber. Mehr scheinen als sein. In den letzten Jahren hatte er sein Leben nur durch krumme Geschäfte finanziert. Er hatte schon gearbeitet, aber immer nur den bequemsten Weg gesucht und auch gefunden. Davor hatte er sich von zwei Ehefrauen erhalten lassen. Sein gutes Aussehen und die glatten Manieren, seine Eloquenz und Belesenheit hatten die Frauen fasziniert. Seine Erscheinung war das einzige Kapital, das noch nicht verbraucht war. Und nun war es an der Zeit, es wieder zu nützen. Bevor die Zeit auch das in Falten legen würde.

Der Abend war lau, der Frühling hatte im Garten sein Werk begonnen, aber trotzdem konnte Otto sich nicht entspannen. Er kreiste im Labyrinth des Gartens, weil er ruhelos war. Vom Wein war er noch nicht genug betäubt, um nicht an jenen Tag im Frühling des vorigen Jahres denken zu müssen, an dem sich die unglückliche Affäre mit Beate erledigt hatte. Also nicht direkt durch ihn, aber irgendwie doch.

Otto wollte den Namen aus seinem Gehirn verbannen. Darum hatte er es als Fall B. bezeichnet, als ob es sich nicht um einen Menschen gehandelt hätte, sondern um eine Sache, einen schlecht verlaufenen Geschäftsfall. Diese Frau, mit ihrer maßlosen Überheblichkeit, hatte geglaubt, ihn in die Knie zwingen zu können. Natürlich war sie ihm geistig überlegen. Sie musste seine substanzlose Attitüde des Intellektuellen bald durchschaut haben, aber in ihrer schwärmerischen Verliebtheit hatte sie das lange verdrängt. Nach und nach war ihr ein Licht aufgegangen. Und nicht nur das. Sie hatte begonnen, ihn zu überwachen. Als sie Klarheit über seine Scheinexistenz, Schauspielerei und Verlogenheit gewonnen hatte, war sie ihm gefährlich geworden. Sie wollte ihn blamieren und hatte mit einer Anzeige gedroht. Während einer kleinen Wanderung im Wechselgebiet war es zum Eklat gekommen. Beate hatte ihn mit einer Nagelfeile attackiert. Sie wollte ihm das Gesicht zerschneiden. Er hatte sich wehren müssen. Sein Gesicht war das einzige Kapital, über das er verfügte. Vielleicht war seine Abwehr zu hart gewesen. Beate war auf der Forststraße gestürzt und liegengeblieben. An das, was dann geschehen sein mochte, wollte er nicht denken. Er war bis zum Wirtshaus in dem kleinen Dorf gewandert und hatte sich dort betrunken. Er hatte nichts mehr von Beate gehört. Hatte sie sich wirklich umgebracht? Otto lebte in so vielen Scheinwelten, dass er beliebig an etwas glauben oder es leugnen konnte. Und was war mit den Beweisen für seine Betrügereien, mit denen sie immer wieder gedroht hatte? Die Polizei war nicht bei ihm erschienen. Schuldig fühlte er sich nur in geringem Maß. Und mit dieser Sicht der Dinge beruhigte er sich selbst. Seine immense Fähigkeit, alles zu verdrängen, hatte sich schon früher bewährt. In letzter Zeit jedoch war ihm das schwergefallen. Der Fall B. war doch ganz anders als die unzähligen Affären der letzten Jahre. Eigentlich war es dabei gar nicht um Geld gegangen wie sonst. Der Sex hatte ihn süchtig gemacht. Sie war ein Vulkan im Bett, jede Stunde mit ihr glich einer Lesung aus dem Kamasutra. Otto hatte nie versucht, bei ihr Geld herauszuholen. Er hatte sie quasi als Zweitfrau halten wollen. Aber natürlich hatte er andere Frauen getroffen, die seinem Geschäftsmodell entsprachen. Schließlich musste er Geld verdienen. Beates Eifersucht hatte zu gewaltigen Streitereien geführt. Heute war er von Bad Hofgastein zurück nach Wien gekommen. Dort hatte er eine Zeitlang die Witwe eines deutschen Industriellen hofiert und auf deren Kosten gut gelebt. Er wurde alt. In früheren Zeiten wäre er nach Paris oder sonst wohin geflogen, um mit einer neuen Umgebung neue Projekte zu beginnen. Nun musste Bad Hofgastein genügen. Das Budget gab großartige Reisen nicht mehr her. Jedenfalls waren neue Kontakte dringend erforderlich, um die Finanzlage zu verbessern. Mit diesen Gedanken ging er ins Haus und trank weiter. Der Fall B. musste weggeschwemmt werden. Der ging ihm manchmal doch auf die Nieren.

Montagabends um sieben Uhr Chorprobe. Iphigenie freute es heute gar nicht. Nach Schulschluss hatte sie sich mit Eugen im Café im Nachbarort, etwa 10 Kilometer entfernt, getroffen. Da war sie schon schlecht gelaunt gewesen. Sie hatten eine Weile über die Herausforderungen ihres jeweiligen Schultages geredet.

„Iphi, fahren wir in die Bücherei?", fragte Eugen und setzte sein charmantes Lächeln auf, dem sie so oft verfallen war. Fesch war er ja, ähnelte ein wenig Joachim Fuchsberger, einem Filmstar der 60-er Jahre. Eugen war fast acht Jahre älter als Iphi. Grau an Haupt und Schläfen, gerade diese Reife hatte sie in seine Arme geführt. Anflüge eines Vater-Komplexes hatte Iphi sich eingestanden. Ihr Vater, Professor für Deutsch und Griechisch, war fast bis zu ihrem dreißigsten Jahr der bestimmende Teil ihres Lebens gewesen. Iphigenie Clarissa war sein Ein und Alles und ihre späte Heirat hatte ihn schwer getroffen. Die Ehe war nur vier Jahre lang gut gegangen, dann hatte die Unreife ihres etwas jüngeren Mannes und ihre eigene Starrsinnigkeit, ein Auf und Ab von Streitereien und anschließenden Versöhnungen letztendlich doch zur Scheidung geführt.

Bücherei war das Codewort für den Parkplatz beim Wanderweg zur Schutzhütte am Lärchenkogel. Den Code konnten sie auch benutzen, wenn sie in einer Runde von Kollegen zusammensaßen. Unter der Woche war kaum jemand unterwegs zur Schutzhütte. Eugen stellte sein Auto etwas weiter weg ab und stieg zu ihr ein. Sie schmusten und vögelten am Rücksitz wie Teenager. Wann immer er seine Abwesenheit für eine oder mehrere Nächte zu Hause mit beruflichen Erfordernissen begründen konnte, war sie ihm nach Wien oder sonst wohin gefolgt. Dann verbrachten sie die Nacht miteinander. War der sinnliche Rausch dieser wilden erotischen Stunden verflogen und wenn sie ermattet nebeneinander im Bett lagen, hatte Iphi immer die Frage gestellt, wann er sich endlich von seiner Ehefrau trennen würde. Die Antwort war immer die gleiche. Sie müsse verstehen, dass er die Kinder nicht allein lassen könne. Er liebe seine Frau nicht, die Ehe sei zerrüttet. Seine Frau und er würden nur wegen der Kinder und seiner Stellung als Direktor des Gymnasiums den Schein wahren. Sobald die Kinder großjährig wären, würde er die Scheidung einreichen. Iphigenie hatte sich beruhigen lassen, hatte sich bereitwillig immer wieder dem Selbstbetrug hingegeben.

Aber heute war alles anders. Gestern abends war sie zu einem Entschluss gekommen.

„Nein, heute nicht und morgen nicht und nie mehr!" Das kam schärfer heraus als sie beabsichtigt hatte. Es war, als müsse sie ihren Standpunkt durch lautes Verkünden vor sich selbst verteidigen.

„Iphi, was ist denn? Du weißt doch, wie es mir geht!"

Er denkt nur an sich selbst, ging es ihr durch den Kopf.

„Es muss einmal eine Entscheidung geben, entweder für deine Frau oder für mich!"

„Aber gerade jetzt kann ich mich nicht scheiden

lassen. Ich habe vorige Woche erfahren, dass ich gute Chancen für die Stelle des Bezirksschulinspektors habe. Eine Scheidung geht jetzt gar nicht!"

Iphigenie überfiel von einem Moment auf den anderen eine Gleichgültigkeit. Wie banal ist das Gerede, dachte sie, wie viele Paare auf der weiten Welt führen diese Diskussion. Warum habe ich mich diesem Mann immer wieder in die Arme geworfen? Nur aus Einsamkeit? Iphi verfügte über genug Selbstkritik um sich einzugestehen, dass auch ihr Bedürfnis nach Sex eine Rolle gespielt hatte. Aber einmal musste Schluss sein!

Sie stand auf und sagte: „Überlege es dir, es ist deine Entscheidung!", und verließ den verdutzten Eugen und das Lokal.

Sie fuhr schnell weg, als gäbe es hier eine Gefahr für sie. Erst zu Hause fragte sie sich, was heute in ihr vorgegangen sei, fand aber keine Antwort. Vielleicht war es richtig so, vielleicht auch falsch. Iphi war mit sich selbst nicht im Reinen. Und darum war sie schlecht gelaunt, wollte die Chorprobe spritzen. Ihr Pflichtgefühl, auch wenn es nur um die Probe ging, ließ sie ihren Entschluss ändern. Außerdem würde sie auf andere Gedanken kommen. Und noch was ging ihr durch den Kopf. Elli, die Gemeindesekretärin, sang auch beim Chor, die konnte sie zu dem Haus im Wald fragen. Dieser Gedanke war jäh entstanden. Nur fragen halt, nichts weiter. Schließlich sollte man in einem kleinen Dorf die Leute kennen.

Nach neun Uhr abends war die Probe beendet. Ave Verum Corpus von Mozart und Die Waldandacht, ein altes deutsches Lied, und noch einiges anderes, standen für Ostern auf dem Programm. Besonders ersteres machte den Männern vom Bass Probleme. Die Tenöre meisterten alle Passagen müheloser, desgleichen die Damen vom Alt und Sopran, die die Mehrheit im Chor bildeten. Überhaupt waren die Damen die Viferen, merkten sich die Texte leicht, fanden schneller in ein Stück hinein. Elli sang mit glockenheller Stimme das Solo in der Waldandacht, und dann war Schluss für diesen Abend.

Einige eilten nach Hause, der Rest blieb bei dem einen oder anderen Gläschen im Wirtshaus sitzen. Am Stammtisch konnte es eng werden, aber das störte niemanden. So entwickelten sich einzelne Gesprächsrunden, je nachdem, wen man gerade zum Nachbarn hatte. Wie meistens, saß Iphi neben Elli und Jutta. Sie erzählte ihr vom gestrigen Spaziergang, dem alten Haus mit dem seltsamen Mann und dem Brand in der Küche.

„Das hätte aber gefährlich werden können."

„Ja, drum musste ich dahin!"

„Hast du keine Angst gehabt?"

„Ich habe nicht nachgedacht. Ich habe den Rauch gesehen und bin hinunter marschiert. Der Bertl war ja bei mir."

„Ob dich der beschützen kann? Du allein mit dem Mann in dem Haus, ich weiß nicht..."

Elli hatte eine lebhafte Fantasie. Kein Wunder bei den Nachrichten, die einem von Zeitungen und TV täglich serviert wurden.

„Wer lebt denn in dem Haus? Weißt du was über den Mann?"

„Nein. So wie du das schilderst, ist das die Nordseite von der Tannleiten, das gehört nicht mehr zu unserer Katastralgemeinde."

Barbara mischte sich in die Unterhaltung ein: „Ist das nicht das Geisterhaus?"

„Was?"

„Ja, das könnte es sein", sagte Jutta. „Meine Großmutter hat das erzählt. Das Haus hat ein älterer Mann aus dem Tal drüben gebaut. Der wollte mit seiner Frau da leben. Die war etliche Jahre jünger und ist ihm bald davongerannt."

„Und dann hat er sich auf der Veranda aufgehängt und ist erst nach Wochen gefunden worden", ergänzte Elli.

„Und dort solle es jetzt geistern?" Iphi war skeptisch. „Also ich habe nichts bemerkt. Der Mann, der jetzt dort wohnt, war durchaus lebendig!"

„Bei Tag sicher nicht, aber in der Nacht…!"

Jede aus der Runde wusste auf einmal etwas zu der gruseligen Geschichte.

„Zweimal haben Leute darin wohnen wollen und sind nach kurzer Zeit wieder ausgezogen, weil sie es nicht ausgehalten haben."

„Ich glaube nicht an Geister!"

„Gib es zu, der Mann interessiert dich! Wie hat denn der ausgesehen? Ist er fesch?"

Iphi versuchte Elli eine Beschreibung des Mannes

zu geben, tat sich aber schwer dabei. Das Bild in ihrem Kopf war diffus. Ein Gesicht voller Falten und Kanten.

„Ich kann es nicht sagen. Er ist nicht mehr jung, noch nicht alt, irgendwie wirkt er verwahrlost. Nein, nicht verwahrlost, eher wie einer, dem es egal ist, was er anhat."

„Kein Wunder, wenn er allein im Wald haust."

„Also, der interessiert dich schon, oder?"

Iphi wehrte ab, als müsse sie sich gegen eine unsittliche Anschuldigung wehren. „Was denkst du denn? Der ist mir doch viel zu alt! Es ist nur seltsam, dass sich ein Mensch so ein einsames Leben im Wald aussucht."

„Spinner gibt es genug. Vielleicht ist der untergetaucht, vielleicht ist er ein gesuchter Verbrecher."

„Geh, hör auf, was du dir schon wieder ausdenkst. So gefährlich schaut er nicht aus."

„Na du bist naiv. Glaubst du, man kann einem Menschen im Gesicht ablesen, was für einen Charakter er hat?"

„Das nicht, aber gewisse Eigenschaften kann ich schon bei einem Kind erkennen. Die zeigen sich ganz früh. Aber du hast natürlich Recht. Ein Erwachsener kann sich verstellen."

„Also sei vorsichtig!"

„Aber ich geh´ doch dort nicht mehr hin."

„Vielleicht kann ich einmal die Kollegin im Stadtamt fragen, ob die etwas über den Einsiedler weiß."

„Wie du glaubst, so wichtig ist es ja nicht."

„Wie heißt der denn, weißt du das?"

„Nein, er hat sich nicht vorgestellt."

Elli schüttelte den Kopf. Sie machte sich Sorgen um ihre Freundin. Iphi wechselte das Thema. Sie hatten genug zu bereden. Alle wussten von Iphis Verhältnis mit Eugen. So konnte sie ihr Herz erleichtern. Die anderen auch, denn das Leben in einer Zweierbeziehung verlief nie ohne Reibungen. Es wurde ein langer Abend mit vielen Aperol Spritzern.

An einem Nachmittag im April öffnete ein Mann eine Kassette aus Blech, breitete den Inhalt auf dem großen Tisch einer Bauernstube aus und ordnete ihn zu verschiedenen Stapeln. Bündel von amtlichen Schriftstücken. Kopien von Dokumenten, einige alte Fotos und wenige von Hand beschriebene Blätter und eine Pistole P38 mit einer Schachtel Patronen.

Der Mann saß bewegungslos da und betrachtete das alles. Nach einer Weile stand er auf, ging zur Kredenz in der Bauernstube und nahm einen Schluck aus einer Schnapsflasche. Der Mann hinkte zurück zum Tisch und blätterte die Schriftstücke durch. Dann begann er die handschriftlichen Aufzeichnungen genau zu lesen. Das nahm einige Zeit in Anspruch. Die Dokumente seines Vaters und besonders die handschriftlichen Aufzeichnungen seines Großvaters und noch ältere eines Großonkels waren an einigen Stellen nur mit Mühe zu entziffern.

Nachdem er alles gelesen hatte, holte der Mann den Birnenschnaps zum Tisch. So musste er nicht so oft aufstehen, das Bein schmerzte wie immer, wenn sich nasses Wetter ankündigte. In der Stube war es fast finster. Das alte Haus in einem abseits liegenden Graben des Tals bekam nur im Hochsommer einige Strahlen der Sonne ab. Düster war es hier meistens.

Der Mann trank und las das eine oder andere Blatt nochmals. Nun verstand er auch, warum der Vater über die früheren Zeiten nie gesprochen hatte. Der Mutter hatte er das Wort verboten. Er war ein strenger Mann gewesen. Über die Verwandten mütterlicherseits durfte auch nicht geredet werden.

Vor drei Wochen war die Mutter im Bett gestorben. Erst nach ihrem Tod hatte er den Schlüssel zur Kommode von der Kette an ihrem Hals nehmen können.

Er war nicht so schnell im Denken, aber nach und nach formte sich ein vager Plan in seinem Kopf. Der Vater war begraben. Die Mutter lag seit ihrem Tod im elterlichen Schlafzimmer. Er hatte sie zugedeckt, ihre Hände gefaltet und die Tür versperrt. So sorgte sie noch nach ihrem Tod für den Sohn. Ihre Pension würde seine kärgliche Invalidenrente aufbessern. Vater und Mutter konnten ihn nicht mehr abhalten von dem, was er vorhatte.

Es war fünf Minuten nach der vereinbarten Zeit, als Verena das Café Diglas betrat und sich suchend umsah. Das Café war gut besucht und die vielen Wienbesucher aus dem In- und Ausland erzeugten einen Geräuschpegel, der mit der ruhigen Stille eines Wiener Cafés der früheren Zeiten nichts gemein hatte. An einem Tisch an der Wand saß ein Mann. Vor ihm auf dem Tisch lag die PRESSE. Dunkelblaues Leinensakko, flaschengrüne Krawatte mit kleinen goldenen Wappen. Der musste es sein.

Der Mann stand auf, er war gut einen Kopf größer als Verena. Ein Mann zum Anlehnen.

„Es freut mich, dass Sie gekommen sind!"

„Ich habe mich ein wenig verspätet."

„Kein Problem, auf eine schöne Frau wartet ein Mann gerne! Gestatten Sie, dass ich mich vorstelle, Carl Cornelius Otto von Scheuchenstein, hier ist meine Visitenkarte."

„Danke!"

Verena war aufgeregt. Als der Mann aufgestanden war, hatte es Klick gemacht. Sie wusste sofort, der musste der ihre werden. Das war ein Mann mit Manieren. Der Mann, den sie so lange gesucht hatte. Und dieses neue Gefühl zauberte eine feine Röte auf ihre Wangen.

Nach einigen Minuten waren die ersten Förmlichkeiten absolviert, der Ober hatte ihr eine Melange serviert und Verena hatte einen Blick auf die Visitenkarte geworfen.

Carl Cornelius Otto von Scheuchenstein, Ph.D.

Dem Mann war das nicht entgangen, „Mein

Großvater war ein Verehrer des Kaiserhauses, mein Vater wurde auf Franz Joseph getauft, mir ist Carl und Otto zugeteilt worden. Aber lieber ist mir Cornelius, das kann man schwer abkürzen oder verhunzen."

Sie plauderten eine Weile über das Geschick der Eltern, für den Nachwuchs mehr oder weniger glückliche Namen zu wählen. Der Mann berichtete über Studien, die aussagten, dass bei schriftlichen Bewerbungen gewisse Vornamen ungünstig eingestuft werden.

„Ist die Bezeichnung von in Österreich nicht verboten?"

„Ja, aber es ist halt eine so schöne alte Tradition. Mein Großvater war Bezirkshauptmann in Olmütz und wurde vom letzten Kaiser Karl anlässlich eines Besuchs in der mährischen Stadt geadelt. Der Kaiser ist mit dem Zug angereist, hat sich von den lokalen Honoratioren der Treue zum Kaiserhaus versichern lassen und hat dafür Adelstitel verliehen. Man nennt es auch Seh-Adel oder Bahnhofs-Adel. Aber mir gefällt es trotzdem. Halten Sie mich nun für einen Angeber?"

„Aber nein! Ich finde das von den Sozialisten sowieso lächerlich. Es ist einfach Teil unserer österreichischen Vergangenheit. Das Gesetz gehört schon längst abgeschafft. Und der Titel ist ein wichtiger Teil Ihrer Familiengeschichte."

„Da haben Sie recht. Und in Amerika hat das niemanden gestört."

Zwei Stunden vergingen im Fluge. Der Mann war fesch, eloquent und gescheit. Verena wusste jetzt vieles über ihn. Er hatte von Amerika erzählt, wo er den Ph.D., den doctor philosophus, erworben hatte. Für sie, als magistra rerum socialium oeconomicarumque, war der Titel noch ein Punkt obendrauf, aber auch ohne den Ph.D. hätte sie diesen Mann zum Menschen für den Rest ihres Lebens erwählt. Nach dem Kaffee hatten sie ein Glas Prosecco getrunken und sich glänzend unterhalten. Ein Gespräch quer durch Politik, Gesellschaft und Kultur, und sie entdeckten so viele Gemeinsamkeiten, es war ein Nachmittag voller Harmonie.

„Ich glaube, ich muss mich schön langsam auf die Socken machen!"

Verena bedauerte das, wollte aber nicht nachfragen, warum und wieso. Das stand ihr nicht zu, das wäre zu plump gewesen. Sie wollte ihre Konsumation selbst bezahlen, aber er ließ das nicht zu. Vor der Tür des Diglas verabschiedeten sie sich mit einem innigen Händedruck und er versprach, sich in Bälde telefonisch melden zu wollen. Er ging die Wollzeile hinunter zum Stubentor, Verena entschwebte in Richtung Rotenturmstraße.

Es hatte keiner besonderen Vereinbarung bedurft, dass es ein Wiedersehen geben würde. Carl würde sich bei ihr melden, morgen oder übermorgen. Für Verena war alles klar und herrlich, die Welt ein einziger Garten voller Rosen und jeder Mensch, der ihr begegnete, war sympathisch und Carl der beste von allen!

Otto rekapitulierte die beiden letzten Stunden. Attraktiv war sie schon, auch witzig, aber er war sich nicht sicher, ob es die Richtige war. Vielleicht zu gescheit, vielleicht zu unvermögend, wenn sie alles Geld für Designerklamotten und sündteure Kosmetika ausgab. Denn diese Details waren ihm als Fachmann für Frauen und deren Gepflogenheiten nicht entgangen. Sie hatte kurz erwähnt, dass sie in staatlichem Dienst sei. Mit dem Magistra Titel also in der Gruppe A besoldet, aber das hieß noch nicht, dass sie Vermögen besaß. Wie auch immer, jetzt musste er noch zum nächsten Termin ins Prückl, aber es freute ihn gar nicht. Er fragte sich, ob das eine Alterserscheinung sei. Wie gerne hatte er früher mit Frauen geplaudert, sich produziert, seine Lügengeschichten aufgetischt, ihre Anbetung genossen. Heute, auf einmal, wurde ihm alles mühsam. Die Termine gestern, die hatte er auch noch nicht analysiert und in seinem System kategorisiert. So vieles musste man bedenken. Nicht nur die ökonomische Situation, sondern auch die familiären Verhältnisse. Gab es Kinder oder andere Verwandte, die konnten nämlich beim Aufbau des Geschäftes sehr stören. Ungünstig waren auch Frauen, die Alkohol ablehnten. Am liebsten hätte er den nächsten Termin sausen lassen. Aber wer weiß, vielleicht wartet gerade jetzt im Prückl die steinreiche Witwe eines Industriellen. Otto konzentrierte sich auf die nächste Arbeit. Nichts Anderes bedeutete es heute, gestern und in den Jahren davor. Aber zumindest amüsanter als jede andere Tätigkeit.

Es musste sein. Heute war das Wetter günstig. Die Sonne wärmte mit jedem Tag mehr und diese Frühlingsstimmung gab John die Kraft, die Renovierung der Küche anzugehen. Der kalte Hauch, der manchmal durch das Haus zog, war heute nicht zu spüren. Der Frühling veränderte die Dinge. Er hatte die Arbeit in Gedanken so lange geplant und dann die Ausführung immer verschoben, weil irgendwas nicht gepasst hatte. Ein Anfall von Aktivität heute. Die versaute Küche erinnerte ihn jeden Tag an die Frau, die ihn vor größerem Ungemach bewahrt hatte. Jedes Mal, wenn er vom Haus hinaus ins Freie ging, sah er hinauf zum Pfad, ob die Kirstie Alley mit ihrem Hund kam. Wie die Frau genau aussah, wusste er nicht mehr. Bei der ersten Begegnung hatte sie ihn an die amerikanische Filmschauspielerin erinnert, so dass er ihr diesen Namen gegeben hatte. Dieses ein wenig herbe Gesicht, vielleicht ein bisschen slawisch wirkend durch die breiteren Wangenknochen, das strahlte etwas aus, das ihn anzog. Er konnte diese Empfindung nicht definieren, es war einfach so. Aber er glaubte nicht, dass sie noch einmal kommen würde. John war sich bewusst, welchen schlechten Eindruck sie von ihm haben musste. Ein versoffener, ungepflegter Mann in einem verdreckten Haus. Kirstie war eine einmalige Erscheinung. Egal, eine Frau in seinem Leben, das wollte er doch nicht mehr. Er hätte nicht angeben können, warum ihn diese Frau gedanklich nicht losließ. Vielleicht war es ihr Lächeln. Wenn eine Frau so lächeln kann, muss man sie einfach gernhaben, ganz gleichgültig wie sie sonst aussieht. Mit dem Einzug in dieses alte Haus hatte er das alles ablegen wollen. Mit Frauen kam er schlecht zurecht, sein Leben lang. Er wusste nicht, woran das lag. John hatte immer Selbstkritik geübt, aber nur an seinen Fehlern allein konnte es nicht gelegen haben. Alles gescheitert, also besser, nichts Neues anzufangen.

Seit dem Brand in der Küche waren einige Tage vergangen. John hatte das Mikrowellengerät und den kleinen Absorberkühlschrank im Vorzimmer auf einem alten Tisch platziert. Dazu die Teller, Tassen und Töpfe, das Besteck und diverse andere Küchenutensilien. Den kärglichen Bestand an Nahrungsmitteln, Knäckebrot, Keks, Kochbeutelreis, Teigwaren und Konservendosen schichtete er auf dem Küchentisch, den er ebenfalls ins Vorzimmer gestellt hatte. Die wenigen Regale in der Küche hatte er abgebaut. Die alte Kredenz konnte er nicht wegbringen, die war zu schwer. Chaos. Egal. Besucher waren nicht zu erwarten. Sowieso unerwünscht. Auf die Mäuse musste er achten, da war die offene Lagerung nicht optimal. Wein, Bier und Mineralwasser stapelte er im Windfang, dort war es kühler. Also alles irgendwie geregelt. Nur den alten Herd konnte er nicht entfernen, der war zu schwer. Das Abwaschbecken auch nicht, das war an der Wand montiert.

Die kleine Villa stand auf einem Fundament aus massiven Naturstein Quadern und war in die Hangschräge hineingesetzt. Der Eingang an der Rückseite lag ebenerdig. Von der unteren Wiese aus betrachtet, wirkte es wie ein Haus mit zwei Geschossen. An der Seite zur Sonne und zum Tal war ein kleiner Balkon angebaut, der von dicken

Holzpfosten gestützt wurde.

Vor den Fenstern des Wohnzimmers verlief die Grünfläche bis zur unteren Grenze des Grundstücks. Von diesen Fenstern und vom Balkon aus bot sich ein Bild der kleinen Stadt mit ihrem Gewirr von Dächern und Straßenzügen. Das Tal war nicht sehr breit. Nach dem Einschnitt des Flusses und der Eisenbahn stiegen die bewaldeten Hügel steil an und bildeten eine Vorstufe zu den Wiener Hausbergen Rax und Schneeberg. Nach Nordosten hin konnte man bis zu den ersten Ortschaften im Wiener Becken sehen.

John begann, den Linoleumbelag an einer Ecke der Küche aufzureißen und abzuheben. Es stank nach Moder, es ekelte ihn. Da hörte er die Tür im Windfang und das Bellen eines Hundes. John war irritiert und zugleich dankbar für die Unterbrechung. Er erhob sich von den Knien und ging ins Vorzimmer. Er wusste, wer da kam.

„Hallo, wollte nur mal schauen, wie es Ihnen geht?"

Kirstie Allie in Jeans und Leinenbluse stand im Vorzimmer, neben ihr der Beagle, der neugierig an allem schnupperte.

John war überrascht und wusste auf die schnelle nichts Anderes zu sagen als: „Heute brennt es aber nicht."

„Das sehe ich!"

„Wie heißt der Hund?", fragte John und kam sich ungeheuer dämlich vor, weil ihm nichts Originelles einfallen wollte.

„Bertl!"

„Ein schöner Hund!"

„Ja, ein treuer Gefährte", sagte Iphi und dachte,

im Gegensatz zu den Männern.

John war fast gerührt, dass ihn diese Frau aufsuchte, bewusst mit der Absicht, ihn zu sehen. Zugleich irritierte es ihn auch. Diese Frau und ihr Hund waren die ersten Eindringlinge in sein Refugium, abgesehen von dem zufälligen Besuch wegen des Brands.

„Kann ich Ihnen etwas anbieten?"

Iphi zögerte. Sie hätte nicht erklären können, warum sie heute nach einigen Tagen wieder den Weg über die Höhe gewählt hatte. Fast unbewusst und doch auch nicht. Gut, dieser Weg oberhalb des Dorfs war der sonnigste. Es gab mehrere Routen um das Dorf, viele führten durch schattige Wälder, wo nur an kleinen Lichtungen Sonne durchkam. Das war angenehm, man konnte je nach Jahreszeit und Temperatur den Weg auswählen. Wenn die Prognosen der zunehmenden Erderwärmung stimmten, dann boten sich hier die besten Bedingungen zum Leben.

Heute war sie wieder diesen Weg gegangen, die Jahreszeit allein war nicht der Grund dafür. Iphi war neugierig. Dort, wo der Pfad zum Haus abzweigte, war sie unschlüssig stehen geblieben. Bertl hatte an der Leine gezerrt und zu verstehen gegeben, dass er zum Haus wollte. Also waren sie hinunter gestapft.

„Darf ich ihn streicheln?"

„Aber ja, ich glaube, er mag Sie."

Bertl ließ es gnädig über sich ergehen, die Sympathie zwischen Mann und Hund war offensichtlich.

Diese Beobachtung löste augenblicklich auch bei Iphi Sympathie aus. Verstärkte sie, denn sympathisch war ihr der Mann von Anfang an gewesen.

„Sie müssen entschuldigen, dass hier so ein Chaos herrscht. Ich wollte gerade beginnen, den Belag in der Küche zu entfernen."

„Ich geh´ dann wieder."

„Nein, bitte bleiben Sie, ich habe keinen Druck, ich habe jede Menge Zeit!"

„Na gut, aber nur für ein paar Minuten."

„Sehen Sie sich um, genießen Sie die Aussicht."

Sie gingen ins Wohnzimmer und Iphi war überrascht von dem Anblick. Ein großer Raum, eingerichtet in englischem Landhausstil, diesen Eindruck hatte sie.

„Ich komme gleich wieder."

Iphi sah ihm nach und dachte, eine gute Figur hat er. Obwohl ihm der Hosenboden bis zum Arsch hängt.

Bertl beschnupperte die neue Umgebung und drehte einige Runden im Zimmer. Dann schien er zufrieden zu sein, denn er legte sich vor einem alten Sofa auf den Teppich, ganz so, als wäre er hier zu Hause.

Iphi konnte sich von der herrlichen Aussicht auf Dorf, Tal und die umliegenden Höhenzüge nicht trennen. Was für ein wunderbarer Platz!

John kam herein, er hatte eine saubere Hose angezogen. „Ich hoffe, Sie mögen Rotwein?" Er hatte zwei mit Rotwein gefüllte Henkelgläser mitgebracht.

Iphi zögerte kurz. Ein fremder Mann, ein fremdes Haus, da schien Vorsicht geboten. Aber die Situation war auch reizvoll. Sie spürte, dieser Mann würde ihr nichts Böses tun. Sie verließ sich auf Bertls Urteil. Der hätte geknurrt und sich nicht so ruhig niedergelassen. Seit sie das Haus betreten hatte, nahm sie alles mit geschärften Sinnen auf. Es war etwas Neues, eine Abwechslung in zu den gleichförmigen Tagen der letzten Zeit. Sie nahm das Glas und nippte vorsichtig. Ein roter Spritzer, eh schwach gemischt.

„Ich glaube, es wäre an der Zeit, mich vorzustellen. Johann Leitgeb, aber alle nennen mich John."

„Aha, ich bin Iphigenie Lewandowski, mich nennen alle Iphi."

John dachte, mich nennt niemand mehr John, weil es die alle nicht mehr gibt - und Iphigenie, was für ein verschraubter Name.

„Warum nennt man Sie John?"

„Ich hatte schon immer eine Vorliebe für den englischen Lebensstil und alles, was damit verbunden ist. Nur den Whiskey habe ich nicht übernommen. Bin beim Rotwein geblieben."

Iphi blickte im Wohnzimmer herum. Ein Chesterfield Sofa, ein Sessel in braunem Leder, ein Sekretär mit geöffneter Schreibplatte, die Wände mit einer Holztäfelung. Dafür keine Bilder an den Wänden. Ein Kaminofen in der hinteren Ecke. Passte alles zu dem Mann. Sie konnte sich ihn im Tweed-Sakko und Pfeife unter der Nase gut vorstellen.

„Warum gefällt Ihnen der englische Stil so gut?"

„Wahrscheinlich bin ich altmodisch. Aber für mich ist es eine Lebenseinstellung, die Altes bewahren will. Die Möbel sind echt. Die waren schon da, als ich eingezogen bin. Ich habe mich gleich wohlgefühlt."

„Und wie kommen Sie zu so einem ungewöhnlichen

Vornamen?"

„Mein Vater war Professor für Deutsch und Griechisch."

„Das erklärt alles! Prost!"

Keiner von beiden wusste, was mit dieser Unterhaltung beginnen oder enden sollte. Iphi war vorsichtig und John unschlüssig, ob er sie aus dem Haus haben wollte oder nicht.

Der Einzige, der sich seiner Sache sicher war, war Bertl, der vor dem Sofa selig schlummerte.

John beschloss, eine Attacke zu reiten. „Eigentlich wundere ich mich, dass Sie sich her trauen."

„Ich mich auch. Ohne Hund wäre ich nicht gekommen."

„Sie glauben, der kann Sie schützen?"

„Ja, schon, der würde mich verteidigen."

„Und wenn ich Ihnen K.O. Tropfen in das Glas gegeben habe, was könnte Ihnen der Hund dann helfen?"

Iphi war bei diesen Worten erschreckt. Wer so etwas sagte, hatte sich das vorgestellt. Aber sie war eine Kriegerin, so einfach konnte er mit ihr nicht fertig werden. Sie hatte von dem Wein nur genippt.

„Bertl, auf, wir gehen!"

Der Hund öffnete nur widerwillig seine Augen.

„Tut mir leid. Wir tauschen die Gläser. Das war blöd von mir."

John nahm ihr das Glas aus der Hand und trank davon. „Ich bitte um Entschuldigung! Eine dumme Bemerkung."

Iphi musste jetzt an die drei kleinen Grabhügel denken, die sie gesehen hatte. Eine unangenehme

Assoziation in diesem Moment. Aber gut, die Dimension war so gering, ein Mensch passte nicht hinein. Iphi beschloss erneut, diesem Mann zu trauen. Bertl gab ab und zu einen Schnarchlaut von sich. Die Szene wandelte sich zur Idylle.

„Ok, geben Sie mir Ihr Glas."

„Warten Sie, ich werde das vorkosten." Er trank und reichte das Glas weiter. „Nun wären wir mit der mittelalterlichen Sitte durch. Wer zuerst umfällt, hat verloren!"

„Sehr witzig!" Iphi nahm einen tiefen Schluck.

„Wir leben in einer scheußlichen Zeit. In den Medien wird nur mehr über Bösartigkeiten und Abartiges berichtet, darum komme ich auf so einen Blödsinn wie K.O. Tropfen."

„Und was ist mit den drei Gräbern draußen?" Der Wein hatte Iphi mutig gemacht.

John ging zur Balkontür und drehte ihr den Rücken zu. „Da habe ich meine Feinde eingescharrt."

„Aha! Groß können die aber nicht gewesen sein."

John drehte sich um. „Es liegen die Kadaver eines Marders, einer Ratte und eines Vogels drinnen, die ich beim Aufräumen des Gartens gefunden habe. Und ein paar Blätter Papier mit Namen."

„So eine Art von Voodoo Zauber."

John nickte nur mit dem Kopf. „In Gedanken habe ich die ein paar Mal getötet, aber sie leben alle noch. Es ist mir jetzt peinlich, dass Sie es bemerkt haben und wir darüber reden. Sie müssen mich für verrückt halten!"

Iphi trank aus. „Geben Sie mir noch einen Schluck, vielleicht sollte ich so was auch probieren."

„Wie viele Grabstellen brauchen Sie?"

Iphi lachte. Dieses Lachen zauberte Grübchen in ihre Wangen und John hätte diese Frau am liebsten sofort in die Arme genommen.

„Darf ich du sagen?"

Iphi zögerte, ein Rest von Vorsicht.

„Na gut! Aber nur weil wir quasi Nachbarn sind."

„Ins Dorf komme ich selten. Eigentlich meide ich die Menschen."

„Das habe ich mir schon gedacht. Wer sonst, als ein Einzelgänger, würde in dieses Haus ziehen, noch dazu, wo es einen schlechten Ruf hat."

„Wie meinst du das?"

„Ich hätte nichts sagen sollen."

„Jetzt ist es zu spät, also heraus damit."

„Angeblich hat sich hier einer umgebracht. Aber das war vor langer Zeit, wenn es überhaupt stimmt."

John zuckte nur mit den Schultern. „Der wird mir nichts tun. In vielen Häusern sind Menschen gestorben und andere Menschen danach eingezogen."

„Ist dir nicht unheimlich so allein mitten im Wald?"

„Nein, der Wald ist nicht unheimlich, das ist nur der Mensch, der ihn für böse Taten benützt."

„Wer nennt Sie noch John?"

„Eigentlich niemand mehr. Du bist die Erste seit langem, wenn du nicht auf das du vergisst."

Iphigenie dachte, ein Sonderling ist der schon, und einsam. Was kam zuerst über einen Menschen, die Verwirrung oder die Einsamkeit? Sie konnte ihn nicht richtig einschätzen und ihr eigenes Tun auch nicht. Warum war sie wirklich in dieses Haus gegangen?

„Ich zeige dir das Haus. Es ist ein schönes Haus, abgesehen von den notwendigen Renovierungen."

John führte sie herum. Es war eine kleine Villa mit symmetrischem Grundriss. Der Balkon mit den Schnitzereien gefiel Iphi besonders. Alles im Stil der im vorigen Jahrhundert im Semmering Gebiet erbauten Sommersitze. Ein Hauch von Nostalgie in den Räumen. Die Kastenfenster, die Türen, die Fußböden - alles erinnerte an eine andere Zeit.

Durch ein Zimmer voller Gerümpel und Übersiedlungskartons waren sie in die geräumte Küche gelangt.

„Da wollte ich endlich anfangen mit der Renovierung."

„Ich habe dich aufgehalten."

„Du warst willkommen, mich freut es eh nicht. Aber wie so vieles im Leben, das einen nicht freut, muss man es angehen, damit man sich wieder freuen kann."

„Dann gehe ich jetzt. Bertl komm!"

Der Bertl war nur ungern aufgestanden.

„Dem gefällt es gut hier."

„Mir auch!"

„Kommst du wieder?"

„Ich weiß es nicht, mal sehen, vielleicht."

Sie verabschiedeten sich. John hielt lange ihre Hand und Iphi entzog sie ihm nicht. Es war ein eigenartiger Moment, fast eine Intimität. Er streichelte noch den Hund, dann stapfte sie mit Bertl den Pfad hinauf zum Höhenweg.

John sah ihnen nach und war enttäuscht, weil sie

ging. Er hätte aber nicht sagen können, was er sich von diesem Besuch erwartet hatte. Er empfand ein Verlangen nach der Gesellschaft dieser Frau. Das war noch kein sexuelles Begehren, sondern etwas Anderes. Sie halten, ihre Haut riechen, sie nicht weggehen lassen. Er hatte sich wohl gefühlt in ihrer Anwesenheit. Erklären konnte er dieses Empfinden noch immer nicht. Es beunruhigte ihn. Sein ganzes Leben lang hatte er mit Frauen schlechte Erfahrungen gemacht oder sie mit ihm, wie auch immer. Zuerst war alles Wonne und Waschtrog. Nach einiger Zeit begannen die Streitereien, bis der siebente Himmel in der Vorhölle zerbröselte.

John ging ins Haus und zog wieder die Arbeitshose an. Arbeit, das beste Mittel gegen unnütze Gedanken.

Der alte brüchige Belag ließ sich mühelos abheben. Einmal aufbiegen, und das Linoleum zerbrach in Stücke. Darunter kam ein roher Bretterboden zum Vorschein. John arbeitete sich durch und trug nach und nach die Reste hinaus. In einer Ecke des Grundstücks hatte er einen Platz vorbereitet. Wie er das Zeug von dort wegschaffen sollte, wusste er noch nicht. In der Küche muffelte es. Einige Stellen des Bodens waren verfärbt. Besonders jene vor dem Herd und knapp vor der Abwasch. Als John ein großes Teil in der Mitte aufrollte, sah er eine Falltür, etwa zwei mal ein Meter groß. John war überrascht. Gab es doch einen Keller? Bisher hatte er keinen Abgang entdeckt. Er packte den eisernen Ring und öffnete die Tür. Nichts zu erkennen. John holte eine Taschenlampe, kniete sich vor die Öffnung und leuchtete hinunter. Mit jähem Erschrecken fuhr er hoch. Da unten lagen zwei Menschen, die aus leeren Augenhöhlen zu ihm hinauf starrten, als würden sie von ihm eine Erlösung erwarten. Gesicht und Hände wie aus braunem Leder über die Knochen gespannt. Ein Mann und eine Frau.

In einer Abwehrreaktion ließ John die Klappe zufallen. Jäh wurde ihm übel. Fast hätte er da in die Grube hinunter gekotzt. Er richtete sich auf, ging ins Vorzimmer und trank ein Glas Wasser und danach eines mit Wein. John atmete schwer. Er fühlte einen kalten Hauch in seinem Rücken. Etwas war aus dem Keller gekommen und ihm gefolgt. John drehte sich um. Da war nichts.

Welche bösen Götter taten ihm das an?

Zwei Mumien unter dem Haus, das er sich als Refugium für den Rest seines Lebens ausgesucht hatte!

Er füllte das Glas nach und nahm es mit ins Wohnzimmer. Dabei sah er sich um, weil er wieder das Gefühl hatte, jemand sei hinter ihm.

Der Wein konnte ihm nicht helfen. Es war, als hätte er mit dem Anheben der Falltür das Böse ins Haus gelassen.

Oben am Weg hatte Bertl ein kleines Geschäft zu verrichten. Sie waren beide stehengeblieben und Iphi blickte hinunter in die Richtung des Hauses, das von diesem Standpunkt aus aber nicht zu sehen war. Warum hatte sie John von der Geschichte des Hauses erzählt? Sie konnte sich die Frage nicht beantworten. Die Freude an dem Haus wollte sie ihm nicht verderben. Sie würde Elli nochmals fragen, was damals wirklich geschehen war.

Was hat mich hierher gezogen, fragte sie sich. Sie hatte doch einen Entschluss gefasst, der ihr Leben ändern sollte. Weg von Eugen. Endlich einen echten Partner finden für ein harmonisches Leben in Gemeinsamkeit. Einen Mann, der mit ihr leben wollte, und nicht mit sich selbst und ihr daneben. Einen Mann, für den die Beziehung zu einer Frau mehr als ein Hobby war, das man nach Belieben ausübt. Freie Männer in einem zu Iphi passenden Alter gab es nicht viele. Die guten waren vergeben, so behauptete es Elli immer. War John ein guter? Vielleicht schon, wobei sich Iphi über die Definition, was einen guten Mann ausmachte, nicht klar war. Es könnte auch sein, dass er ein Mörder war. Die kleinen Gräber, vielleicht hatte er einen Körper in drei Teile gestückelt. Schwarze Gedanken, der Besuch hatte sie verwirrt. Wenn John ein guter war, so war er ganz augenscheinlich auch ein gestörter. Iphi ermahnte sich selbst. Das war keine Option. Sie hatte in der vorigen Woche auf eine Anzeige in der PRESSE geantwortet. Ein an Kultur und Natur interessierter Akademiker suchte eine Frau. Die technischen Daten passten. Am kommenden Samstag würde sie ihn in der Kurkonditorei Oberlaa am Wiener Südbahnhof kennenlernen. Vielleicht was er der Mann fürs Leben. Wenn nicht, würde sie weitersuchen, das war ihr fester Entschluss. So ein Verhältnis wie mit Eugen würde sie nicht mehr eingehen.

Über den Bergen zogen dunkle Wolken auf. Ein scharfer Wind kam auf. Iphi beeilte sich heim zu kommen. Was unten im Haus gerade geschah, konnte sie nicht wissen. Aber es fröstelte sie. Nur zu Hause gab es eine Zuflucht.

Als sie vom Höhenweg aus schon die Kirche sehen konnte, begann nach dem Schlagen der fünften Stunde die Totenglocke zu läuten. Iphi horchte auf. In zwei Intervallen sandte die Glocke ihre Klage in den Himmel der Abenddämmerung. Eine Frau war gestorben. Und alle Lebenden sollten an die Tote und ihre eigene Sterblichkeit erinnert werden! In einigen Tagen würde der Chor die Totenmesse für die Frau singen.

Im südlichen Tal, zu dem vom Dorf eine steile Straße hinunter führte, zweigte weit hinten, wo der Wald zu den Abhängen des Wechsels anstieg, noch ein Graben ab. In dem ärmlichen Haus am Talschluss saß der Mann in der Stube beim Tisch und sah auf die Zeitung vor sich. Er war sehr zufrieden. Der Bauernhof weit draußen, wo das Flusstal in die Breite ging, war bis auf die Grundmauern abgebrannt. Die alten Leute hatte es erwischt. So hatte er es gewollt. Verräter mussten bestraft werden. Die Zeitung schrieb über drei Seiten von dem Brand. Nachbarn, Feuerwehr und Bürgermeister gaben ihre Meinung dazu ab. Niemand konnte sich erklären, wer das sein sollte - der Werwolf. Die Polizei ermittelte, aber der Mann hatte keine Angst, dass er gefunden würde.

Er stand auf und ging zur Kredenz und holte seine Medizin, die Flasche mit dem Obstler. Das Gehen bereitete ihm heute besondere Mühe. Die alte Verletzung kündigte einen Wetterumschwung an. Im Haus war es kalt und ungemütlich. Ein unangenehmer Geruch nach Schimmel und etwas Undefinierbarem hing in der Luft. Der Mann hatte sich daran gewöhnt. Die Mutter lag oben im Bett. Erst im Mai würden die Sonnenstrahlen zur Mittagszeit auf das Haus treffen. Dann würde er oben lüften können. Er wusste nicht, wie lange eine Leiche schlecht roch, es war ihm auch egal. Früher oder später würde die tote Mutter aufhören zu stinken. Ab Mai würde er mehr lüften können. Die Mutter hatte er nicht verscharren wollen wie die Frau. Im vorigen Herbst war das gewesen. Die Wanderin hatte sich in dieses Sacktal verirrt. Er hatte sie auf einen Schnaps eingeladen, den hatte sie getrunken. Hatte mit ihm gescherzt und zu seinen Witzen gelacht. Als sie dann gehen wollte, hatte er sie zum Bleiben gedrängt. Die Frau hatte begonnen zu schreien. Sie hatte einen Hund dabei, den versuchte sie auf ihn zu hetzen. Die Mutter, damals schon bettlägrig, hatte gerufen, was da los sei. Er hatte der Wanderin den Mund schließen müssen. Als sie bewusstlos war, hatte er sie in den Stall geschleppt und dort gefesselt. Den Hund hatte er niedergeknüppelt und eingesperrt. Drei Tage lang hatte er sich über die Frau hergemacht. Als er ihrer überdrüssig geworden war, hatte er ihr ein Seil um den Hals gebunden, es über einen starken Ast des Nussbaums geworfen und den Körper aufgezogen. Wäre damals die Mutter schon tot gewesen, hätte er die Frau im Haus wie eine Sklavin behalten. Den Leichnam hatte er weit hinten im Wald vergraben. Zwei Wochen danach war ein Polizist erschienen und hatte ihn befragt. Er hatte gesagt, er habe der Frau den Weg gezeigt, die sei weitergegangen. Der Polizist gab sich damit zufrieden und war abgefahren.

Der Mann brauchte die Mutter dringend. Die wollte er noch lange im Bett liegen lassen. Seit seinem Arbeitsunfall vor sieben Jahren bezog er eine karge Invaliditätsrente. Die Pension der Mutter machte ihm das Leben leichter. Seit er ganz allein hier wohnte, war alles einfacher geworden. Die Mutter war immer lästig gewesen. Dauernd hatte sie was gebraucht, hatte ihn herumkommandiert. Bei ihr zählte nur Arbeit, am Haus, auf dem kleinen Feld und im Stall. Die Ziege war die erste die dran glauben musste. Das Gemecker war ihm auf die Nerven gegangen. Bier schmeckte ihm besser als Milch. Er hatte es genossen, sie an einem Strick aufzuhängen und beim Todeskampf zuzusehen. Als er die Frau aufgehängt hatte, war es noch besser gewesen. Da hatte er eine Erektion bekommen.

Der Mann trank aus der Flasche und setzte sich wieder hin. Der wichtigste Plan, die große Aktion bedurfte sorgfältiger Vorbereitungen. Er dankte seinem Großvater für die Aufzeichnungen. Die Depots würden nicht leicht zu finden sein. Aber wenn es gelang würde er dem Dorf ein großes Finale bereiten. Der Werwolf lebte, die Verräter sollten zittern!

Otto hielt sich in der Küche auf. Die letzten Tage des Aprils waren mit einer empfindlichen Abkühlung gekommen. Die Küche war mit einem Ölradiator gut zu temperieren. Das Wohnzimmer konnte nur mit einem Ölofen oder mit zwei Elektroradiatoren beheizt werden. Ölofen, dass es so was überhaupt noch gab. Auch die miese Heizung ein Grund für die günstige Miete. Otto musste sparen, die Küche genügte ihm, wenn es sein musste, konnte er sehr asketisch leben. Hans Moser, der berühmte Schauspieler, fiel ihm ein. Der hatte den ganzen Winter über nur die Hausmeisterwohnung der Villa in Hietzing bewohnt. Der war geizig gewesen. Geld hätte er genug gehabt. Das fehlte Otto. Lustig war das nicht. Dieses Haus mit der abgefuckten Einrichtung bildete aber die optimale Basis für das neue Geschäft. Die Wohngegend war gut, das große Grundstück ideal. Auf diese Tatsachen würde er eine neue Story seines falschen Lebens aufbauen. Ottos flüssige Mittel schrumpften. Er brauchte dringend frisches Geld. Er wusste aus Erfahrung, dass man bei solchen Plänen auf keinen Fall mit der Tür ins Haus fallen durfte. Die richtige Melkkuh hatte er noch nicht gefunden. Der Solitär für einen Mann wie Otto. Verwitwet nach einem Industriellen, vermögend, ohne jede Verwandtschaft, keine scharfe Denkerin, ausgehungert nach Liebe. Vielleicht ergab sich noch was.

Sogar nach Tagen sandte ihm die Redaktion noch Briefe zu. Eine Lehrerin aus Niederösterreich würde er am Samstag treffen. Otto machte nur mehr einen Termin pro Tag aus. Die vielen Schauspielereien ermüdeten ihn. Und bis Samstag musste er noch die bisherigen Kontakte pflegen. Verena Schmidt, die Beamtin, Erika Ponsel, die Witwe nach einem Diplom Ingenieur, und Martina Egger, die beim ersten Treffen nicht viel über ihre Person verraten hatte. Sie jedoch hatte ihn vieles gefragt. Er hatte alle seine erlogenen und auch halb wahren Geschichten erzählt. Nach dem Rendezvous hatte er feststellen müssen, dass er mehr als sie geredet hatte, was ihm nicht behagte.

Wie auch immer. Otto machte seine Notizen. Eine Seite pro bisherigen Kontakt. Jeder Termin, jedes Detail zur Person, jeder Gesprächsinhalt wurde penibel vermerkt. Wie in einem Sitzungsprotokoll. Anders ging es nicht, um nicht durch die eigenen Lügen aufzufliegen.

Verena Schmidt, Alter ca. 50+, ca. 172,
vollschlank, brünett, Kostüm von Versace, Magistra, angestellt bei der Stadt Wien. Kein Auto. Intelligent, interessiert an Kultur. Gespräch über das moderne Regietheater, alles verfremdet. Zustände in Wien, Vorfälle und Gewalttaten in den öffentlichen Verkehrsmitteln, Migranten, vermutlich Blau Wählerin. Modisch gekleidet. Gesprochen über USA, Ph.D., Musikwissenschaft, sonst nichts. Kurz angetönt Investmentgeschäfte. ? Wohnungsverhältnisse ? Verwandte

Erika Ponsel, Alter mindestens 65+, ca. 160,
korpulent, Witwe nach einem Dipl.
Ingenieur. Eigentumswohnung in der
Josefstädterstraße. Kein Auto. Schaut viel
TV. Abends traut sie sich nicht mehr
raus. Nach 2 Stunden schon die Intimität,
dass sie nur mehr eine Brust hat.
Kleidung sehr konservativ. Vermutlich
ÖVP Wählerin. Muttertyp.
Gesprochen über USA, usw....Selbstständig
tätig als Architekt. Stiller Teilhaber bei
namhafter Firma des Transportwesens.
Verwandte: Achtung eine Tochter!!!

Martina Egger, Alter? Irgendwo zwischen 55 und
65, 174, hager. Keine Kosmetik. Trinkt
Kaffee mit Milchschaum und wischt den
Milchbart nicht ab. Grauenhaft. Lässt
Löffel im Häferl stecken. Manieren? War
sehr neugierig, ohne etwas über sich selbst
preiszugeben. Vermutlich grün oder links.
? Wohnung
? Verwandte

Fünf weitere Kontakte notierte er nur mit dem
Namen, dem Datum und der Telefonnummer. Bei
allen Einträgen notierte er noch – je nach
Einschätzung - rote Fragezeichen, grüne Pfeile und
blaue Wellenlinien oder strich sie ganz durch. In
Zeiten des Internets war das altmodisch, hatte jedoch
Vorteile. Papier konnte man verbrennen, Daten auf

einer gelöschten Festplatte konnten von Experten wieder lesbar gemacht werden.

Vier weitere Briefe versah er nur mit einem schwarzen Fragezeichen. Diese Schreiberinnen schätzte er als zu mühsam und uninteressant ein. Otto erinnerte sich an frühere Aktionen. Da hatte er in seinem Profil besonders Kunst und Literatur angeführt. Eine hatte gleich ein sehr sympathisches Foto mitgeschickt. Beim ersten Treffen hatte er wissen wollen, was sie denn lese. Ergebnis – die Kronenzeitung. Die Frau war wirklich hübsch und sie landeten noch am selben Abend im Bett. Otto hatte vermutet, sie wolle ihn nur veräppeln, aber es gab in ihrer Wohnung wirklich nichts zu lesen, außer der Kronenzeitung und einigen Donauland-Büchern. Eher wollte sie ihn ausnehmen. Der Sex mit der Frau war super. Ihre Frage, ob er ihr Geld leihen könnte, befreite ihn aus der sexuellen Verwirrung des Abends.

Otto stand auf, um ein Glas Wein zu holen. Ein elendes Leben. Er, der Witwer einer amerikanischen Millionärin, musste nun so mühsam nach neuen Geldquellen schürfen. Vielleicht hätte er bei seiner Rückkehr nach Europa doch eine vernünftige Arbeit suchen sollen. Schon was Gehobenes. Nicht Sklave eines Büroalltags. Und nicht nur gut zu leben und den großen Mann zu spielen. Seine Aktienpakete und Fondsanteile hatten hervorragende Renditen erzielt und Otto konnte von den Zinsen leben. Das war ein angenehmes Leben gewesen. Bis zur Lehmann Pleite im Jahr 2008. Er hatte zu spät reagiert und war binnen weniger Wochen vom Millionär zu einem unglücklichen Investor geworden, der sich gezwungen sah frisches Geld für den Lebensunterhalt aufzustellen.

Otto stand seufzend auf, um sich für ein neues Date fertigzumachen. Eine Lehrerin, musisch und sportlich, aus dem südlichen Niederösterreich, nahe der Wiener Hausberge. Vielleicht ganz günstig, nicht alle Projekte in Wien abzuwickeln. Wollte er mehrere Quellen anzapfen, konnte eine Streuung nicht schaden. Momentan schoss ihm die Erinnerung an Beate in den Kopf. Wo waren sie damals gewesen? Bei dem letzten Ausflug? Irgendwo in der Nähe des Semmerings, aber der Name des Ortes wollte ihm partout nicht einfallen. Otto schob den Gedanken beiseite. Er musste sich jetzt auf ein neues Opfer konzentrieren.

Regen! Ein trostloses Wetter. Das Wasser klatschte gegen die große Scheibe der Kurkonditorei Oberlaa am Wiener Hauptbahnhof. Es war zwei Uhr nachmittags vorbei. Iphi war schon am Vormittag gekommen, weil sie auch ein Treffen mit einer Wiener Freundin aus Studientagen ausgemacht hatte. Die hatte wegen einer Erkrankung der Mutter in letzter Minute abgesagt. Iphi war durch die Kärntnerstraße geschlendert und dann vor dem Regen in das Uhrenmuseum im Schulhof geflüchtet. Die Sammlung an Taschenuhren von Marie von Ebner-Eschenbach faszinierte sie besonders. Danach hatte Iphi im Café Korb eine Kleinigkeit gegessen und sich durch einen Berg von in- und ausländischen Tageszeitungen gelesen. Auf dem Weg zum Karlsplatz ging sie noch einmal durch die Kärntnerstraße. Die Schaufenster waren verführerisch, aber Iphi hielt sich zurück. Obwohl sie genug Geld hatte. Aber für Schuhe, ein Kleid oder sonst was ein Vielfaches zu zahlen, nur weil es in der Shopping Meile von Wien zu erstehen war, widerstrebte ihrem praktischen Sinn für Geld und Gut. Lieber kaufte sie in den Geschäften und Boutiquen der nahen Bezirksstädte. Da machte ihr das Stöbern mehr Spaß.

Fast halb drei und der Mann war noch nicht erschienen. Iphi spürte den aufsteigenden Ärger und begann im Smartphone nach dem nächsten Zug zu suchen.

„Frau Lewandowski, entschuldigen Sie, aber wegen des Regens und eines Unfalls gab es einen großen Stau."

Iphi sah auf und ihr Ärger war verflogen. Vor ihr stand ein wirklich gutaussehender Mann mit einem kleinen Strauß Blumen in der Hand. Sie hatten kein besonderes Erkennungszeichen ausgemacht, aber er hatte sie gefunden. Das war ein gutes Omen.

„Es tut mir leid. Zum Trost ein paar Blümchen."

„Danke, aber setzen Sie sich doch."

Otto hatte seine Visitenkarte überreicht, heute war er Carl Otto Mertens, Ph.D. Von einem früheren Geschäftsfall hatte er noch Visitenkarten übrig, kein Grund Geld für neue auszugeben. Seine aktuelle Adresse ließ er sowieso nie aufdrucken. Den Otto hatte er immer eingebaut. Sollte er einmal in Begleitung eines seiner Opfer von jemandem angesprochen werden, der ihn von früher als Otto Sedlacek kannte, so konnte er dieses Ärgernis elegant erklären.

Die nächsten Minuten vergingen mit der Schilderung der Widrigkeiten des öffentlichen Verkehrs in Wien, des Wetters und mit der Bestellung von Kaffee.

„Ich traue mich fast wetten, dass Sie in einem Chor singen? Sie haben eine schöne Altstimme."

Instinktiv traf Otto einen Sympathie erzeugenden Punkt bei Iphigenie. Das Thema war dann das Leben auf dem Land und die Wichtigkeit von Chören und Kapellen für die Erhaltung der österreichischen Volksmusik. Eigentlich war es egal, was sie redeten. Es hätte sich auch um Probleme zwischen Schiiten und Sunniten oder die Ausgrabungen in Ephesos oder den Borkenkäfer drehen können. Ein interessanter Mann und noch dazu gutaussehend. Wenn er den Kopf drehte, erinnerte er Iphi an Georg Clooney. Er wirkte zwar älter als sie erwartet hatte, aber das war kein Problem für sie. Ein wahrer Gentleman. Er stellte kluge Fragen, interessierte sich auch für den Betrieb in der Schule und bedauerte, keinen Wohnsitz in so einer schönen Gegend, wie es das südliche Niederösterreich ist, zu haben.

Zwischendurch läutete sein Handy. Otto entschuldigte sich und ging nach vorne zu den Stehtischen beim Eingang. Verena wollte wissen, ob er morgen Zeit hätte, sie wüsste ein besonders empfehlenswertes Restaurant. Otto sagte zu und schickte noch einige Floskeln der Freude auf ein Wiedersehen nach.

„Es tut mir leid. Ich bin derzeit in einem Projekt des Crowdfunding involviert, da gibt es kein Wochenende, für meine Partner muss ich immer erreichbar sein."

„Worum geht es denn?"

„Es ist ein Startup, das mit einem revolutionären Konzept zur Rückgewinnung erneuerbarer Energie in Kürze an die Börse gehen wird." Was Besseres fiel ihm im Moment nicht ein. Lächerlich, ein Startup an die Börse, gab es das überhaupt?

Iphi gab sich gewandt. „Das heißt, die ganze Sache läuft schon, aber Gewinne gibt es noch keine."

Sie selbst hatte außer dem Sparbuch ihres Vaters noch ein eigenes, einige Goldmünzen und überwies monatlichen 100 Euro auf einen Sparplan, für Anteile an einem österreichischen Aktienfond.

„Richtig, aber es ist ein wirklich sensationelles Projekt, mehr darf ich nicht verraten."

Otto hätte auf die Schnelle eh nicht gewusst, was er noch erfinden könnte.

„Da kann man viel Geld machen, wenn man von Anfang an dabei ist, oder?" Iphi hatte diese Frage in einem Zustand der völligen Vernebelung gestellt, wozu der inzwischen servierte Prosecco beitrug.

Ottos Sensoren schlugen aus.

„Das wird schwierig, die Startphase ist abgeschlossen. Hätten Sie denn Interesse daran?"

„Wenn es eine seriöse Investition ist, warum nicht? Bei den derzeitigen Zinsen wird das Geld am Sparbuch immer weniger."

„Richtig, oder man investiert in Gold."

„Aber der Goldpreis bewegt sich auch nicht wirklich."

Otto war begeistert. Die Frau war empfänglich für seine Schwindeleien.

„Ich bin im Vorstand, ich werde einmal schauen, was ich tun kann."

Iphi war zufrieden. So einen Mann, so ein Gespräch, das überstieg ihre Erwartungen an den heutigen Nachmittag. Nach etwa drei Stunden, die für Iphi im Flug vergangen waren, musste sie doch an die Heimfahrt denken.

Sie tauschten die Telefonnummern aus und vereinbarten ein baldiges Wiedersehen.

Beide waren zufrieden. Iphi, weil sie einen interessanten Mann kennen gelernt hatte, der Abwechslung in ihr Leben bringen würde.

Otto, weil er sicher war, in Kürze eine neue Geldquelle anzapfen zu können.

Sie verabschiedeten sich mit einer Berührung der Wangen, die alles und nichts bedeuten konnte.

Iphi bestieg den EC nach Wr. Neustadt. Sie hatte sich noch ein Mineralwasser gekauft und löschte damit die Prosecco-Leichtigkeit. Schließlich musste sie noch Auto fahren. Zeit zum Nachdenken. Eine kritische Stimme in ihr meldete Zweifel an. Manches an diesem Mann wirkte irgendwie aufgesetzt. Bei der Unterhaltung über das Projekt war seine Stimme in eine höhere Lage gekommen. Das erinnerte Iphi an ihre Schüler. Wenn einer log, klang es ähnlich. Aber egal. Ein interessanter Mann trotzdem. Vielleicht ein paar Mal ausgehen. Und dann weitersehen.

Iphi konnte nicht wissen, mit welchem dunklen Charakter sie den Nachmittag verbracht hatte.

Das Telefon riss sie aus der Versunkenheit. Eugen, konnte der Gedankenlesen? „Was willst du?"

Iphi hörte seinen Liebesschwüren eine paar Minuten zu. Früher einmal, an einem einsamen Wochenende, wäre sie bei seinen Worten schwach geworden. Heute und in Zukunft sicher nicht mehr.

„Ich habe dir gesagt, dass es aus ist. Nimm das zur Kenntnis! Lass mich in Ruhe!" Dann drückte sie den roten Knopf. Heute war sie stark. Es gab einen Mann, der sich für sie interessierte, und der war nicht der Einzige! Die mit Eugen vertanen Monate taten ihr nicht leid, aber jetzt war Schluss damit. Ihr Leben würde eine neue Wendung nehmen!

Einige im Kirchenchor glaubten an die Macht der Sterne. Iphi hielt nichts davon. Sie war zu rational geprägt. Das würde sie aber nicht hindern, sich eine neue Wendung des Lebens voraussagen zu lassen. Schaden konnte es nicht. Auch eine Art von Voodoo-Zauber.

Einen Tag verbrachte John wie in Agonie. Als sei es ein böser Traum gewesen, aus dem er jeden Moment erwachen würde. Er aß kaum, trank viel, war lethargisch, ging mehrmals am Tag in die geräumte Küche. Stand über der Falltür und konnte keinen Entschluss fassen. Die zwei Menschen da unten waren seit langem tot. Daran war nicht zu rütteln. Ein Mann und eine Frau. So viel hatte er erkennen können.

Am nächsten Vormittag ermannte er sich. Es musste sein, er hatte keine Wahl, er musste da hinunter. John öffnete die Falltür, holte die kleine Leiter und stellte sie in das Kellerloch. Er atmete tief durch und stieg hinab.

Zwei Mumien! Der Mann trug eine Uniform, die John sofort als russische erkannte. Achselklappen mit Streifen, eine Reithose, Stiefel. Die Frau hatte ein Dirndl an. Die Stoffe waren an vielen Stellen vermodert. Gesichter und Hände wie Leder, die Münder standen offen, die Zähne bleckten – die Toten grinsten ihn an.

John sah sich um. Der Raum maß etwa fünf mal fünf Meter im Quadrat. John musste aufpassen, nicht an die Balken der Decke anzustoßen. Etwas streifte ihn am Ohr. Spinnenfäden und alte Spinnennetze, denen er ausweichen musste. Die Wände waren aus rohen Natursteinen, die Zwischenräume nur grob verputzt. John leuchtete den Keller aus. Eine Steige mit verschrumpelten Erdäpfeln, Holzkisten und in einer Ecke ein Berg von Brettern und allerlei Gerümpel. Mehr war da nicht. Ein feiner nach Höhle riechender Luftzug war zu spüren. John musste sich dazu zwingen, sich über die Mumien zu beugen. Die Augenhöhlen waren leer, die Lider halb geschlossen. Das gab ihnen ein heimtückisches Aussehen, so als würden sie nur darauf warten, dass er in ihre Nähe kam. Erst jetzt konnte John die braunen kreisförmigen Flecken auf dem Mieder der Frau und der Uniformbluse des Mannes erkennen. Einschüsse, kein Zweifel!

Wer hatte die beiden ermordet? Sie hier abgelegt? Hatte die Falltür geschlossen und war fortgegangen?

Kaltblütig! Ein Doppelmörder!

John sah ein Stück Papier, das im Mieder der toten Frau steckte. Er nahm es an sich, richtete sich jäh auf und schlug mit dem Kopf an die Holzdecke des Kellerlochs. Er wollte jetzt raus da, weg von den Leichen, fliehen aus diesem Grab!

John wechselte Hose und Hemd. In diesem Gewand, das nach Gruft roch, wollte er sich nicht im Wohnzimmer niederlassen.

Antonia Prendinger! Verräterin! Mein Bruder ist im Krieg gegen die Russen gestorben und diese Frau hurt mit einem Russen! Verräter müssen sterben! Heil Hitler! Wir kämpfen weiter! Der Werwolf!

John las die Zeilen immer wieder. Ein Drama nach dem grausamen Krieg, der auch vielen Zivilisten den Tod gebracht hatte. Die Russen hatten Ostösterreich besetzt. Die Aufzeichnungen der Gewalttaten sind umfangreich. John hatte vieles darüber gelesen. Plünderungen, Raub, Mord, nicht nur von der

Besatzungsmacht, auch Österreicher waren in Verbrechen verwickelt. Hatte die Frau geglaubt, der Mann wäre im Krieg gefallen, weil sie lange keine Post mehr bekommen hatte? Sie hatte ein Verhältnis mit einem Russen angefangen, der konnte für sie sorgen. Lebensmittel waren damals wertvoller als alles andere. John nahm an, dass der ermordete Russe einen höheren Rang gehabt hatte. Die Streifen auf den Achselklappen wiesen darauf hin. In der Roten Armee gab es, wie in allen Armeen solche und solche Soldaten. Besonders unter den Offizieren waren viele sehr gebildet. John erinnerte sich an einen Bürokollegen, der als Kind die Einquartierung eines russischen Hauptmanns erlebt hatte, der wunderbar Klavier gespielt hatte. Es war vorstellbar, dass so ein Mann eine Frau eroberte, die den Schrecken und Entbehrungen des Krieges ausgesetzt gewesen war.

John wusste auch, was der Werwolf zu bedeuten hatte. Diese Organisation war noch vor Ende des Krieges von der SS eingerichtet worden. Fanatische Nazis sollten bis über die Niederlage der deutschen Streitkräfte hinaus als Partisanen die eingedrungenen Feinde bekämpfen und zum Rückzug zwingen.

Die Zeilen auf dem Stück Papier schilderten eine Tragödie in Kurzform. Ein Mann im Krieg gefallen, die Frau sucht Versorgung und Liebe, der Bruder des Soldaten tötet den Russen. Zwei Darsteller lagen unten im Keller, die Hauptfigur fehlte.

John begann zu grübeln, was er nun tun sollte.

Er bedauerte alle Toten. Die zwei im Erdkeller und den Soldaten, der irgendwo in fremder Erde vermoderte.

John wollte die Toten nicht der Sensationsgier der Öffentlichkeit aussetzen. Der Auftrieb der Medien hier in seinem Refugium würde gigantisch sein, alles zerstören. Es könnte auch ihm schaden. Sein Prozess in Wien war auf Juni vertagt. Er wollte seinen Namen nicht in der Zeitung lesen.

Die Nacht brach herein, Stunden vergingen, John trank und trank. Dann fasste er einen Entschluss.

Dieser Entschluss war ein großer Fehler, aber das wusste John noch nicht!

Gegen die vierte Morgenstunde wachte er auf. Im Rausch war er auf dem Sofa eingeschlafen. Er hatte zu viel getrunken. Am Abend war er im Haus herumgegangen und hatte alle Fenster und Türen sorgfältig verschlossen. Das Gefühl beobachtet zu werden, der kalte Hauch einer fremden Anwesenheit, ließ ihn nicht los. Etwas hatte ihn geweckt. Er sah zu Balkontür hin. Eine Gestalt, weiß, von Schemen umflossen. Ein Antlitz war nicht zu erkennen, nur Augen und ein gierig nach Luft ringender Mund. Und das Seil um den Hals. An dem baumelte die Figur in der leichten Brise des Morgens. Auf einmal bewegte sich eine Gestalt auf John zu. Immer näher. Es war der Russe mit einem Revolver in der Hand. Dieser Mann würde ihn vernichten, John spürte das. Er fuhr auf, machte eine abwehrende Handbewegung, wollte sich verteidigen, schlug mit den Fäusten in die Luft und stürzte aus der eigenen Bewegung nach vorne auf den Boden.

Das Wohnzimmer war leer. John war benommen. Er war erleichtert, dass es nur ein Traum war. Alles, was er gestern gesehen hatte, war in der Nacht über ihn gekommen. Aber es blieb etwas zurück, der Geruch der Mumien lag in der Luft und nahm John den Atem. Er flüchtete ins Schlafzimmer, schleuderte sein Gewand auf einen Sessel und verkroch sich im Bett.

Gegen neun Uhr erwachte John mit schwerem Kopf. Nur mit Willenskraft gelang es ihm, sich zu erheben. Bei einem Lungo machte er sich klar, dass er mit diesen Toten nicht weiter unter einem Dach bleiben konnte. Falltür zu, Teppich drüber, das würde er nicht aushalten. Er musste eine Lösung finden! Es musste eine würdige Lösung für die Toten sein!

Als John Anfang des Jahres den Brief eines Notars erhalten hatte, sich wegen einer Erbschaft in der Kanzlei einzufinden, war er sehr überrascht gewesen. Noch mehr dann, als er erfuhr, er hätte ein Haus im südlichen Niederösterreich geerbt.

John war einen Tag später hingefahren und sofort begeistert. Die Substanz war in schlechtem Zustand. Das war egal, die Lage in der einsamen Waldumgebung wog alles auf.

John beschloss daraufhin, seinen Plan zu Ende zu bringen. Seit Monaten hatte er Beweise gesammelt, dass sein Chef mit Hilfe von Tochterfirmen am Balkan krumme Geschäfte machte. John wollte kündigen und vorzeitig in Pension gehen. Mit den Fakten wollte er etwas Druck machen. Gegenüber einer Kollegin in der Buchhaltung hatte er eine Bemerkung gemacht. Die hatte Interesse geheuchelt und Fragen gestellt. John hatte nur vage Angaben gemacht. Aber die Kollegin verhielt sich so, dass John glauben musste, sie sei über die krummen Geschäfte genauso empört wie er selbst.

An einem Abend kurz nach Büroschluss war sie wieder einmal in Johns Büro gekommen. Sie hatte mit ihm geflirtet, aber John war darauf nicht eingegangen. Er war schon im Weggehen, als sich die falsche Schlange die Bluse aufgerissen, sich ein paar Kratzer zugefügt und Hilfe schreiend aus dem Büro gerannt war.

So war sein Plan vorerst gescheitert. John wurde fristlos entlassen und angezeigt. Später musste er bei der Polizei aussagen. Es dauerte zwei Monate dann flatterte eine Vorladung zu einer Gerichtsverhandlung ins Haus. John hatte seine Beweise für die Betrügereien nicht publik gemacht, die würden seine stärkste Waffe bei der Gerichtsverhandlung sein. Trotzdem, das alles belastete ihn immer wieder. Die Namen dieser beiden Menschen, Chef und Kollegin, hatte er in der Voodoo-Grabstelle versenkt. Geholfen hatte der Zauber nicht, die Erinnerung an diesen Betrug ließ ihn nicht los. Er hasste sie noch immer.

Die Erbschaft war zur rechten Zeit gekommen. John fasste wieder Mut. Er glaubte, das Schicksal wäre doch gerecht. Er hatte die Erbschaft angenommen. Ein Urgroßonkel seiner Mutter stammte aus dem Dorf, in dessen Nähe das alte Haus in absoluter Einsamkeit mitten im Wald stand. Den Verflechtungen der Verwandtschaft konnte John nicht folgen.

Es war eine komplizierte Linie kreuz und quer, aber tatsächlich war John der einzige lebende Nachkomme dieses Mannes. John hatte davon nichts gewusst. Sein Vater war gestorben, als John noch ein Baby war. Die Mutter kurz darauf, und er wurde in die Obhut von Zieheltern gegeben. Die hatten für ihn gesorgt, wie man sich um ein wertvolles Möbelstück im Haus kümmert. Wahre elterliche Liebe brachten sie nicht auf. Als John so alt war, um sich für seine Eltern zu interessieren, hatte er nur dürftige Informationen erhalten. Seine Zieheltern machten nur ab und zu Bemerkungen über die schreckliche Zeit im Krieg und in den darauffolgenden Jahren. John hatte an der WU begonnen zu studieren, bezog ein Zimmer in einem Studentenheim in Wien, und dieser neue Lebensabschnitt rückte alles andere in weite Ferne.

Über das Haus selbst wusste er nichts. Es gab keine Baupläne oder sonstige Unterlagen. Haus und Grund waren unter einer Konskriptionsnummer der Katastralgemeinde der kleinen Stadt im Tal eingetragen.

Seit Jänner war er Besitzer dieses Hauses und nun das! Die vermeintliche Huld der oberen Mächte hatte sich in eine Verdammung verwandelt! Zwei mumifizierte Leichen im Keller!

War dieses Haus verflucht?

Einige Tage lang hatte er alles überdacht und die notwendigen Vorbereitungen getroffen. Versucht die notwendige mentale Stärkung für das Vorhaben aufzubauen. Er zog den schwarzen Monteuroverall an, den er im Baumarkt in der Stadt gekauft hatte. Stieg in den Keller und bettete die Mumie der Frau auf eine Plane. Die schlug er zusammen und hievte das Bündel hinauf in die Küche. Dann schnitt er einen großen schwarzen Müllsack der Länge nach auf und wickelte die Mumie darin ein, ganz vorsichtig. Er fühlte, wie das Gewebe unter dem Druck der Hände nachgab. Er setzte eine schwarze Wollhaube auf, darüber eine Stirnlampe und legte sich das Bündel über die Schulter.

„Verzeih mir", sagte er laut in die Nacht, als er den Pfad zum oberen Weg ins Dorf einschlug.

Die Frau war so leicht. John hatte kein Problem.

Wieso war die Frau gerade hier, in diesem Haus, erschossen worden? Warum hatte sich in dem Haus ein anderer umgebracht?

Oben am Weg blieb John stehen und nahm einen Schluck aus dem Flachmann. Er hatte den ganzen Abend lang Wein getrunken und der starke Obstler danach vernebelte seine Sinne vollständig.

John fragte die Frau, ob er mit ihr verwandt sei. Wieso waren die beiden gerade in diesem Haus ermordet worden? Er redete und redete, erzählte ihr alles, was ihm in Wien widerfahren war. Sie gab keine Antwort.

Als er das Dorf erreichte, schlug die Glocke die zwölfte Stunde. Die finstere Nacht war auf Johns Seite. Es war ein schauriger Anblick. Das Bündel auf seiner Schulter sah aus wie ein riesiger Buckel. Das Licht auf seiner Stirn leuchtete fahl. Ein einäugiger Zyklop ging mitten durchs Dorf.

Die alte Frau Berger, die nahe der Kirche wohnte, war wie immer beim Krimi vor dem Fernseher eingeschlafen. Die Glocke zur Mitternacht weckte sie. Sie schüttelte sich, immer diese Filme. So grausame Verbrechen. Zu später Stunde wurden die brutalsten

Stories gesendet. Auch die Gruselfilme, die sie besonders liebte. Sie schaltete den Apparat aus, öffnete ein Fenster, um frische Luft zu schöpfen, und sah ein großes schwarzes buckeliges Monster mit einem Auge in der Mitte des Kopfes. Es blieb stehen und starrte zu ihrem Fenster hinauf. Es war so unheimlich. Ihr wurde es schwarz vor Augen, sie sackte zusammen und schlug hart auf dem Fußboden auf.

John erreichte den Friedhof. Ein wunderschöner Liegeplatz für die Ewigkeit. Etwas oberhalb des Dorfs, umrahmt von hohen Nadelbäumen, die sich im Nachtwind wiegten, als wollten sie sich vor den Toten verbeugen. Bei einigen wenigen Grabstellen brannten Kerzen in den Laternen, um die Verstorbenen zu geleiten. John empfand keine Angst, die Toten würden ihm nichts anhaben, nur die Lebenden waren zu fürchten. Zielstrebig steuerte er ein Grab in der dritten Reihe an. Das hatte er schon vorgestern bei einem unverfänglichen Spaziergang erkundet. Prendinger, drei Namen in Stein gehauen. Schwer zu sehen unter den Ranken eines wild wachsenden Efeus. Eine rostige Laterne, ein Bund verwelkter Blumen in einer Vase. Um diese letzte Ruhestätte hatte sich lange niemand mehr gekümmert. Er legte das Bündel mit der Mumie vorsichtig auf das Grab, wickelte es auf und richtete die Leiche gerade. Man würde sie finden. Bevor sie noch schneller als in der Erde zu jener Asche zerfallen würde, aus der alle Lebenden stammten. Er war sicher, dass sie morgen, spätestens übermorgen jemand entdecken würde. Dann könnte sie ihren endgültig letzten Weg antreten. Den Müllsack faltete er zusammen und nahm ihn mit. John schlug ein Kreuz und verließ den Friedhof.

Otto Karl Sedlacek, alias Carl Cornelius Otto von Scheuchenstein, alias Ernst Otto Scheucher, alias Carl Otto Mertens, saß bei seinen Notizen und legte ein neues Blatt an:

Iphigenie Lewandowski, Lehrerin NÖ, noch nicht 50, sportlich, interessantes Gesicht, intellektuell, gute Figur. Positive Reaktion bez. Investitionen, aber über welche Summen konnte eine Lehrerin verfügen, viel konnte das nicht sein.
? Vermögen
? Wohnung
? Verwandtschaft

Otto seufzte, was nützte ihm eine gute Figur, wenn die Frau kein Geld hatte. Die ideale Goldeselin hatte er noch immer nicht gefunden. Er stand auf, nahm einen Schluck Wein und ging in den Garten. Die ersten Tage im Mai waren verregnet gewesen. Seit gestern war die Temperatur gestiegen, die Sonne schien, es grünte und sprosste überall. Otto wanderte im Garten herum. Verschlungene Wege um Gruppen von Sträuchern, kleinere offene Stellen um einen Baum, in wenigen Wochen würde das Labyrinth weiterwachsen. Otto liebte es schon jetzt. Es entsprach seinem Wesen. Sich nicht offenbaren, sich im Verborgenen halten, nichts preisgeben. Diese Verschlagenheit des Charakters hatte der Garten jedoch nicht. Man konnte ihn begehen, alles erkunden. Die Natur war ehrlich, sie präsentierte sich so, wie sie war!

Er ging zurück ins Haus. Er kleidete sich wie für ein Geschäftsessen an, Anzug, Hemd und Krawatte. Es war Zeit zum nächsten Treffen aufzubrechen. Ein Uhr zum Mittagessen im Café Hummel in der Josefstädterstraße.

Beide waren pünktlich und trafen sich fast beim Eingang. Otto hatte um elf Uhr angerufen und unter Dr. Scheucher einen Tisch am Fenster bestellt. Die suchenden Blicke trafen sich und begrüßten einander mit großer Herzlichkeit.

Der Ober war bemüht, Frau Erika Ponsel enthusiasmiert wie beim ersten Kennenlernen und Otto nur hungrig. Sie bestellten Suppe, Kalbsschnitzel mit Salat, und einen Grünen Veltliner. Die Küche im Hummel war vorzüglich, der Smalltalk während des Mahls wie üblich.

„Ich lade Sie ein zum Kaffee bei mir zu Hause", sagte Frau Ponsel.

„Ich weiß nicht, ob ich noch genug Zeit habe", Otto gab sich zögerlich, sah auf die Uhr.

„Es ist ja nicht weit, nur fünf Minuten die Josefstädterstraße hinunter."

„So einer netten Einladung kann ich nicht widerstehen. Aber ich habe einen Vorschlag, wir trinken jetzt gleich ein Glas Sekt, wir müssen dieses Rendezvous feiern. Ich fühle, dass dieser Tag für unser weiteres Leben von großer Bedeutung sein wird!"

Frau Ponsel legte das anders aus, als Otto es meinte. Ihre Wangen färbten sich noch röter als sie vom Essen eh schon waren. Der Sekt wurde serviert und das Du Wort quasi gleich als Häppchen dazu.

„Auf dich, Erika, dies ist ein wichtiger Moment!"

„Otto, ich hätte nicht gedacht, dass ich so einen Tag wieder erleben darf."

Sie tranken einander zu. Otto ergriff dann ihre rechte Hand und küsste sie. Erika begann von ihrer Ehe zu erzählen, Otto ließ sie reden und dachte nach, wie er nun weiter vorgehen sollte. Als der Sekt getrunken war, wurde beschlossen zum Kaffee in Erikas Wohnung zu gehen.

„Herr Ober, bitte zahlen!"

Nach der, für ein Wiener Kaffeehaus traditionellen Frist von etwa fünf Minuten, brachte der Ober die Rechnung. Otto nahm sie, gut 80,- Euro alles zusammen.

Er hatte von Anfang an nicht daran gedacht, die Rechnung zu bezahlen. Er griff nach seiner rechten Hosentasche. Zog die Hand zurück, tastete die anderen Taschen ab, fuhr in die Innentaschen des Sakkos, stand mit ratloser Miene auf, dann setzte er sich wieder, atmete schwer und sagte: „Das gibt es nicht, ich habe meine Börse immer in der Hosentasche." Klopfte erneut alle Taschen ab. „Ich bin mit der Bim gekommen, es muss in der Straßenbahn passiert sein, da war ein rechtes Gedränge. Das ist ja entsetzlich, in der Börse waren auch alle Kreditkarten. Was soll ich denn nun machen?"

Der Ober hatte alles beobachtet. So Szenen hatte er schon öfters erlebt. Er wusste, was jetzt kommen würde.

„Bitte beruhige dich, ich übernehme die Rechnung. Das ist ja kein Problem." Erika zückte ihre Geldbörse und bezahlte die Rechnung.

Der Ober war zufrieden, Otto gab einen

Wortschwall seiner Vermutung von sich und entschied dann, er müsse zur Polizei gehen.

„Dann gehen wir in meine Richtung, das Kommissariat ist in der Fuhrmanngasse, dort kannst du die Anzeige machen. Ich warte zu Hause auf dich, ein Kaffee bei mir wird dir guttun."

Otto war scheinbar einverstanden. Vor einem stattlichen Haus aus der Gründerzeit trennten sie sich mit einem Kuss auf die Wangen und Otto marschierte weiter Richtung Fuhrmanngasse. Im nächstbesten Beisl trank er im Stehen ein Achtel Rot und zog Bilanz. Kontakt abbrechen oder nicht? Die Erika ließ sich ausnehmen, da konnte er mehr rausholen, andererseits die Tochter? Er hatte es schon erlebt, dass eine um die Mutter besorgte Tochter Verdacht geschöpft und ihm mit Anzeige gedroht hatte. Er wog die Risiken ab und entschloss sich dann vorläufig weiterzumachen.

Nach angemessener Frist stand er vor Erikas Tür. Erika war voller Überschwang. Die 80.- Euro gab Otto zurück und sagte, dass er in einer Filiale seiner Hausbank nach telefonischer Bestätigung durch seine Anlageberaterin Geld hatte abheben können. Die Kreditkarten habe er sperren lassen, die Polizei habe ihm wenig Hoffnung auf eine positive Erledigung machen können.

Erika bewirtete ihn und bei einem Glas Portwein setzte sie sich ganz eng neben Otto aufs Sofa. Er heuchelte Bewunderung als sie ihm ein Fotoalbum unter die Nase hielt, in dem Erika auch in einem knappen Balletttrikot zu sehen war. Eine gute Figur hatte sie in jungen Jahren schon gehabt. Im Alter waren einige Rundungen dazugekommen. Ihr fehlte eine Brust, das hatte sie Otto nach wenigen Minuten gesagt. Er hatte ihre Aufrichtigkeit gelobt und versichert, dass sei in einer auf seelischem Gleichklang basierenden Beziehung nebensächlich. Die weiteren Signale waren eindeutig, aber Otto wehrte das ab. Vielleicht würde er diese Bereitschaft zur Hingabe nützen, wenn es um eine größere Summe ging. 20.000.- oder vielleicht gleich 50.000.-? Er musste die Situation weiter ausloten und lenkte das Gespräch auf berufliche Anforderungen, morgen habe er einen besonders anstrengenden Arbeitstag. Die Existenz als freischaffender Architekt sei nicht einfach. Dann legte er den ersten Köder und fabulierte über das innovative Projekt, von dem er noch nicht viel aussagen könne. Es böte jedoch eine sichere und lukrative Geldanlage. Erika war durchaus angetan und Otto versprach weitere Informationen zu angemessener Zeit.

Wenn sein Projekt auf geduldigem Hochglanzpapier gedruckt war, würde der richtige Moment für die nächste Aktivität sein. Er würde Erika vögeln und ihr anschließend eine Beteiligung verkaufen. Für heute war Otto müde und trat den Heimweg an. Erika war betrübt, aber zugleich auch voller Verständnis für den gestressten Manager. Sie würden einander bald wiedersehen.

Sein angeblich so anstrengender morgiger Arbeitstag bestand nur aus zwei Treffen. Abends Verena und am Nachmittag...jetzt fiel ihm der Name nicht gleich ein, doch, Martina! Sein Leben als Schwindler war wirklich nicht leicht, jetzt wurde er vergesslich auch noch. Das konnte in seinem Metier zu unnötigen Komplikationen führen.

Es drängte ihn nach Hause, auch wenn das nur ein armseliges Zuhause war. In der U-Bahn dachte er an das pompöse Haus in Montvale, New Jersey, in dem er mit Gwendolyn gewohnt hatte. Kein Vergleich mit seiner jetzigen Bleibe. Aber alles würde sich regulieren lassen. Er war doch immer käuflich gewesen, aber jetzt wollte keine mehr viel bieten für ihn. Nein, das stimmte nicht, die Richtige hatte er noch nicht aufgegabelt. Erster Ansatz die Erika und dann die Verena. Bei der Martina sah er nicht so große Chancen. Er musste weiterarbeiten. Alles war Arbeit, auch die Schwindelei. Er würde das Projekt X, was immer es war, ausarbeiten, verfeinern. Glaubwürdige Unterlagen beschaffen, die zu Geldflüssen führen mussten.

Ein Wagen vom Roten Kreuz mit blitzendem Blaulicht stand vor Frau Bergers Haus. Das war die erste Aufregung des heutigen Tages im Dorf. Anna Berger wurde unter den neugierigen Blicken einiger Leute auf einer Liege aus dem Haus getragen und eingeladen. Eine Frau fragte rasch, was mit ihr geschehen wäre, erhielt aber nur eine ausweichende Antwort eines Sanitäters. Datenschutz, sie wisse schon. Der Mann sagte nur ein Wort – Kreislauf. Aber ein Verband um die Stirn war nicht zu übersehen. Die Nachbarin wünschte der Anna noch alles Gute, baldige Besserung und was man sonst so sagt bei der Gelegenheit, dann rauschte der VW Bus davon.

Eine viel größere Aufregung entstand nach elf Uhr, als die Mumie am Grab der Familie Prendinger gefunden wurde. Eine Frau, die auf einem Grab zwei Reihen weiter Stiefmütterchen einsetzen wollte, hatte das schwarze Bündel entdeckt. Auch diese Frau hatte einen gehörigen Schrecken erlitten. Es dauerte nicht lange und die Sache war im Dorf herum. Polizei war eingetroffen, eine Stunde später auch Beamte des Landeskriminalamtes und die Spezialisten der Tatortsicherungsgruppe. So eine Auffahrt von Polizeifahrzeugen hatte es im Dorf noch nie gegeben. Zwei Delikte standen zur Diskussion, Grabschändung und Mord. Die Spuren auf dem Dirndl der Frau waren eindeutig, auch wenn es unter dem Loch fast keinen Körper mehr gab. Es wurde abgesperrt, fotografiert, der Friedhof nach weiteren Spuren abgesucht. Die Gräber wurden kontrolliert, die Mumie in einem luftdichten Behälter verpackt und abtransportiert.

Wenig später kamen die ersten Reporter, sogar der ORF rückte an. Im Dorf brodelte die Aufregung. Die Polizei begann Fragen zu stellen, im Melderegister wurde recherchiert. Von der Familie Prendinger lebte niemand mehr. Aber es gab einige Nachbarn, die etwas über die Familie erzählen konnten.

Beamte und Zeitungsleute stärkten sich im Wirtshaus und störten die Ruhe der Stammgäste an der Theke. Der Platz um den Dorfbrunnen war mit Autos verstellt. So einen Wirbel hatte das Dorf noch nie erlebt!

Iphigenie war an diesem Schultag so gut gelaunt, wie schon lange nicht. Allen fiel es auf, den Kolleginnen und Kollegen, den Schülerinnen und Schülern, nur Eugen bekam davon nichts mit. Als er sie anrief, erteilte ihm Iphi eine Abfuhr. Er solle sie ein für alle Mal in Ruhe lassen. Das sagte sie in einem eisigen Ton und drückte den roten Knopf. Nach Schulschluss gingen Iphi und ihre Kollegin Marion ins Stadtcafé, ganz in der Nähe der Schule, auf einen Imbiss. Da konnten sie sich austauschen über den Schultag. Sie plauderten eine Weile und Iphi musste dann ihre Neuigkeit loswerden, das Rendezvous in Wien. Das gab Gesprächsstoff genug.

Gegen drei Uhr war Iphi zu Hause. Schaltete die Espressomaschine ein und setzte sich an ihren Schreibtisch, die Englisch-Schularbeit der 5A musste verbessert werden. Iphi arbeitete konzentriert und zwei Stunden später konnte sie den Rotstift aus der

Hand legen. Sie stand auf, dehnte und streckte sich, öffnete das Fenster, um frische Luft hereinzulassen. Bertl hatte die ganze Zeit auf seiner Decke gelegen. Nun erhob er sich etwas schwerfällig, schaute fordernd zu Iphi, die Zeit des Nachtmahls näherte sich und gewisse Bedürfnisse drückten ihn.

Die Glocken der Pfarrkirche schlugen die fünfte Stunde. Nach einer kurzen Pause nach dem fünften Schlag begann die Totenglocke zu läuten. Schon wieder, dachte Iphi, und zählte mit. Das Klagen der Totenglocke ertönte zwei Mal. Wieder eine Frau gestorben! Um die Frau Prendinger konnte es sich nicht handeln. Die Mumie war in der Gerichtsmedizin, nicht freigegeben für die Bestattung. Iphi hatte nur einmal mit Elli darüber gesprochen, alles andere wusste sie aus den Zeitungen. Die berichteten noch immer, allerdings spärlicher, über die mysteriöse Angelegenheit. Immer wieder neue Tote weltweit verdrängten die alten Fälle.

Iphi dachte nach, was in letzter Zeit über alte Frauen und ihren Gesundheitszustand geredet worden war. Im Dorf wurde alles beredet, so war das am Land! Es fiel ihr aber nichts ein. Aber es konnte sich auch um jemanden handeln, der nicht mehr im Dorf gewohnt hatte, jedoch hier geboren worden war. Iphi würde es spätestens bei der heutigen Chorprobe von Elli erfahren.

Obwohl Iphi nicht sehr fromm war, hatte sie beim Läuten der Totenglocke ein Kreuz geschlagen. Sie glaubte nicht wirklich an einen Gott, oder doch, es war ein diffuser Zustand zwischen Glauben an ein höheres Wesen und ihren Kenntnissen der Physik und

Chemie, die das Weltall formten. Das vom Vater vererbte Haus stand ganz nahe bei der Kirche und dem einzigen Gasthof des Ortes. An das stündliche Läuten hatte sich Iphi längst gewöhnt. Das störte ihre Nachtruhe nicht. Die Kirche gehörte zu Iphis Leben.

Der Weitwanderweg nach Maria Zell führte mitten durchs Dorf und im Gasthof nächtigten Wanderer und auch Pensionisten, die die ruhigeren Wege suchten. Die Gäste hatten manchmal Probleme mit dem Läuten in der Nacht, aber für die Einheimischen war es wie eine Bestätigung, dass Gott über sie wachte und sie in diesem kleinen Dorf ruhig und friedvoll schlafen konnten.

Bei der abendlichen Chorprobe gab es nur ein Thema, die Mumie auf dem Prendinger Grab! In den Pausen wurde getratscht und gerätselt. Nach Ende der Probe blieben viele noch im Wirtshaus für einen Umtrunk. Elli wusste inzwischen mehr die Hintergründe. Antonia Prendinger hatte als vermisst gegolten, wahrscheinlich umgekommen in den Wirren der Monate nach Kriegsende, ermordet von betrunkenen Soldaten. Der Mann, Alois Prendinger, hatte mit siebzehn einrücken müssen und in der traurigen Zeremonie einer Kriegstrauung wurden die beiden vermählt. Der Mann war nicht zurückgekommen, galt noch immer als vermisst. Elli wusste, dass sich ihre Großmutter noch gut an diese Verhöhnung des christlichen Sakraments erinnern konnte. Der Bräutigam, irgendwo an der Ostfront, bei einer Feier mit einem Militärpfarrer, die Braut in

Weiß vor dem Altar in der Kirche von Hochdorf, beide mit der Hoffnung, diese Ehe nach dem Krieg leben zu können. Die Nachrichten von den Fronten waren entmutigend, auch wenn die Propaganda der Nazis fast täglich neue Wunderwaffen und den kurz bevorstehenden Endsieg ankündigte.

„Die Mumie, das ist die Prendinger Antonia, das ist doch klar!"

„Das ist aber noch nicht bewiesen."

„Aber wer soll es denn sonst sein?"

„Der, der sie auf das Grab gelegt hat, weiß mehr!"

„Ja klar, das ist auch der Mörder!"

Worte und Sätze, kreuz und quer am Stammtisch.

„Meine Großmutter weiß noch einiges über die damaligen Geschehnisse, es muss eine furchtbare Zeit gewesen sein."

„Und sie weiß nicht mehr über die Prendinger?"

„Nicht wirklich, die ist auf einmal verschwunden, meine Großmutter wollte nicht reden darüber und es hat mich damals überhaupt nicht interessiert."

Iphi meldete sich: „Der Mörder kann das nicht gewesen sein, das geht sich doch von den Jahren gar nicht aus."

„Wieso?"

„Nehmen wir an, das war ein zwei Jahre nach dem Krieg. Auch wenn der Mörder ganz jung war, dann wäre er heute gut achtzig Jahre alt oder gar neunzig! Und es ist vollkommen unlogisch, dass der nach so langer Zeit sein Opfer auf dem Grab ablegt. Wenn der bis heute unentdeckt geblieben ist, wird er nicht so dumm sein, auf seine Tat aufmerksam zu machen!"

„Vielleicht will er sein Gewissen erleichtern, weil er

eh bald die Patschen ausstreckt?"

„Ja, vielleicht."

„Wenn es der Mörder nicht war, wer dann?"

„Wir werden das nicht aufklären können. Aber was ist mit der Anna? Wie geht es ihr?"

Frau Berger war mit einer Lungenentzündung ins Krankenhaus der Bezirksstadt gebracht worden. Eine Nachbarin, der das offen stehende Fenster aufgefallen war, hatte sie am Vormittag gefunden. Unterkühlt, eine blutige Wunde am Kopf, kaum ansprechbar, immer nur stammelnd, das Monster ist im Dorf. Niemand konnte sich einen Reim darauf machen, bis Iphi einen Gedanken hatte. Sie muss was gesehen haben. Elli hielt dagegen, dass Frau Berger wegen ihres Faibles für Gruselfilme bekannt war. Iphi blieb bei ihrer Meinung, ein Monster, sie muss was Unheimliches gesehen haben. Und wie ist denn die Leiche auf den Friedhof gekommen? Barbara und einige andere hielten diese Theorie für möglich, die Männer saßen am Stammtisch des Chors dabei und brummten nur in ihre nicht vorhandenen Bärte.

Plötzlich hatte Elli Tränen in den Augen.

„Elli, was ist?"

„Wie ich von der Leiche gehört habe, musste ich an Beate denken, wer weiß, wo die liegt", dabei brach sie in heftiges Schluchzen aus.

Iphi, Elli, Jutta, Barbara und Beate waren zu Teenager Zeiten in einer Clique. Sie hatten zusammen das Gymnasium im Hauptort des Bezirks besucht. Nach der Unterstufe hatten sich die Wege getrennt, aber sie waren immer in Verbindung geblieben. Beate hatte in Wien gelebt, war aber immer wieder ins Dorf gekommen. Eines Tages war wieder ein Besuch geplant. Beate war nicht gekommen und war am Handy nicht erreichbar. Zwei Tage darauf hatte Elli die Polizei verständigt. Es wurde nachgeforscht. Beate war nicht in ihrer Wohnung und war auch nicht an ihrem Arbeitsplatz erschienen. Verschwunden - von einem Tag auf den anderen.

Es wurde tagelang nach ihr gesucht, aber alles ohne Ergebnis. Beate Gebauer stand noch immer bei der Polizei auf der Liste der vermissten Personen, aber die Freundinnen machten sich keine Hoffnungen, dass sie noch lebte.

„Im ersten Moment habe ich gedacht, es könnte Beate sein, die am Friedhof abgelegt wurde", sagte Iphi und legte tröstend den Arm um Elli.

„Wenn sie nicht nach Wien gezogen wäre, hätte ihr das nicht passieren können", meinte Jutta.

„Und mit den Männern war sie unvorsichtig."

„Wieso, weißt du mehr?", fragte Jutta Elli, „Du hattest doch den meisten Kontakt mit ihr."

„Sie hat halt dauernd gesucht, hat sich schnell verliebt, lauter Strohfeuer, aber nichts Gescheites. Aber in den Wochen bevor sie verschwunden ist, war sie überglücklich. Ein toller Mann, sie schwärmte von ihm, aber verraten hat sie mir nichts."

Eine Weile wurden allerhand Vermutungen über Beates Schicksal geäußert, dann bestimmte wieder die Mumie das Gespräch.

Barbara war dazugekommen und war die erste, die es aussprach: „Also ich finde das alles sehr unheimlich, wer weiß, wer da im Dorf herumschleicht. Wo kommt denn die Leiche her, mumifiziert, die muss jahrelang wo gelegen sein? In einem Keller hier bei uns?"

Das löste ein heftiges Stimmengewirr aus, aber auch Angst bei allen, die für solche Bilder empfänglich waren. Iphi gehörte nicht dazu.

„Das könnte schon passen, aber heißt das, dass es einen Mörder im Dorf gibt? Denkt nach, jemand hat die Mumie auf das Grab gelegt. Was wollte er damit? Und warum gerade auf das Prendinger Grab? Ich glaube, der will nur, dass sie bestattet wird. Mehr nicht."

Barbara sprach das aus, was die anderen gedacht hatten: „Und der Mann im Geisterhaus, könnte der was damit zu tun?"

Iphi reagierte emotional, ohne nachzudenken, welchen Eindruck das machte. „Blödsinn, der ist viel zu sanftmütig für solche Sachen."

„Schau, schau. Sanftmütig, was für ein altmodisches Wort! Du verteidigst den etwa? Du weißt doch eigentlich nichts über den Kerl!"

„Das ist kein Kerl. Ich weiß das!"

„Hoffentlich irrst du dich da nicht!"

„Wie spät ist es, ich werde mich auf den Heimweg machen."

Die Worte schwirrten noch einige Zeit lang hin und her. Es wurde weiter gerätselt, wieso die Mumie auf das Grab der Familie Prendinger gelegt worden war. Elli sagte, sie werde ihre Oma noch einmal fragen, was sich damals im Dorf abgespielt hatte. Iphi beteiligte sich nicht mehr. Ihre Gedanken kreisten um John. Sie konnte sich nicht vorstellen, dass er eine Frau umbringen könnte. Sie hatte eine gewisse Verbitterung in seinen Worten gespürt, aber gewalttätig war er sicher nicht.

„Übrigens, für wen hat die Totenglocke heute geläutet?"

„Eine Frau aus dem anderen Tal. Die stammt aus unserem Dorf, ist aber gleich nach dem Krieg weggezogen", sagte Elli.

Das war jetzt nicht so interessant. Die Runde löste sich langsam auf. Sonst sangen sie noch vor dem Heimgehen ein letztes Lied, aber heute war die Unbeschwertheit vorbei. Die wenigen Männer standen rauchend an der Theke und leerten das zweite oder dritte Krügel. Ihnen war es egal, wenn nicht mehr gesungen wurde. Sie diskutierten über Fußball, war ja auch ein wichtiges Thema.

Es war eine finstere Nacht. Iphi hatte nicht weit nach Hause. Sie musste nur über den Platz mit dem Dorfbrunnen an der Kirche vorbei Richtung Wald gehen. Die Kirche von Hochdorf war eine Wehrkirche, errichtet in der Zeit der Babenberger Mark. Eine dicke Mauer aus Natursteinen schützte den Hof, der zwei Eingänge hatte. Iphi hätte die Kirche auf der Straße passieren können, aber sie ging immer quer durch den Kirchhof. Der kurze Weg an der Seite der Kirche entlang war für sie ein Moment der Besinnung. Sie empfand die Kirche und den Hof als einen Ort, der die Außenwelt abschirmte, ein Platz um Schutz zu suchen. Wie viele Menschen hatten hier ihre Sorgen und Wünsche hineingetragen zu einem Gott, der ihnen half, oder auch nicht. Die Kirche war schon im 12. Jahrhundert urkundlich erwähnt worden. Es mussten viele gewesen sein, Arme und Reiche, Junge und Alte, Gesunde und Kranke, die hier Trost gesucht hatten. Iphi war an vielen Tagen zu einem Gebet hineingegangen, obwohl sie nicht wirklich gläubig war. Die Stille in der Kirche, das gedämpfte Licht durch die bunten Glasfenster waren wohltuend. Einen Moment des Rückzugs in sich selbst, um zu einem Problem neue Erkenntnis zu finden. Dabei dachte sie oft an ihre Eltern. Der Vater war die wichtigste Person in ihrem Leben gewesen, weil ihre Mutter gestorben war, als Iphi noch die Volksschule besuchte. Großeltern hatte sie nie kennengelernt, der Krieg hatte alle dahingerafft. Der Vater war erst 1946 ins Dorf gekommen. Er stammte aus Ostpreußen, dorthin hatte er nicht mehr gewollt, das war jetzt polnisches Staatsgebiet. Er hatte dort keine Familie mehr. Mit Glück und dank seiner Ausbildung hatte er sich hier eine Existenz aufbauen können. In Dresden hatte er das Germanistik-Studium abschließen können, bevor er einrücken musste. Die Wirren des deutschen Rückzugs hatten ihn bis zum Semmering geführt. Da war er geblieben und hatte ab 1946 im Gymnasium in der Bezirksstadt unterrichtet. Der Vater hatte Iphis Leben bestimmt. Er hatte mit Iphi oft über das Leben gesprochen, philosophischen Gedanken nachgehangen, denen Iphi nicht immer hatte folgen können.

Heute ging sie nur durch den Hof, die Kirche war um diese Zeit versperrt. Als Iphi beim Ausgang zum Platz vor dem Gemeindeamt war, hatte sie das Gefühl, es sei jemand hinter ihr. Sie drehte sich um und sah in der Nische des Hauptportals einen Schatten, wie eine Gestalt, schwarz, reglos, ein Gesicht war nicht zu erkennen.

In jähem Erschrecken begann Iphi zu rennen, beim Gemeindeamt vorbei, die Straße zu ihrem Haus hinauf. Das hölzerne Tor stand wie immer weit offen, sie erreichte die Haustür, sah sich mehrmals um, sperrte mit zitternden Händen auf und schlug die Tür hinter sich zu. Bertl hatte schon auf sie gewartet. Sie brauchte einige Zeit, um sich zu beruhigen. So eine Panikreaktion. Sie, die trainierte Sportlehrerin, hatte sich dumm benommen. Anstatt gleich zu fragen, irgendwas hinzurufen, war sie davongerannt. Iphi nahm sich zusammen. So schnell ließ sie sich nicht unterkriegen! Sie musste eh mit Bertl noch Gassi gehen. Mit seiner Begleitung fühlte sie sich sicher. Bertl war von Natur aus ein gutmütiger Hund, aber wenn sein Frauchen bedroht wurde, konnte er sehr böse werden. Die beiden marschierten los. Iphi hatte die schwere Stablampe in der rechten Hand. Sie war wild entschlossen, die Kirche zu kontrollieren. Iphis Haus war das letzte in dieser Zeile. Dann kamen nur Felder und die Schotterstraße hinauf zu Wiesen und Wald. Nachdem Bertl sein kleines Geschäft am Rand erledigt hatte, marschierten sie zur Kirche. Iphi hatte die Lampe eingeschaltet. Sie umrundeten die Kirche, bei jeder Nische der Strebepfeiler war Iphi gefasst, auf jemanden zu stoßen. Es gab nichts zu fürchten, die Glocke schlug einmal die Viertelstunde, alle Türen zur Kirche waren verschlossen. Iphi und Bertl traten den Heimweg an. Noch im Einschlafen fragte sich Iphi, was sie gesehen haben mochte. Hatte ihr die Unterhaltung über das Monster einen Streich gespielt? Dann musste sie an Eugen denken, aber nicht so, wie in vielen früheren Nächten. Als sie Bertl in seinem Korb zufrieden grunzen hörte, dachte Iphi, der hat recht gehabt, der hat den Eugen nie leiden können. Carl Mertens, das Double von Georg Clooney, was würde Bertl von dem halten? Irgendetwas kreiste in ihrem Kopf. Dann fiel es ihr ein. Beate hatte ihr einmal ein Foto von ihrem Mann fürs Leben gezeigt. Der hatte ganz ähnlich ausgesehen. War das derselbe wie ihr Date vom Samstag? Das konnte nicht sein, ein Zufall. Sie nahm sich vor, das Foto morgen zu suchen. Über diesem Gedanken schlief sie endlich ein.

John saß im Wohnzimmer und beobachtete die Konturen der Berge an der anderen Talseite, wie sie langsam in der Dämmerung versanken. Blauer Himmel, Schneeberg und Rax noch vom letzten Schnee bedeckt, darunter die Abhänge und Wälder in sattem Grün - das zerrann langsam zu einem schattierten Grau. Im CD-Player, Storyteller, Tine Thing Helseth, keine andere Musik als die einsamen Trompetentöne konnte besser zu Johns Stimmung passen. Alles wird einmal vergehen, die Erde in etwa vier bis fünf Milliarden Jahren, anderes früher. Seine eigene Lebenszeit nicht messbar. Er spürte es. Die Mumie auf seiner Schulter hatte ihn verändert. Es war etwas geschehen, das nicht rückgängig gemacht werden konnte. Mit dem Öffnen der Klappe zum Keller war etwas ins Haus eingezogen, das John nicht hier haben wollte.

Gibt es einen freien Willen? Diese Frage gehört zu den Klassikern der Philosophie. John hätte eine Alternative gehabt, nämlich die Klappe geschlossen zu lassen. Keine echte Alternative, eine Falltür muss man öffnen. Wäre es nicht an jenem Tag geschehen, dann irgendwann später, einmal hätte er das Rätsel ergründen müssen. Es war also nicht sein Wille gewesen, die Klappe zu öffnen. Das änderte jedoch nichts an Johns Empfindungen, seit jener Stunde einem fremden Willen ausgeliefert zu sein.

Der russische Soldat lag noch immer im Erdkeller. Den musste er auch noch loswerden. John wusste, dass es neben dem Friedhof der kleinen Stadt auch einen russischen Friedhof gab. Das wäre der passende Ort für den sowjetischen Offizier. Von Johns Haus aus führte ein verwachsener Pfad zu dem Wanderweg Richtung Stadt. Gehzeit etwa eine Stunde, an und für sich kein Problem für John. Bei Tageslicht aber nicht ratsam, bei Nacht eine mühsame Sache. Er könnte auch mit dem Auto zum Soldatenfriedhof gelangen, aber ein Auto würde mehr auffallen.

Stand dem Russen eine würdige letzte Ruhestätte zu? Oder sollte er die Mumie irgendwo in den Wald schmeißen, bis sie endgültig verrottete? John überlegte. Hatte der Russe in den Wochen nach dem Einmarsch zu den Vergewaltigern gehört? Oder war der einer von jenen, die die einheimischen Frauen vor den betrunkenen Soldaten beschützt hatten? Auch solche Fälle waren von Zeitzeugen berichtet worden.

John stand auf und holte sich ein Glas Wein. Trat zum Fenster und sah hinunter auf die kleine Stadt. Überall und zu jeder Zeit existierten solche und solche Menschen. In den Häusern da unten mochte es nicht anders sein. Die Lichtbänder der Straßenlaternen ließen Dächer erkennen. Darunter war vieles verborgen.

John fühlte sich nicht schuldig, weil er die Leiche der Frau auf den Friedhof gebracht hatte. Er empfand diese Handlung als angemessen für eine sterbliche Hülle. Ob sie eine Schuldige oder nur durch die Not der Zeit Verführte gewesen war, wusste er nicht. Sollte er den Russen auch am Friedhof ablegen? John verschob die Entscheidung auf morgen. Eine Schwäche, immer alles zu verschieben. Besser wurde davon nichts.

Donnerstag, 14:30 Uhr, Otto ging vor dem Eingang zum Tiergarten Schönbrunn auf und ab. Zehn Minuten wollte er noch warten. Wenn die nicht pünktlich ist, dann kann sie mich vergessen, dann gehe ich ins Park Hotel oder zum Dommayer auf ein gepflegtes Achtel Wein. Kurz vor der selbst bestimmten Frist kam Martina auf ihn zu. Otto sah ihr entgegen und versuchte sie einzuschätzen. Martina setzte rasche energische Schritte, er glaubte ein Lächeln erkennen zu können. Eine hagere Person mit wenig, eigentlich keiner Frisur. Schwarze Stacheln, die wie bei einem Igel in die Höhe standen. Ein intelligentes Gesicht mit einer hohen Stirn, offene Augen, die seinem Blick mit Interesse begegneten. Otto bemerkte eine Veränderung gegenüber dem ersten Treffen mit ihr. Vielleicht waren die schlechten Manieren und die Nachlässigkeit der Bekleidung nur eine Tarnung gewesen. Am Telefon hatte sie darauf bestanden, in den Tiergarten zu gehen, das Herumhocken in den Beisln behage ihr nicht. So hatte sie das ausgedrückt, als ob das Dommayer ein Beisl sei.

Also marschierten sie nach einer förmlichen Begrüßung zum Eingang des Tiergartens.

„Ich war schon lange nicht mehr hier", sagte Otto.

„Es hat sich viel verändert, es wurde viel investiert und Gehege umgebaut."

„Ich bin grundsätzlich ein Skeptiker, was Tiergärten betrifft."

„Warum, das ist doch wichtig für den Erhalt der

Arten."

„Ich weiß nicht...muss das sein, für mich ist ein Zoo ein Konzentrationslager für Tiere. Die tun mir leid."

Sie standen vor dem neuen Gelände der Elefanten.

„Elefanten wandern in Afrika kilometerweit in riesigen Arealen, schauen Sie sich das an, wie groß ist das jetzt, einen halben Hektar, einen ganzen Hektar? Lächerlich, wenn man Tiere in Afrika gesehen hat."

„Waren Sie in Afrika?"

„Ja, zweimal."

„Haben Sie gejagt?"

„Nur mit der Kamera." Das war gelogen. Mit Gwendolyn war er in Namibia auf die Jagd gegangen und sie hatten alles abgeknallt, was ihnen vor die Büchsen getrieben worden war.

„Die Tiere hier kann man mit denen in freier Wildbahn lebenden nicht vergleichen, die sind schon hier aufgewachsen."

„Lebenslänglich eingesperrt!"

„Sie sind ein Zyniker!"

„Überhaupt nicht. Seit Jahrtausenden entstehen Arten, vergehen Arten, jedes Jahr werden neue entdeckt, das ist die Natur. Zu der gehört auch der Mensch. Und der glaubt, alles nach seinen Vorstellungen ändern zu müssen."

Sie wanderten zwischen den Gehegen herum. Schweigend.

„Welche Fächer unterrichten Sie?"

„Sie verwechseln mich, ich bin keine Lehrerin!"

„Pardon, ich weiß nicht, wie ich darauf gekommen bin. Ich dachte, Sie hätten das erwähnt." Otto ermahnte sich zur Vorsicht, solche Fehler durften nicht passieren.

„Ich bin bei der UNIDO angestellt."

„Das ist interessant, so einen Job in einer internationalen Behörde..."

„Letztendlich auch nur Büroarbeit, vielleicht ist der Horizont etwas weiter. Von Ihnen weiß ich auch nicht, was Sie genau machen. Sie haben doch studiert?"

„Nicht hier in Österreich, hier habe ich nur maturiert. Meinen Doktortitel habe ich in den USA gemacht."

„Das interessiert mich, was haben Sie studiert?"

„Musikwissenschaft."

„Sehr interessant, besonders für mich, ich wollte einmal Pianistin werden."

„Und, was hat Sie gehindert?"

„Ich habe rechtzeitig eingesehen, dass mein Talent nur bis zur Klavierlehrerin reicht. Aber zu welchem Thema haben Sie den Doktor gemacht?"

„Die Bedeutung der ersten Symphonien Beethovens für die Programmmusik des beginnenden neunzehnten Jahrhunderts."

Wenn Otto den Musikwissenschaftler spielte, war er auf solche Fragen immer vorbereitet. Er liebte klassische Musik und hatte sich laienhaftes Wissen angelesen.

„Da müssen Sie mir einmal mehr erzählen darüber."

Sie waren vor der Betonlandschaft der Eisbären angelangt. „Sehen Sie sich das an", sagte Otto, um abzulenken, „glauben Sie, das hier kann den Tieren die Arktis ersetzen?"

„Damit wären wir wieder beim Thema."

„Ich will ja nicht mit Ihnen streiten, aber das ist halt meine Meinung! Ich glaube, ein Eisbär, ein Löwe oder ähnliche Arten, die in Zoos gezüchtet werden, sind keine echten Raubtiere mehr."

„Die Menschheit ist verpflichtet, die Arten zu schützen und zu erhalten, die Entwicklungen auf unserer Erde sind ohnehin bedenklich genug!", wandte Martina ein.

„Klüger wäre es, wenn Tiergärten nur jene Arten zu erhalten trachten, die in dem Land heimisch sind. Hier in Schönbrunn gibt es zwei Exemplare des Turopolje Schweins, das ist in Serbien ausgestorben."

„Sehr gut, das gehen wir uns ansehen. Aber trotzdem, der Mensch ist verpflichtet für alle Arten zu sorgen, die es auf der Welt gibt!"

„Aber was ist, wenn sich der Mensch nicht selbst erhalten kann? Das wird irgendwann einmal eintreten. Die Spezies Mensch wird sich nicht selbst retten können und auch kein anderes Tier. Aber vielleicht entstehen andere Arten und somit ist es egal, welche Art jetzt vom Erdboden verschwindet."

„Sind Sie ein Nihilist?"

„Hm, Zyniker, Nihilist, Agnostiker...alles zusammen."

„Aha, jetzt kenne ich mich wirklich aus." Das sagte sie mit unüberhörbarem Sarkasmus.

Otto ging diese Frau auf die Nerven, mit der würde er nicht weiterkommen.

Martina begann einen Monolog über die dramatischen Veränderungen des Weltklimas und die drohenden Gefahren für den Planeten. Es sei schon eine Minute vor zwölf, um das Ruder noch herumzureißen. Alle Autos, besonders in den Städten, müssten verboten werden. Wenn überhaupt dürften nur mehr E-Autos zugelassen werden. Die Menschen müssten weniger Fleisch, sondern mehr Gemüse essen, die Preise für Treibstoff müssten verdreifacht werden.

Otto war das wurscht, bis der Planet unterging, würde er eh nicht mehr leben. Für den Rest seines Lebens war ausschließlich der Kontostand wichtig!

Martina entwarf das Modell eines grünen, zentral gelenkten Staates, der die Welt retten würde. Dabei schlenderten sie durch den Tiergarten.

Otto brummte nur dazu, er war zu müde, um zu diskutieren.

„Diktaturen hatten wir schon genug", konnte er sich nicht verkneifen.

„Wir haben keine Wahl, wenn es nicht zu weltweiten Naturkatastrophen kommen soll."

Ottos Handy brummte, er hatte für 16:00 Uhr eine Erinnerung eingegeben, den Trick hatte er öfters benutzt, um notfalls überflüssigen Diskussionen entkommen zu können.

„Entschuldigen Sie mich, das ist wichtig."

Er ging einige Schritte weg von ihr und tat so, als ob er telefoniere. In Wirklichkeit sagte er zu sich selbst: Die Kuh geht mir auf die Nerven.

„Es tut mir leid, ich muss dringend zurück ins Büro. Der schnöde Mammon, aber den benötigen wir, um die Welt zu retten."

„Sie brauchen sich nicht lustig machen, Sie werden schon sehen, wie das alles noch enden wird!"

„Auf Wiedersehen, ich muss jetzt wirklich weg, bleiben Sie noch da?"

„Ja!"

„Vielleicht diskutieren wir wieder einmal."

„Ich weiß nicht, vielleicht!" Damit wandte sich Martina ab und ging davon. Von einem Lächeln keine Spur mehr.

Otto zuckte mit den Achseln, eine grüne Spinnerin, sendungsbewusst, alle Menschen bekehren zu müssen, egal. Er hätte es wissen müssen, er hatte von Anfang an kein gutes Gefühl gehabt. Der Mund, fast ein Strich ohne Lippen, hätte ihn gleich warnen sollen. Mehr auf die Physiognomie achten und überhaupt...die jüngeren Frauen meiden. Ältere Frauen, die konnte er doch leichter einlullen. Seine Eitelkeit zog ihn halt immer wieder zu den jüngeren hin, mit ihnen konnte er sich schmücken. Er verließ den Tiergarten und steuerte das Café Dommayer an, um bei der Lektüre aller Tageszeitungen ein oder zwei Gläser des burgenländischen Rotweins zu genießen.

Beim dritten Glas Wein legte er die Zeitung beiseite. Er liebte es, Menschen zu beobachten. Hier im Dommayer bot sich seinen Augen eine Vielfalt wie im Tiergarten. Eine Dame fiel ihm auf. Er vernahm, dass der Ober mit ihr Englisch sprach. Dann überfiel Otto jäh die Erinnerung an Patricia.

In Saalfelden hatten sie sich kennengelernt. Otto war damals beim Bundesheer in der Kaserne Wals-Siezenheim stationiert und für eine Woche zu einem Alpinkurs abkommandiert. Patricia gehörte zu einer Gruppe von englischen Touristen, die ihre ersten Erfahrungen auf den Brettern machten. Gleich am ersten Abend landeten sie zu viert im Doppelbett von Pats Quartier, sie und Otto, sein Freund Bernd und die Freundin von Pat, an deren Namen sich Otto nicht erinnern konnte. Kein Partnertausch, aber eine äußerst erotische Nacht für beide Paare. Das ging so die ganze Woche. Pat lud Otto ein, sie in England zu besuchen. Otto sagte zu, ohne das im Moment ernst zu nehmen. Wochen später wurde Otto ins Kommandogebäude gerufen, um ein Paket aus England entgegenzunehmen. Pat wusste, dass er früher Trompete gelernt hatte. Im Paket war eine Jazztrompete. Von da an hatte er an ein Leben mit Pat gedacht. Nicht das Geschenk selbst hatte das ausgelöst, es war das Motiv dahinter, ein Beweis der Zuneigung. Für Pat war es wirklich Liebe und für ihn auch. Im August desselben Jahres konnte Otto abrüsten und von der Abfertigung für drei Jahre Dienst am Vaterland, 5.000.- Schilling, kaufte er sich ein Flugticket nach London.

Es waren aufregende Jahre gewesen. Sie heirateten in Luton und gingen nach Hongkong, damals noch britische Kolonie, wo Pat eine Stelle als Lehrerin antreten musste. Otto war intelligent, hatte ein gewinnendes Wesen, sprach ein sehr gutes Englisch und lernte Chinesisch dazu. Zu einer Zeit, in der die Akademikerflut noch nicht bis in die untersten Führungsebenen schwappte, die besten Voraussetzungen, um erfolgreich zu sein. Bei einer britischen Spedition fand er Arbeit und kletterte fast automatisch die Karriereleiter hinauf. Sie waren ein beliebtes Paar im Zirkel der Briten in Hongkong, auch wenn Otto von einigen hochnäsigen Abkömmlingen von Earls oder Dukes von oben herab angesehen wurde. Irgendwann begann das Getriebe der Ehe, das

Hin und Her des Alltags, zu knirschen und quietschen. Pat begann eine Affäre mit dem dritten Urenkel des Earls von Plenham und Otto seinerseits suchte Trost bei seiner Assistentin, einer süßen kleinen Chinesin. Das zog sich eine Weile so hin. Weitere heimliche Verhältnisse folgten. Nach außen hielten Pat und er den Schein einer intakten Ehe aufrecht, obwohl die ganze britische Community Bescheid wusste. London verhandelte mit Peking über die Zukunft der Kronkolonie und bei den Briten machte sich Untergangsstimmung breit.

Eine Party nach der anderen, es wurde gefeiert, was das Zeug hielt. Während einer abendlichen Schiffsparty brodelte ein Streit zwischen Pat und Otto. Es war weit nach Mitternacht, als Otto Pat aufforderte mit ihm aufs Achterdeck zu kommen. Er wollte endlich reinen Tisch machen. Pat hatte schwer geladen und war aggressiv wie noch nie. Sie hielten sich ihre gegenseitigen Affären vor, lautstark ausgetragen. Pat offenbarte eine snobistische Einstellung, eigentlich sei Otto für sie, die Tochter eines ehemaligen Obersten der indischen Kolonialarmee, nie gut genug gewesen. Otto schimpfte sie eine ordinäre Hure. Pat ging auf ihn los. Er gab ihr einen leichten Boxhieb in den Bauch. Pat wurde übel, sie erbrach sich. Ihr Kleid war besudelt von der Kotze und sie stürzte zur Reling, um den nächsten Schwall ins Meer zu lassen. Otto konnte die Sauferei leichter wegstecken. Er war so angewidert von ihr, dass er sich umdrehte und ihr im Weggehen einen Stoß versetzte. Er wollte zurück in den Salon und weiter trinken. Es war ihm egal, sollte sie sich anspeiben von oben bis unten. Zu diesem Zeitpunkt hatte er Pat zum letzten Mal lebend gesehen. Bei der Tür angelangt, hörte er einen Schrei und drehte sich um. Das Deck war leer. Er lief zurück zur Reling, schaute hinunter in das dunkle Wasser. Pat war weg.

Auch keine schöne Erinnerung. Otto bestellte noch ein Glas vom Beaujolais, hier im Café Dommayer war es gemütlicher als im Haus.

Pats Tod verursachte einen riesigen Aufruhr in der Kronkolonie. Zwei Wochen nach der Party am Schiff war ihr Leichnam im New Harbour angetrieben worden. Otto konnte seine Unschuld nicht beweisen, die Polizei im Gegenzug ihm keine Schuld. Die Ermittlungen ergaben, dass sich Pat genau dort an die Reling gelehnt hatte, wo diese auf die Breite von einem Meter geöffnet werden konnte. Vermutlich war diese Tür nicht oder nur schlecht verriegelt. Otto wurde wegen unterlassener Hilfeleistung angeklagt. Er hätte sich sofort um Pat kümmern müssen. Otto behauptete, infolge seiner Alkoholisierung die Situation nicht richtig mitbekommen zu haben. Das Schiffspersonal bestätigte, dass Otto schwer betrunken gewesen war. Die Verhandlung verlief ergebnislos. Ab da war Otto ein Geächteter in Hongkong, einen Monat später kündigte er seine Stelle und verließ die Kolonie für immer. In den USA wollte er ein neues Leben anfangen.

Warum musste ihn die Erinnerung überfallen? Vielleicht weil er sich alt fühlte, einsam. Pat war eine hochintelligente Frau gewesen, im Gegensatz zu Gwendolyn, die strohdumm war.

Hatte er Pat geliebt? Hatte er Gwendolyn geliebt?

Hatte er überhaupt je eine Frau geliebt?

Hatte er Pat über die niedrige Reling gestoßen?

Er hätte sie halten können, stützen, nicht weggehen.

Was war wirklich geschehen?

Die Szene an der Reling quälte ihn seit Jahren. Er konnte sich nicht mehr erinnern, wie es genau abgelaufen war.

Es musste an dem Wein liegen, der Otto in so einen Wirrwarr von Erinnerungen stürzte. Solche Momente waren selten in seiner sonst so emotionslosen Welt der Gedanken.

„Haben Sie noch einen Wunsch?"

Otto verneinte, zahlte und sammelte sich zum Heimweg. Die frische Luft steigerte seinen Dusel. Irgendwie hatte er das Gefühl, in letzter Zeit Alkohol nicht mehr so gut vertragen zu können wie in früheren Zeiten. Auch eine Alterserscheinung.

Das Handy brummte.

„Otto, wo bleibst du denn, wir waren doch für sieben Uhr verabredet!"

Es war Verena! Otto hatte vergessen, dass er für sieben Uhr mit ihr verabredet war.

„Martina, es tut mir leid…", er stockte, verflucht, jetzt hatte er sich noch dazu vertan.

„Hallo, Otto? Bist du das?"

„Ja, entschuldige, ich nehme mir ein Taxi, ich komme so schnell wie möglich!"

„Na gut!" Der verhärmte Unterton war nicht zu überhören.

Otto marschierte zum Standplatz bei der Hietzinger Kirche. Eine Panne in der Koordination. Es würde ihm was einfallen. Bei der Arbeit mit den Weibern war ihm noch immer was eingefallen. Er war der Größte!

Bitte Iphi, muss Dich sehen, ich halte es nicht mehr aus!

Eugen machte Terror und das nicht zum ersten Mal. In den letzten Tagen und Nächten hatte er unzählige Male angerufen oder SMS geschickt. Seitdem schaltete Iphi das Gerät um 10 Uhr abends stumm. Sie überlegte, irgendwie musste sie das stoppen. Sie würde sich nicht zum Nervenbündel machen lassen.

Bertl war aus seinem Nachmittagsschlummer aufgewacht und stand mit hungrigen Augen vor ihr. Iphi holte zwei Leckerlis und gab sie ihm. Mein Gott, was für ein Glück mit einem Hund, der war mit einem Leckerli zufrieden.

Auch Eugen wollte immer nur ein Leckerli von ihr. Eigentlich war es in ihrer Beziehung nie um etwas Anderes als Sex gegangen. Ein bisschen tratschen, vielleicht etwas essen, was trinken und dann schnell in die Umarmung. Eugens Leckerli war sein Orgasmus und den wollte er immer genießen. Na gut, Iphi wollte nicht ungerecht sein, ihr hatte es auch gutgetan, keine Frage. Die heftigen Vögeleien an verschiedenen Orten in den unterschiedlichsten Stadien der Erregung waren wie eine Art Sport gewesen. Befriedigend in der Erschöpfung. Aber die seelische Komponente, die über die körperliche Befriedigung tiefer geht und durch die eine Beziehung erst zur Liebe wird, hatte Iphi nicht gefunden. Es war quasi eine Zweckgemeinschaft, eine sexuelle Kooperation. Iphi hatte keinen Partner,

Eugen konnte die Erfüllung in der Ehe nicht finden, angeblich.

Iphi versank immer tiefer in Gedanken an diese Jahre. Bertl bescherte sie noch einige Leckerlis, obwohl die Menge in Hinsicht auf seine Wampe rationiert sein sollte.

Von Eugen zu der neuen Bekanntschaft in Wien und dann zu John...die Männer erschienen wie von selbst vor Iphis Augen. Sie, die zielsichere, selbstbewusste Frau, war auf einmal unsicher, wie ihr Leben sich weiter fortsetzen sollte. Nur eines wusste sie: Den Eugen musste sie abservieren, ein für alle Mal!

Hör auf oder ich zeige Dich an!

Die Antwort kam nach wenigen Minuten.

Das würde ich mir gut überlegen. Denk daran, was Dir beim Sex so gut gefallen hat...ich habe noch einige Fotos...der Zeitung wird das gefallen.

Iphi schaltete das Handy ganz aus. Sie war wütend. So ein mieser Charakter, jetzt zeigte er sich, wie er war. Iphi verstand sich selbst nicht mehr, wie sie diesem Mann hatte verfallen können. Den Sack mit den Leckerlis hielt sie noch immer in der Hand. Voller Wut schleuderte sie den Beutel gegen die Wand, was Bertl eine unverhoffte, größere Sonderration bescherte. Iphi sammelte schnell alles ein, bevor der Beagle alles verschlungen hatte. Iphi spürte, sie musste an die

Luft. Frische Luft zum Nachdenken. Das Hirn durchlüften, sie musste eine Lösung für das Problem Eugen finden.

Für heute war schon wieder eine Probe angesetzt. Die Osterfeierlichkeiten waren vorbei, der Chor bereitete sich auf ein gemeinsames Konzert mehrerer Chöre vor. Es musste noch viel geübt werden. Der Chorleiter hatte neue Stücke ins Repertoire aufgenommen, da holperte es in einigen Passagen. Am Donnerstag war auch die Totenmesse für eine kürzlich verstorbene Frau angesetzt. Die Totenmesse brauchten sie nicht mehr zu üben, die hatte der Chor oft genug gesungen.

Es war erst vier Uhr nachmittags, bis zur Probe war noch viel Zeit für eine große Runde. Das Wetter passte auch, frischer Wind, aber kein Regen, wie so oft in diesen ersten Tagen des Mai. Also marschierten die beiden los, hinauf zur Höhe. Dort gab es eine Bank. Iphi wollte sich hinsetzen, hinüber schauen zu Rax und Schneeberg, und aus der Ruhe der Landschaft eine Stärkung für die Seele ziehen. Eine Viertelstunde hielt Iphi das aus, aber der Bewegungsdrang war stärker, sie war zu unruhig. Vielleicht kam ihr beim Gehen eine Idee, wie sie sich Eugen gegenüber verhalten sollte. Versunken in Gedanken ging sie mit Bertl los. Auf einmal stand sie bei der Stelle, wo der Steig hinunter zu Johns Haus führte. Warum nicht, dachte Iphi. Ein Mann konnte eine andere Sichtweise haben, sie musste mit ihm reden. Mit Elli würde sie sowieso auch noch sprechen.

John war sehr überrascht, als er auf das Klopfen

die Haustür öffnete und Iphi mit Bertl vor ihm stand. Sie begrüßten sich mit den üblichen Floskeln und Bertl nahm zufrieden Johns Streicheleinheiten entgegen, allerdings schnupperte er unruhig herum. John schloss schnell die Tür zur Küche. Riecht der Hund die Mumie? Der Russe lag noch immer im Erdkeller.

„Sind Sie...entschuldige, bist du schon fertig mit dem Boden in der Küche?"

„Aber wo, das wird langwieriger, als ich dachte. Willst du ein Glas Wein?"

John hatte vor einer Stunde begonnen, sich langsam in den Abend hinein zu trinken. Der Wein war am Tisch, John holte ein zweites Glas. Am Sofa war Platz genug für zwei, Bertl wollte auch hinauf, musste sich aber mit dem Teppich zufriedengeben.

Iphi wusste nicht, wie sie anfangen sollte, schließlich sagte sie: „Was würdest du tun, wenn du von einer Frau gestalkt wirst?"

„Schwierige Frage, kommt darauf an, welches Verhältnis ich mit der hatte. Wie eng war die Verbindung, wer von beiden war mehr involviert? War es Liebe oder nicht?"

Iphi schwieg.

„Du hast ein Problem? Eine Freundin?"

„Ich bin nicht lesbisch, es ist ein Mann!"

„Und da willst du einen Rat von einem Mann?"

Iphi nahm einen tiefen Schluck und dann erzählte sie John fast alles. Er unterbrach sie nicht, zwischendurch stand er nur auf um nachzuschenken.

Als Iphi geendet hatte, sagte John: „Ich danke für dein Vertrauen, aber wieso sagst du mir alles?"

„Über gewisse Dinge kann man mit einem Fremden besser sprechen, als mit einem Verwandten, abgesehen davon, dass ich keine Verwandten habe."

„Schade, dass ich für dich ein Fremder bin."

„Du verstehst schon, was ich meine...kein Fremder, aber ein Außenstehender, was den Stalker betrifft."

„Ja, war nur ein Versuch, dir ein Liebesgeständnis zu entlocken!"

Darüber mussten sie beide schmunzeln.

„Aber zurück zu deinem Stalker, mir scheint, er hat dich nie wirklich geliebt und jetzt reagiert er nur aus gekränkter Eitelkeit. Und umgekehrt, wie war das bei dir?"

„So lange ich wirklich geglaubt habe, er würde der Mann für den Rest meines Lebens sein, habe ich ihn geliebt. Später, als ich gemerkt habe, dass er es nicht werden will, ist die Liebe vergangen."

„Ich habe aus deinen Worten zuvor herausgehört, dass er dich erpressen könnte?"

Iphi hatte John nicht alles im Detail erzählt, aber doch genug Andeutungen über ihr Liebesleben mit Eugen gemacht.

„Ja, das ist zu befürchten."

Es entstand eine Pause.

„Ich muss nachdenken, der Wein hilft mir aber heute nicht weiter, ich habe schon zu viel intus."

„Bist du Alkoholiker?"

„Noch nicht, aber ich arbeite daran."

Einen kurzen Moment lang dachte John, Iphi seine Probleme zu offenbaren, ließ es aber sein. Es hätte nur eine Verschärfung der Situation bedeutet.

„Das ist nicht lustig!"

„Entschuldige! Also, die Polizei willst du nicht einschalten?"

„Nein, das muss auch so gehen, wer ist er denn schon der Herr Lehrer!"

„Du hast recht, lass dich von dem nicht in eine Psychose treiben!"

„Davon bin ich noch weit weg, aber es stört halt, wenn er mich dauernd belästigt."

„Das verstehe ich! Es wird sich eine Lösung finden lassen, da bin ich ganz sicher. Als erstes könntest du dir eine neue Telefonnummer zulegen."

„Habe ich schon überlegt, aber der Aufwand schreckt mich ab."

„Das ist heutzutage keine Hexerei mehr. Du kannst die gespeicherten Daten behalten, ich helfe dir gerne dabei."

John füllte Iphis Glas erneut und sie wehrte nicht ab. Die Nacht zog heran und verwischte die Konturen der Berge. John saß bei ihr am Chesterfield Sofa und Bertl lag zu ihren Füßen.

„Warst du nie verheiratet?"

„Oh doch, und du?"

Das führte zu einem wechselnden Dialog über die Eigenheiten und Verhaltensweisen von Partnern und angedeuteten intimeren Details dieser Ehen, die bei Iphi und John zu einer Umkehr der positiven Gefühle ins Gegenteil geführt hatten. Beiden war klar, dass das vom jeweiligen Standpunkt aus subjektiv war. Aber Iphi und John verstanden einander. Sie konnten den Argumenten folgen. Iphi wurde zum Mann und John zur Frau! Sie wollten einander verstehen, taten es auch und beide hatten das Gefühl, noch nie von einem anderen Menschen so angenommen worden zu sein. Elli und alle anderen Freundinnen hatten mit ihr gefühlt, aber bei einem Mann, der zuhören konnte, war das was anderes.

Iphi schreckte auf: „Mein Gott, wie spät ist es denn? Ich muss zur Chorprobe!"

Es war finster geworden. Iphi stand auf, klopfte Bertl aus seinen Träumen: „Auf, wir gehen."

Bertl folgte der Aufforderung nur widerwillig. Auch John verabschiedete sich vom Hund, so einen hatte er immer haben wollen. Diese englische Rasse hätte gut zu ihm gepasst. Aber die mit der Haltung eines Hundes verbundenen Pflichten schreckten John ab. Er war so faul geworden. Der Alkohol verwandelte ihn an manchen Tagen in eine inerte Masse menschlicher Zellen, die sich vom Sofa nicht lösen wollte.

„Soll ich dich ein Stück begleiten?"

Es war Nacht geworden. Iphi und John standen vorm Haus und sahen hinauf zum Pfad, der nach wenigen Metern nicht mehr erkennbar war.

„Nein, ist nicht notwendig, ich fürchte mich nicht und der Bertl ist ja auch noch da."

„Soll ich dir eine Taschenlampe borgen?"

„Nein, ich habe das Handy, das geht schon."

„Ich werde nachdenken, wie ich dir am besten helfen kann."

„Jetzt ist mir schon leichter, weil ich mit dir reden konnte."

„Ich rufe dich an!"

John nahm Iphi in die Arme und küsste sie auf die Wangen. Sie ließ es geschehen und es tat ihr gut. Sie roch ihn und auch das war gut. Ein Hauch von Boss, es erinnerte sie an ihren Vater. Iphi löste sich von John und ging den Pfad hinauf.

John sah den beiden so lange nach, bis das Licht nach einer Stufe im Gelände verschwunden war. Diese Frau könnte eine Frau fürs Leben sein, dachte er, aber dafür müsste ich zehn Jahre jünger sein. Und nicht so eine halbe gescheiterte Existenz. Gleich darauf sagte er laut zu sich selbst, „So ein Blödsinn!" Er verstand sich selbst nicht mehr, was für ein Gedanke. Er, der Menschenfeind, der Frauenfeind, der sich diese Haltung als Schutz zugelegt hatte, dachte an eine neue Beziehung.

Er ging in den Vorraum zur Espressomaschine. Die stand noch immer da, die Küche war nach wie vor geräumt. Er ließ einen Lungo herunter, um beim Espresso nachzudenken, wie er Iphi helfen könnte. Das würde weiter nichts bedeuten als die Hilfe eines Freundes.

Iphi und Bertl hatten die Einmündung des Pfads in den Höhenweg erreicht. Iphi war versunken im Nachklang dieser zwei Stunden mit John. Der Akku des Smartphones war leer, die Lampe erlosch und Iphi stolperte mehrmals auf dem steinigen Weg. Der Höhenweg hatte eine Breite von etwa drei Metern, so dass der Verlauf trotz der mondlosen Nacht zu erkennen war. Iphi kannte die Route auswendig, jetzt brauchte sie keine Lampe mehr. Oben auf der Höhe rauschte der Wind stärker, die Büsche am Wegesrand verbeugten sich vor Iphi, als wollten sie ihr eine Referenz erweisen. Der dichte Wald dahinter wie eine schwarze Mauer. Es wurde rasch dunkler und Regen setzte ein. Iphi ging schneller, sie musste zur Chorprobe. So unheimlich hatte sie den Wald noch nie empfunden.

Plötzlich blieb Bertl stehen und knurrte. Iphi sah auf und erschrak. Einige Meter vor ihr hing ein Körper vom Ast einer starken Buche. Im ersten Moment glaubte Iphi einen Menschen zu sehen. Aber es war ein großer Hund, an einem Strick aufgehängt wie an einem Galgen - nicht weniger schrecklich als wenn es ein Mensch gewesen wäre. Bertl begann zu bellen. Da wusste Iphi, dass sie nicht allein im Wald waren. Der Hund pendelte leicht im Wind. Iphi überfiel eine Furcht, ihr Herz begann zu rasen. Sie rannte in Richtung zum Dorf, Bertl folgte ihr. Sie drehte sich mehrmals um. Ein schwarzer Schatten folgte ihr. Nach einigen Metern stürzte sie über einen quer am Weg liegenden dicken Ast, auf den sie beim Blick nach hinten nicht geachtet hatte. Sie fiel mit dem Kopf auf einen großen Stein am Rand. Dann wusste sie nichts mehr. Der schwarze Schleier einer Ohnmacht erlöste sie von ihren Ängsten. Iphi blieb am Weg liegen. Ein großer Mann, ganz in Schwarz gekleidet, kam näher. Bertl stand ganz dicht bei Iphi und drückte seine Abwehr in einem tiefen grollenden Knurren aus. Er fletschte die Zähne, spannte seine Muskeln an, bereit, Iphi mit aller Kraft zu verteidigen. So verharrten sie einige Minuten, dann drehte sich das Phantom um und verschwand im Wald.

Die Wanderin damals hatte ihm gedient. Jetzt auch noch der Hund. Nachdem er die Frau verscharrt hatte, war der übriggeblieben. Zuerst wollte er das Vieh gleich erschlagen. Er hasste Hunde. Dann fiel ihm ein, er könnte den Hund noch nützlich verwerten. Der war nicht reinrassig, aber groß und kräftig und ließ ihn nicht an sich ran. Die Frau hatte einen Fehler gemacht. Bevor sie sich auf die Bank bei den Obstbäumen setzte, hatte sie die Leine an einem Aststumpf des Birnenbaums befestigt. Der Hund hatte dann zuschauen können, wie die Frau fertiggemacht worden war. Alles wütende Bellen und Zerren an der Leine halfen ihm nicht. Nach der Frau hatte der Mann den Hund durch einen Schlag mit einer Schaufel ruhiggestellt. Der Mann hatte ihn dann in den leeren Stall gesperrt und tagelang hungern lassen. Das hatte den Hund ruhiger gemacht. Der Mann hatte ihn gelegentlich gefüttert. Vor drei Tagen hatte er den Hund endgültig ausgeschaltet. Die P38 des Großvaters funktionierte noch. In der darauffolgenden Nacht hatte er den Kadaver auf den Höhenweg gebracht. Kurz nach der Einmündung des Pfades vom Haus herauf, hatte er den Hund an einen Baum gehängt. Er wusste, dass die Lehrerin früher oder später den Weg nehmen würde. Zwei Nächte lang hatte er vergeblich auf sie gewartet. Aber in der vergangenen Nacht hatte es funktioniert. Den Hund hatte er abgenommen und im Wald vergraben. Die Lehrerin sollte keinen Beweis für ihr nächtliches Erlebnis finden. Den Hund konnte er noch einmal benützen.

Der Mann war zufrieden. Für ihn lief alles nach

Wunsch ab. Das Finale bedurfte aber noch weiterer Vorbereitungen. Die Depots hatte er noch immer nicht entdeckt. Die groben Skizzen richteten sich nach Merkmalen in der Natur, aber das Landschaftsbild hatte sich im Lauf der Jahre verändert. Aber der Mann war zuversichtlich, er musste ihm gelingen. Der Werwolf lebte, die Verräter sollten zittern!

Verena und Otto waren beim Espresso angelangt. Das Abendessen beim Sailer in Sievering war ausgezeichnet gewesen. Als Otto endlich im Restaurant eingelangt war, hatte Verena schon den zweiten Martini intus und war leicht aggressiv. Otto erkannte, dass sie bei einem Streit genauso stark wie in der Liebe reagierte. Er spielte den gestressten Geschäftsmann und gab sich sehr zerknirscht. Verenas Ärger hielt nicht lange vor und bald waren die beiden in einer gelösten Stimmung, wie sie nur bei verliebten Paaren entsteht. Auf Verena traf das voll und ganz zu. Sie war verliebt in Otto. Seit sie ihn getroffen hatte, war jeder Tag ein sonniger Frühlingstag für sie, egal, ob es regnete oder nicht.

Bei Otto war es anders. Er musste seine geschäftlichen Interessen verfolgen, allerdings spielten dabei auch seine Gefühle eine Rolle. Er konnte sich nur dann für eine Frau begeistern, wenn er zumindest etwas Positives bei ihr entdeckte. Ein hübsches Gesicht musste nicht sein. Ausdrucksvolle Augen, eine angenehme Stimme, ein graziöser Gang, so was konnte vieles aufwiegen. Besonders natürlich Intelligenz, aber nicht in Übermaß. Zu viel davon konnte seine Geschäfte gefährden. Mit einer Frau, die nichts von alledem aufwies, tat er sich schwer, Begeisterung oder so etwas wie Liebe zu heucheln.

Bei Verena musste er nichts heucheln. Er musste sich nicht verstellen. Verena war gescheit, in dem Ausmaß, das für Otto passte. Sie erzählte ihm allerhand Geschichten aus dem Sozialamt, wo sie ein Referat leitete. Das war ihre Welt, der Trott der

Bürokratie und die damit verbundenen Konflikte mit den Parteien, so das Wort für jene Bittsteller, die das Sozialamt aufsuchten. Der Ärger mit Untergebenen und die Reibereien mit Gleichgestellten. Ein Broterwerb, aber keine befriedigende Tätigkeit.

„Wieso bist du zu diesem Beruf gekommen?" Das Du-Wort hatten sie schon beim Aperitif besiegelt.

„Mein Vater war Senatsrat, so hat sich das ergeben. Ich habe maturiert, das Studium an der Wirtschaftsuniversität absolviert und da hatte der Vater schon die Anstellung bei der Stadt Wien vorbereitet. Irgendwie bin ich da hineingerutscht, aber ich mache ihm keine Vorwürfe. Auch mir erschien damals die gesicherte Laufbahn einer Beamtin sehr erstrebenswert."

„Ich verstehe das schon. Aussteigen fällt dann schwer, wenn man da einmal drinnen ist."

„Und es geht mir ja nicht schlecht. So stressig ist es auch wieder nicht!"

„Du kennst doch sicher eine Menge Leute im Rathaus, falls ich das Bauamt brauche, ich meine ja nur…", Otto tat so, als würde er aus Verlegenheit nicht weiterreden.

„Willst du bauen?"

„Eher umbauen, ein altes Haus, aber da könnten sich Probleme ergeben."

„Bitte, erzähl doch, das interessiert mich sehr!"

Die Idee war Otto gerade erst gekommen. Zu Verena nichts von einem seiner Luftgeschäfte. Bei ihr würde er das Haus als Lockmittel einsetzen. Routiniert und abgebrüht, improvisierte er.

„Ach, wollte mit dir noch nicht darüber reden, ich

habe ein altes Haus in Rodaun, das dringend renoviert werden muss."

„Das ist eine wunderschöne Gegend."

„Ja schon, aber die Betonung liegt auf alt. Das heißt, ich muss viel Geld in die Hand nehmen, damit was Gescheites daraus wird."

Verena war enthusiasmiert. „Wie ist es jetzt dort?"

„Ich wohne luxuriös und ärmlich zugleich. Erst nach dem Umbau wird es wirklicher Luxus sein!"

„Erkläre mir das bitte."

„Also, ich besitze ein altes Haus mit einem desolaten Innenleben, die Möbel sind abgewohnt, die Heizung muss erneuert werden, die Isolierung ist schlecht, es gibt keinen Komfort."

„Und wieso luxuriös?"

„Weil es auf einem riesigen Grundstück mit einem prachtvollen Garten steht."

„Und wieso hast du noch nichts unternommen?"

„Ich habe es erst vor einem Monat gekauft. Im Jänner bin ich aus Deutschland zurück nach Österreich gekommen, war mir aber nicht sicher, ob ich bleiben werde."

„Und jetzt bist du dir sicher?"

Otto legte eine Pause ein, so als wollte er nichts dazu sagen. Dann nahm er sein Glas und sagte: „Sicher nicht, aber seit ich dich kenne denke ich anders darüber!"

Verena war hingerissen. Dieser Satz konnte nur eine Bedeutung haben. Ihre Augen wurden feucht und Otto wusste, dass er den Fisch an der Angel hatte. Sie hob ihr Glas und stieß mit Otto an. Es schien, als wollte sie ihm gleich um den Hals fallen.

„Und du meinst, das Bauamt könnte Probleme machen?"

„Vielleicht, vielleicht auch nicht, aber das größere Problem ist im Moment, dass ich mein Geld aus den USA nicht bekomme.

„Das verstehe ich jetzt nicht?"

Otto gab aus dem Steigreif eine Geschichte zu seinen Geschäften mit dem Iran und Amerika, wo auf Grund der Sanktionen gegen das Mullah Regime, die Gelder iranischer Geschäftspartner in den USA eingefroren seien. Irgendeine Story in dieser Richtung halt, die Verena sofort schluckte. Sie war sehr intelligent, aber ihre Intelligenz hatte eine andere Ausrichtung. Wirtschaftliche Entwicklungen haben sehr wohl Einfluss auf den modernen Sozialstaat und tangierten auch ihren Arbeitsbereich. Die internationalen Brennpunkte, wie der Konflikt im Handel zwischen den USA und Iran, der drohende Handelskrieg mit China – das hatte sie nur am Rande verfolgt. Aber es reichte, dass ihr die Story glaubhaft erschien.

„Aber das Haus hast du gekauft?"

„Ja, so weit war ich noch liquid. Fünfhunderttausend Euro, aber jetzt heißt es halt warten. In der EU wird an einer Lösung dieser Verwicklungen gearbeitet, aber wer weiß, wie lange das noch dauert."

Verena wechselte das Thema. Sie lobte das vorzügliche Essen beim Sailer und ihre Absicht, das Kräuter-Topfen-Soufflee einmal in ihrer Küche zu probieren.

Otto, mit seinem untrüglichen Instinkt für die

Vorgänge in weiblichen Gehirnen, wusste worüber sie in Wirklichkeit nachdachte.

Beim Dessert fragte Verena: „Es interessiert mich, wie du wohnst. Ich würde es gerne einmal sehen."

Otto zögerte. „Es sieht dort nicht gut aus."

„Aber du hast doch Pläne für den Umbau. Ich habe genug Fantasie, um mich da hinein zu denken. Und vielleicht kann ich dir wirklich helfen, so oder so. Warum vermutest du, dass das Bauamt dem Umbau nicht zustimmen könnte?"

„Zum Beispiel beim Garten. Da stehen einige hohe alte Kiefern und Lärchen. Da müssen ein paar geschlägert werden, damit das Haus größer werden kann."

„Dafür gibt es Regeln, das sollte kein Problem sein!"

„Aber wenn ich Geld hineinstecke, will ich die Wohnfläche sehr viel größer machen. Eine Halle, nach oben hin offen. Dazu muss man das Dachgeschoss ausbauen. Frage, wird die Bauhöhe genehmigt werden? In den Garten hinein einen überdachten Pool, und...und...und."

„Ich merke, du hast das alles im Kopf fix und fertig."

„Ja, aber nur im Kopf."

„Was treibt dich an?", Verena wollte es nun genau wissen.

„Was treibt mich an..." Otto schwieg und nahm einen Schluck Wein, „darf ich Vera sagen, das klingt nicht so steif wie Verena?"

„Aber ja!"

„Vera, ich bin nicht mehr so jung. Ich habe Jahre

in Hong Kong und in den USA verbracht, war zeitweise mehr im Flugzeug als sonst wo zu Hause, überhaupt nachdem meine zweite Frau bei einem unserer geliebten Urlaube in den Rocky Mountains verunglückt ist, und ich mich voll in Geschäfte mit dem Iran und anderen Ländern in Fernost gestürzt habe."

Otto schwieg, in einer scheinbaren Ergriffenheit an jene geliebte Frau versunken. In Wirklichkeit war er damals froh gewesen, sie losgeworden zu sein, auch wenn er ein wenig hatte nachhelfen müssen.

Verena war voller Verständnis für diesen Leid geprüften Mann.

„Aber nun wird es Zeit ein Heim zu finden, einen Ort, an dem man bleiben möchte für den Rest seines Lebens."

„Carl, ich verstehe das sehr gut!"

„Und, der Platz sollte groß genug für zwei sein!"

„Willst du mir das Haus einmal zeigen?" Das war der Punkt, der ihr die Wahrheit offenbaren würde.

„Ja, Vera, ich werde es dir zeigen, und dir dann eine Frage stellen."

Verena war so bewegt, dass sie nichts antworten wollte. Sie spürte es, Ottos letzter Satz konnte nur eines bedeuten, er wollte mit ihr das Haus bewohnen!

Beide schwiegen, gaben sich ihren Gedanken hin. Otto war auch bewegt, aber aus ganz anderen Motiven. Diese Quelle würde in Kürze zu fließen beginnen, über ein Jahr konnte er das locker hinziehen. Ganz ideale Situation, Frau attraktiv, Verliebtheit leicht hervorzubringen und konstant zu halten, so lange der eigene Trieb noch auf die Attribute ansprach. Er war sich jetzt sicher, dass Vera Vermögen hatte. Einzige Tochter eines Senatsrats, Eigentumswohnung im besten Teil Währings, keine Kinder. Indizien, dass sie was auf der hohen Kante hatte. Noch an diesem Abend wollte er an dem Projekt weiterarbeiten.

„Möchtest du noch einen Kaffee bei mir trinken? Ich wohne in der Wittenhauergasse, das ist gar nicht weit weg von hier."

Diese Frage war eine logische Fortsetzung des heutigen Abends und Otto stimmte zu. Die Suche nach einem Parkplatz erwies sich als schwierig. Otto hatte Verena auf ihren eigenen Wunsch vor dem Haus aussteigen lassen. Sie würde den Kaffee vorbereiten, solange er seine Runden drehte. Es dauerte einige Zeit, bis Otto das Auto in der Gersthoferstraße abstellen konnte. Zehn Minuten später klingelte er bei Schmidt und wurde eingelassen. Im letzten Moment riss er sich zusammen, um nicht Otto statt Carl in die Gegensprechanlage zu sagen.

Verena öffnete und es war eine Offenbarung! Eine schöne Frau in der Blüte ihrer Jahre, in einem sexy Hauskleid, das kein Detail ihres Körpers verheimlichte.

Verena zeigte Otto kurz die Wohnung, die exakt dem entsprach, was Otto erwartet hatte. Hohe Räume mit Flügeltüren, exquisit eingerichtet, Stilmöbel, teure Teppiche, hochwertige Bilder, einfach perfekt! Kaffee in trautem Beisammensein am Sofa, eine Flasche Schlumberger, näher rücken, verschwommene

Fantasien über ein Haus oder Schloss am Land. Und dann gab es nur mehr eine Richtung - jene ins große Doppelbett der Dame des Hauses!

John hatte einen Imbiss vorbereitet, Mozzarella, Tomaten und ein Stück trockenes Brot. Mit dem Teller wollte er sich gerade im Wohnzimmer niederlassen, als er das Bellen eines Hundes vernahm. John ging sofort hinaus um nachzusehen. Vor der Tür stand Bertl und begrüßte John mit lautem Bellen, aber es klang anders als sonst. Ein leises Heulen mischte sich ein. John fragte, wo denn Iphi sei. Bertl gab ihm die Antwort, indem er einige Meter vom Haus wegging, sich umdrehte, zurück lief und erneut bellte. Obwohl John nie einen Hund gehabt hatte, verstand er die Botschaft. Er zog seine Jacke an, nahm die Taschenlampe und schloss die Haustür. So schnell wie Bertl den Pfad zum Höhenweg hinaufschoss, konnte John gar nicht folgen. Es regnete stark, der Weg war rutschig. John hatte heute schon wieder einmal ordentlich geladen und diese momentane Zufuhr an frischer kalter Nachtluft machte ihn schwindlig. Bertl war gnädig, blieb immer wieder stehen, um auf John zu warten. Hunde sind intelligent, dachte John, alle oder nur der Bertl? Vermutlich ist es nicht anders, als bei den Menschen. Was halt jeder so mitkriegt. Oben am breiteren Weg marschierten sie weiter in Richtung Dorf. Und dann konnte John Iphi sehen, die quer über dem Weg lag.

John beugte sich zu ihr: „Was ist geschehen? Kannst du aufstehen?" Er fasste sie unter den Achseln und richtete den Oberkörper auf.

„Mir ist schlecht", sagte Iphi, und erbrach sich.

Gehirnerschütterung, diagnostizierte John. Da gab es nur eins, Ruhe und nochmals Ruhe.

Mit einem Taschentuch säuberte er ihren Mund und zog sie mühsam in die Höhe. John hielt sie bei den Armen, drehte sich und zog Iphi auf seinen Rücken. Sie half mit und klammerte sich an John. So wankten sie unter Bertls Geleit den Pfad zum Haus hinunter. John hatte große Mühe nicht zu stolpern. Zum Glück war Iphi nicht übergewichtig. Zweimal musste er sie absetzen, weil sie sich erneut übergeben musste. Das störte John nicht. Er war in einen neuen Lebenszustand eingetreten. Es war ihm, als hätte er für das Kind zu sorgen, das er und seine Frau sich gewünscht hatten. Es hatte nicht geklappt. Wahrscheinlich weil sie so viel gestritten hatten, sich nicht wirklich zugetan waren. Eine seelische Blockade für den Weg der Spermien zum Eierstock. Lieblosigkeit hatte in der Kindheit geherrscht und in der Ehe war es nicht anders. Darüber dachte John in diesem Moment nicht nach.

Endlich im Haus angekommen, bettete er Iphi auf das Sofa. Ihr Gewand war schmutzig und durchnässt. Die Fleecejacke stank nach Erbrochenem. John zog Iphi aus. Die Jacke, die Schuhe, die Jeans. Iphi ließ alles willenlos geschehen, sie atmete schwer, aber sie atmete, das war für John das Wichtigste. Er wusste nicht, ob sie ohnmächtig war oder nur so erschöpft. Er betrachtete ihren athletischen Körper.

Der Anblick der schlanken Frau im dunkelgrünen Trikot, mehr Sportbekleidung als Unterwäsche, weckte in John zwiespältige Gefühle. Sie war ihm jetzt ausgeliefert. Er könnte sie vergewaltigen, umbringen, einsperren, sie als Sklavin halten. Eine Macht ausüben, die er in seinem bisherigen Leben nicht gehabt hatte. Immer hatten andere über ihn verfügt. Die Eltern früh verstorben, die Zieheltern drangsalierten ihn. Schule, Universität – Zwänge, denen man sich unterwerfen musste. Die Firmen, in denen er gearbeitet hatte, Tretmühlen. Eine wirkliche Führungsposition hatte er nie erringen können. John sinnierte oft genug darüber, ob ihm irgendein bestimmtes Gen fehlte. Er hatte ein Alphatier sein wollen. Jeder Versuch, das zu verwirklichen, war gescheitert. Die letzte Härte zur Durchsetzung eigener Ziele, ohne Rücksicht auf die Befindlichkeit anderer, hatte er nie aufbringen können.

Vielleicht war es auch gut so. Er hatte kein Gen für das Böse. Manchmal gaukelte ihm seine Fantasie wüste Szenen vor, wenn er – leicht betrunken - über Rachepläne gegen Menschen sinnierte, die ihm geschadet hatten.

Das starke Gefühl der Verantwortung und Sorge für diese hilflose Frau entsprach seinem wirklichen Wesen. John bettete Iphi hoch, deckte sie zu, wischte ihr Gesicht mit einem feuchten Waschlappen ab und legte ihr ein Handtuch über die Brust, falls sie nochmals erbrechen musste. Die Platzwunde am Kopf säuberte er, legte einen sterilen Tupfer darauf, den er mit Leukoplast befestigte. Das wieder zu entfernen, würde einige Haare kosten. Bertl hatte alles aufmerksam beobachtet und ließ sich dann vor dem Sofa am gewohnten Platz nieder, um gleich darauf einzuschlafen. John reinigte Iphis Kleidung mit einem Schwamm und hängte sie zum Trocknen ins Badezimmer. Dann setzte er sich in den Ohrensessel, um über die Lage nachzudenken.

Fast eine Idylle, dachte John. Mann, Frau, Hund, ein gemütliches Wohnzimmer und keine Sorgen. An diesem Punkt funktionierte das Wunschbild nicht mehr. John überlegte, was zu tun sei. Er stand nochmals auf und suchte die Kleidung nach ihrem Handy ab. Er fand es nicht. Vielleicht hatte sie es oben am Weg beim Sturz verloren. Umso besser, dachte John, dann wird sie niemand bei mir suchen.

Wahrscheinlich war es am besten, Iphi bis morgen ruhen zu lassen. Er wollte die ganze Nacht bei ihr sitzen bleiben und ihren Schlaf bewachen. Er betrachtete Iphi und stellte sich vor, mit ihr für immer zusammen zu bleiben. In seinem Kopf entstanden Bilder einer perfekten Harmonie. Zwei Menschen, die in einer starken Bindung für einander da sind. Zugleich kam die Skepsis und John schalt sich der Naivität. So was gab es nicht, das hatte er selbst erlebt. Er trank weiter. Bertl riss ihn aus seiner Versunkenheit. Es schien sich um ein dringendes Geschäft zu handeln. John ging mit ihm vor die Tür. Bertl sauste hinaus, kam binnen drei Minuten zurück und trabte hinein ins Wohnzimmer. John war noch stehengeblieben. Er lauschte auf den Sturm und das Rauschen der Bäume in der mondlosen Finsternis. Dann ging auch er hinein ins Haus. Zumindest in den nächsten Tagen konnte er für Iphi sorgen und er würde es gut machen.

„Was ist da los? Iphi ist doch immer so zuverlässig, die bleibt doch nicht unentschuldigt weg!"

Elli, Riki, Jutta und Barbara saßen im Wirtshaus

beisammen und beratschlagten, was zu tun sei. Elli hatte in jeder Pause Iphi angerufen und eine Nachricht hinterlassen.

„Das ist nicht ihre Art, da muss was passiert sein."

„Wir gehen nachschauen, los", sagte Elli. Zu viert marschierten sie zu Iphis Haus. Das Auto stand am üblichen Platz, kein Licht hinter den Fenstern. Sie läuteten, klopften an die Fenster im Erdgeschoss, nichts rührte sich.

„Was ist, wenn sie im Haus liegt und sich nicht rühren kann?"

„Womöglich ist sie ohnmächtig?"

„Ja, aber doch nicht stundenlang."

Eine schwere Entscheidung für die Damen des Chors.

„Nein, die ist nicht zu Hause", sagte Elli. „Wenn wir da so einen Wirbel machen, hätte der Bertl schon gebellt. Das heißt, sie ist nicht daheim und hat den Hund mit!"

Das beruhigte die Situation für den Moment, führte jedoch zu weiteren Spekulationen, wo Iphi stecken könnte.

„Schauen wir morgen früh wieder", meinte Riki.

„Ja, ok. Aber ich frage mich, wieso sie sich nicht abgemeldet hat, sie ruft mich doch sonst immer an."

„Elli, vielleicht musste sie überraschend weg und der Akku ihres Smartphones war leer."

„Vielleicht hat sie einen neuen Freund, der sie abgeholt hat?", sagte Barbara, „...und den Bertl hat sie mitgenommen?"

Elli schüttelte nur den Kopf. „Ich weiß nicht, ich habe kein gutes Gefühl!" Sie musste an Eugen denken.

Iphi hatte ihr erzählt, dass der sie in letzter Zeit stalkte. Und von einem neuen Freund wusste sie nichts. Nur von der Bekanntschaft mit dem Mann aus dem einsamen Haus im Wald.

„Sollen wir die Polizei anrufen?" fragte Jutta.

„Also wenn sie morgen nicht auftaucht, dann müssen wir was unternehmen!"

Mit diesem Beschluss trennten sie sich. Es wurde Zeit nach Hause zu gehen. Die Ehemänner würden schon warten. Iphi war ledig und manchmal wurde sie von ihren Freundinnen darum beneidet.

Viele Menschen dachten heute Nacht an Iphi, aber die geballte Macht dieser Gedanken erreichte Iphi nicht. Es waren auch böse Gedanken dabei. Eugen hatte eine Wut im Bauch wegen Iphis Verhalten. Das hatte er nicht verdient, dass sie ihn von einem Moment zum anderen fallen ließ. Wenn seine Frau gerade im Badezimmer oder sonst wo im Haus war, hatte er eine SMS gesandt oder direkt angerufen. Alles ohne Resultat. Wahrscheinlich vögelte sie jetzt mit einem anderen. So eine Hure! Er war heute besonders schlechter Laune. Die Schüler nervten zusehends, der Posten des Bezirksschulinspektors schien in weite Ferne gerückt, und seine Frau stellte immer öfters blöde Fragen.

„Mit wem telefonierst du noch so spät am Abend?"

„Geht dich nichts an!"

„Hebt sie nicht ab?" Gerda, seine Frau wusste über das Verhältnis schon lange Bescheid. Eine gute Freundin hatte ihr schon vor Monaten darüber berichtet. Eigentlich war es ihr egal. Oder nicht ganz. Es reizte sie, einen Stachel auszufahren, aber der Zeitpunkt war schlecht gewählt.

Eugen stand auf und gab seiner Frau eine gewaltige Ohrfeige. Gerda schrie mehr aus Wut als vor Schmerz auf.

„Blöde Kuh, du gehst mir schon lange auf die Nerven!"

„Du Trottel, hast du wirklich geglaubt, ich weiß nichts von deinem Verhältnis mit der Lewandowski? Blind und blöd wie alle Männer, wenn es ums Vögeln geht!"

„Ja, das ist was, was du gar nicht kennst. Du hässliche Missgeburt!" Und dann war die Wut in Eugen zu groß. Er schlug mit den Fäusten auf Gerda ein, bis sie blutend zusammensank.

Er ließ von ihr ab. Wie erschöpft nach einer großen körperlichen Anstrengung.

Gerda rappelte sich auf, voller Angst, er könnte noch einmal zuschlagen.

„Das wirst du noch bereuen", sagte sie und flüchtete aus dem Wohnzimmer.

Eugen selbst war durcheinander, er ging zur Hausbar und schenkte sich einen doppelten Cognac ein. Jetzt war es heraus! Ein Bruch in seinem Leben. Sie hatten immer viel gestritten, weil auch diese Ehe, wie so viele andere, auf einer falschen Entscheidung beruhte. Aber so etwas war noch nie vorgekommen. Zum Glück waren die Kinder nicht zu Hause, die wohnten in einem Studentenheim in Wien. Das war sein erster Gedanke. Beim dritten Cognac nach einer Viertelstunde, konnte er aber auch was Positives in diesem Eklat finden, er würde frei sein für Iphi! Sie war seine große Liebe, er war nur zu feig gewesen, alles viel früher zu regeln. Er griff wieder zum Smartphone und tippte eine neue Nachricht an Iphi: Es ist vorbei, Gerda und ich werden uns trennen!

Bei einer Flasche Wein begann er seine neue Zukunft zu entwerfen. Unklar war, was mit dem Haus geschehen würde. Im Grundbuch stand nur er als Eigentümer. Sowohl Gerda als auch ihre Eltern hatten beim Bau und bei der Finanzierung mitgeholfen. Er würde Gerda nicht hinausschmeißen können. Irgendeine Lösung musste es geben. Ohne Rechtsanwalt konnte er die Scheidung eh nicht durchbringen. Eugen hörte, wie die Haustür mit einem gewaltigen Krach ins Schloss fiel. Die Frau weg. Hoffentlich für immer. Die ganze Ehe war ein Fiasko gewesen, soll sie doch gehen, dachte er, am besten für immer!

John arbeitete fast die ganze Nacht durch. Für Iphi musste das Badezimmer blitzblank werden, soweit das bei so alten Armaturen und der Badewanne aus Email möglich war. In der Wanne lag seit zwei Tagen die rostige Tokarew Pistole, die er neben der Leiche des Russen gefunden hatte. Bei YouTube hatte er einen Beitrag gefunden, der die Rostentfernung in einem Bad von Essigsäure empfahl. John vermutete, dass die Waffe dem russischen Offizier gehört hatte, womöglich waren die beiden damit erschossen worden. Diese Waffe konnte in einem einsamen Haus nützlich sein und er kannte sich mit so was aus. Eine Pistole gab dem Besitzer Macht. Beim Bundesheer hatte er mehrmals mit einer P38 geschossen, er wusste wie man damit umgeht. Der Rost hatte sich zum Teil gelöst, aber die Wanne sah verheerend aus. John wickelte die Pistole in ein altes mit Öl getränktes Handtuch und legte das Bündel in den Kasten im Wohnzimmer. Dann putzte er die Badewanne. Zwischendurch sah er immer wieder nach Iphi, die aber ruhiger als zuvor schlief.

Gegen drei Uhr früh glaubte er, alles so weit in Ordnung gebracht zu haben, damit Iphi morgen ein Bad nehmen könnte. John trank den letzten Rest aus der Flasche, bis ihn der Schlaf übermannte.

Dann sah er es genau, der Russe stand am Balkon und richtete eine Pistole auf Iphi. John wollte aufspringen, konnte aber die Füße nicht bewegen. Der Russe kam immer näher. John wollte schreien, fuhr auf, und dann war da nur das Licht der aufgehenden Sonne auf den Bergspitzen an der anderen Seite des

Tals. Da war kein Russe, obwohl er im Haus war. John hatte große Mühe aufzustehen. Dann erinnerte er sich an die gestrige Nacht und sah zu Iphi hinüber.

Eine Hand war vom Sofa gerutscht, hing hinunter und Bertl leckte daran. John stand jetzt, Bertl lief zu ihm, von da zur Tür, wieder zurück und wiederholte das. John verstand, der Bertl musste sein morgendliches Geschäft verrichten und das traf auch auf die beiden Menschen im Raum zu. Iphi hatte die Augen aufgemacht und sagte:

„Ich muss aufs Klo."

„Ja, geh nur."

„Wo ist es?"

„Ich zeig es dir."

John führte sie ins Badezimmer und fragte noch: „Geht es dir gut?"

Iphi sah ihn nur an, ihre Augen waren leer, so als nehme sie nichts wahr. Sie reagierte auch nicht auf seine Frage, sondern ging zum WC-Becken.

John zog sich zurück und schloss die Tür hinter sich. Er war ratlos, konnte keinen klaren Gedanken fassen. Auch seine Blase drückte und da das Klo besetzt war, ging er hinaus zu einem Busch am Rand des Gartens und erleichterte sich. Bertl war mitgelaufen und tat es ihm nach.

Zurück im Haus, begleitet vom Bertl, der sofort wieder nach Iphi suchte, überlegte John, was zu tun sei. Die Vorstellung, irgendwo in seinem Kopf, wie ein dunkler Schatten, wollte nicht verschwinden.

Iphi kam aus dem Badezimmer. John hatte ihr eines seiner Hemden gegeben. Iphi wirkte darin noch dünner, aber es gefiel ihr, es war das äußere Zeichen der Verwandlung.

„Wer bist du?", fragte sie.

Und plötzlich wusste John, was er tun würde. Er wollte sie nicht hergeben, sie sollte bei ihm bleiben – für immer. „Ich bin John, dein Mann."

Iphi blickte ihn an. „Ich kann mich nicht erinnern, wer bin ich?"

„Du bist meine Frau! Du hattest einen Unfall, besser gesagt, ein Ast ist dir auf den Kopf gefallen. Du hast eine Gehirnerschütterung. Am besten, du legst dich wieder nieder."

Bertl sprang an Iphi hoch und sie streichelte ihn. „Hast du ihm schon zu fressen gegeben?"

„Nein, die Vorräte sind aus, ich fahre dann einkaufen. Im Moment kriegt er eine Wurst."

„Das ist nicht gut, der Bertl braucht das Dosenfutter, das er gewohnt ist. Ich fahre mit!"

Der Name war da. Nach und nach würde sich auch alles andere in ihrem Kopf formen. Aber bis dahin wollte er sie behalten. Die vergangene Nacht, dieser Tag und vielleicht noch einige mehr, gehörten ihm.

„Nein, das geht nicht, du hattest einen Unfall, schau´ deine Wunde an."

Iphi griff dorthin und ihre Finger waren blutig.

„Ich muss das neu verbinden. Komm mit ins Bad."

Iphi folge ihm, willenlos. John setzte sie auf den Rand der Badewanne. Als er den alten Wundverband wegreißen wollte, schrie Iphi vor Schmerzen auf.

„Das geht so nicht, ich muss dir ein paar Haare wegschneiden."

Iphi protestierte nicht. John fasste sie liebevoll an, hielt ihren Kopf und schnitt eine runde Stelle um die

Wunde frei. Alle Haare konnte er nicht entfernen. Ohne Vorwarnung riss er den alten Verband weg.

Iphi schrie auf. „Au, das tut aber verflucht weh."

„Es ist eine Platzwunde, groß wie ein Osterei und genauso rot."

Mit dem Handspiegel zeigte er ihr die Verletzung.

„Das sieht ja furchtbar aus!"

„Ja, du hast noch Glück gehabt..."

„Das habe ich nicht gemeint. Die abgeschorene Stelle, so kann das nicht bleiben."

Sie funktioniert noch als Frau, dachte John, und sagte: „Zuerst muss ich das verbinden." In seiner Hausapotheke war zum Glück alles vorhanden, was er benötigte. So sanft wie möglich legte er einen großen Mulltupfer, den er mit Wundsalbe bestrichen hatte, auf und befestigte ihn mit Leukoplast.

„Auf deine Verantwortung, ich mache dir eine modische Kurzhaarfrisur."

„Prima, neue Frisur, kurz, ist eh besser beim Sport."

Die Sache war nach wenigen Minuten erledigt. Iphi betrachtete sich im Spiegel. Eine Frisur wie der Pumuckl, aber es störte sie nicht. Längere Zeit starrte sie ihr Spiegelbild an. John hätte gerne gewusst, was in ihrem Kopf vorging.

„Ich habe Hunger."

„Tee, Kaffee, Brot, Butter, Käse, Marmelade, was darf ich dir servieren?"

„Kaffee und alles dazu, ich habe einen Mordshunger."

Iphi ging ins Wohnzimmer, beschäftigte sich mit Bertl und John beeilte sich, für sie beide ein

Frühstück zu machen. Er servierte es auf einem Tablett, für Bertl war ein Stück Knackwurst dabei.

„Wenn es wärmer wird, können wir auf dem Balkon frühstücken."

„Ja sicher, das wird angenehm sein."

„Du musst jetzt um Futter fahren, ich lege mich wieder hin, mein Kopf brummt noch immer wie ein Bienenstock."

„Ich gebe dir noch ein Analgetikum gegen das Kopfweh. Was möchtest du zu Mittag essen?"

„Egal! Irgendwas."

„Brauchst du sonst etwas?"

„Leckerli für Bertl, Obst für uns und einen Lippenstift!"

„Welche Farbe?"

„Eine die zu mir passt."

„Okay, werde es versuchen."

„Wie heißt du? Ich habe es vergessen?"

„John!"

„Aha!"

Keine weitere Reaktion.

Ein Morgen wie bei einem alten Ehepaar, nicht ganz, denn die jahrelange Gewöhnung aneinander fehlte. In jedem Wort schwang viel Liebe mit. Ein wenig klang es so, als ob einer der beiden an Alzheimer erkrankt sei. Iphi wählte ein Buch aus seinem Regal und legte sich aufs Sofa. John machte sich fertig für den Einkauf.

„Ich fahre jetzt!"

Wieder keine Antwort, also ging er. Draußen zögerte er, sah hinauf zum Pfad, dann versperrte er die Tür. Er musste Iphi schützen! Eugen fiel ihm ein.

Der Stalker. Vielleicht war die Verletzung nicht zufällig durch einen umstürzenden Baum gekommen, sondern jemand hatte sie bedroht. Jeden Gedanken, wie das weitergehen sollte, verscheuchte er. Später wollte er versuchen eine Erklärung zu finden. Vielleicht konnte sich Iphi erinnern, wenn es ihr besser ginge. Er musste sich aufs Einkaufen konzentrieren, das machte ihm eh genug Stress!

Einkaufen war nie Johns Stärke gewesen, für ihn allein nicht und für zwei schon gar nicht. Im Supermarkt kaufte er einige Fertiggerichte, Brot, Käse, Keks und frisches Obst. Fast hätte er das Futter für Bertl vergessen. In der Parfümerie nebenan stand er ratlos vor der unübersehbaren Farbenpracht der Lippenstifte. Aus der Geschichte der k.u.k. Armee wusste er, dass es mehr als zehn Rottöne bei der Egalisierung am Kragenspiegel gegeben hatte. Hätten die k.u.k. Generäle von den Lippenstiften gewusst, hätten sie noch dreißig Regimenter schmücken können. Egal wie, er musste sich entscheiden. Iphi, intellektuell, schlank, sportlich – er wählte ein Rot, das an die Farbe der bosnischen Regimenter erinnerte, Alizarin-Rot! Das würde Farbe in ihr Gesicht bringen! Dann erinnerte er sich, dass Frauen noch andere Produkte benötigten. Er nahm ein Gesichtswasser, Wattepads, eine Feuchtigkeitscreme und noch eine Packung Tampons. Bei der Kassa glaubte er, die Angestellte würde ihn seltsam mustern, aber wahrscheinlich bildete er sich das nur ein. Ein Mann kauft für seine gelähmte Frau ein. Das soll es ja geben. In einem Modegeschäft erstand er noch eine Leinenbluse und eine Doppelpackung Sloggi Slips.

Mehr Bedürfnisse, die ein weibliches Wesen haben könnte, fielen ihm nicht ein.

Der neue Tag hatte einigen Menschen neue Aufgaben zugewiesen.

Die Polizeiinspektion in der Stadt legte einen Akt an. Die Lehrerin Iphigenie Clarissa Lewandowski wurde von Frau Elli Samwald vermisst gemeldet.

Eugen nahm sich frei und begab sich auf die Suche nach einem Zimmer. Er wollte ausziehen, falls sich was Passendes finden ließ. Oder auch nicht, und mit Gerda einen Kompromiss aushandeln. Den ganzen Tag versuchte er Iphi zu erreichen, ohne Erfolg.

Gerda suchte einen Rechtsanwalt und vereinbarte einen Termin für den nächsten Tag.

Erika Ponsel studierte ihre Kochbücher. Am Abend würde Ernst Scheucher zum Essen kommen. Sie wollte ihm, dem gestressten Architekten, ein besonderes Mahl servieren.

Verena Schmidt wollte für das Rendezvous mit Carl Cornelius von Scheuchenstein besonders hübsch sein. Sie vereinbarte einen Termin bei ihrer Kosmetikerin für den frühen Nachmittag.

Martina Egger hatte in ihrem Büro viel zu tun. Zwischendurch dachte sie einmal an diesen Carl

Mertens, Doktor der Philosophie, Fachgebiet Musikwissenschaft. Schon ein eindrucksvoller Mann, aber ein vages Gefühl flüsterte ihr zu, dass mit dem irgendwas nicht stimmte. In der Mittagspause würde sie ihn anrufen. Vielleicht, vielleicht auch nicht.

Das Dorf war in Aufregung! Iphi war seit einem Tag wie vom Erdboden verschwunden. Die wildesten Gerüchte waren im Umlauf, am Nachmittag wurden sie noch verstärkt. Ein Zug der Polizei war eingetroffen, aufgestockt wurde diese Truppe durch Freiwillige der Feuerwehr. Im Saal im ersten Stock des Gemeindeamtes fand die Lagebesprechung statt. Elli und Jutta gaben Hinweise zu Iphis gewohnten Routen, die sie zum Teil auch selbst oft gingen. Also wurden sechs Suchtrupps gebildet, um das Gebiet abzusuchen. Rund ums Dorf, das schon auf 800 Meter Seehöhe lag, gab es auch mittelalpine Erhebungen bis gut 1500 Meter. Die Hänge waren dicht bewaldet und oft sehr steil, mit tief eingeschnittenen Gräben dazwischen. Einfach würde die Suche nicht werden.

In der Zwischenzeit waren die Spezialisten der Kriminalabteilung dabei, Iphis Smartphone zu orten. Leider vergeblich. Das hieß, das Telefon war deaktiviert oder das Gerät befand sich in einem Gebäude.

Gegen zwei Uhr nachmittags erschütterte eine Meldung die Menschen in der Einsatzzentrale im Gemeindeamt. In einer kleinen, von Büschen überwucherten Höhle am Berg, der im Süden das Hochplateau begrenzte, war eine weibliche Leiche gefunden worden.

Elli war fast am Zusammenbrechen, als die Nachricht ergänzt wurde. Es stellte sich rasch heraus, dass die Frau mindestens seit einem Jahr tot war. Die Leiche war verwest und zeigte Bissspuren von Wildtieren. Es konnte sich nicht um Iphi handeln. Der Fund in der Kalksteinhöhle war tragisch genug, brachte aber keine Erleichterung zu Iphis Schicksal. Elli hatte sofort an Beate gedacht. Die Polizei wollte oder konnte keine Auskunft über die Identität der Toten geben.

Gegen 19 Uhr kehrten die Suchtrupps nach und nach zurück. Die Aktion hatte nun auch die Aufmerksamkeit der Zeitungen gefunden und Reporter versuchten den Einheimischen irgendwelche Informationen zu entlocken. Vieles wurde so in die Welt gesetzt, was nicht zutraf. Es dauerte nicht lang, bis auch die Geschichte mit der Mumie und dem Monster wieder im Umlauf war. Frau Berger hatte aufmerksame Zuhörer gefunden. Jedem, der zuhören wollte, schilderte sie ihre Begegnung mit dem Monster. Und mit jeder Wiederholung wuchs dieses mysteriöse Wesen ins Unermessliche.

Der letzte Trupp, der von der Höhe kam, hatte beim Rückweg ins Dorf ein Smartphone gefunden. Es wurde sofort zur Auswertung von Daten an einen Spezialisten übergeben. Das war der einzige positive Aspekt dieses Tages.

Der ORF brachte in den Lokalnachrichten um 19 Uhr als erste Nachricht den Bericht vom Fund der Leiche und zeigte Bilder von der Suche nach einer vermissten Frau in der gleichen Gegend. Die

Einsatzleitung gab bekannt, dass die Aktion morgen mit Hunden und einem Hubschrauber fortgesetzt würde. Der Umkreis der Höhle wurde abgesperrt, die Ermittler würden am kommenden Vormittag ihre Arbeit aufnehmen.

Elli und alle anderen, die Iphi gut gekannt hatten, waren bestürzt, dass es noch keine Nachricht von ihr gab. Sie saßen im Wirtshaus beisammen, gingen aber bald nach Hause, weil die Reporter lästig waren.

Der Tag verging, die Nacht kam, aber Angst und Sorge verschwanden nicht.

Kaum nachdem das Motorengeräusch verklungen war, stand Iphi auf und öffnete die Balkontür. Nach dem gestrigen Sturm und Regen war die Luft erfrischend rein. Iphi atmete tief durch. Die Szenen des gestrigen Abends gingen ihr durch den Kopf. Dieser Mann war so lieb gewesen. Sie hatte seine Fürsorge genossen. Ein wunderbares Gefühl. Dieser Mann hatte gesagt, sie sei seine Ehefrau. Gestürzt sei sie, sie habe eine Gehirnerschütterung erlitten. Darum könne sie sich an nichts erinnern. Das Haus und seine Räume waren ihr so unbekannt. Aber sie wusste, dass sie hier schon einmal gewesen war. Sie ging im Haus herum, sah sich jedes Zimmer in Ruhe an. Bertl trabte immer mit, nur in der Küche war er unruhig und schnupperte an den Resten des Linoleums, die noch herumlagen. Da und dort nahm Iphi etwas von Johns Sachen in die Hand. Roch an einem seiner Hemden. Plötzlich stand es Iphi klar und deutlich vor Augen - sie liebte diesen Mann. Wahrscheinlich hatte sie ihn schon immer geliebt. Sonst hätte sie ihn ja nicht geheiratet. Wann das gewesen sein sollte, blieb trotz aller Anstrengungen im Dunkeln. Sie wusste eigentlich nichts über ihn, aber von ihrer Empfindung her passte alles. Sie fühlte, dass er ihr Lebensmensch war.

Iphi legte sich wieder auf das Sofa, weil die Kopfschmerzen stärker geworden waren. Als sie erneut erwachte, wusste sie von einem Moment zum anderen alles über John. Die Erinnerung an die Tage vor dem Sturz war wieder da. Sie sah sich im Zimmer um, das ihr jetzt so vertraut war. John ein Schwindler. Aber sie konnte ihm nicht böse sein. Alles würde gut werden. Gleich wollte sie sich nicht verraten. Der Beagle auf dem Teppich vor dem Sofa grunzte beim Schlafen. Jetzt hatte Iphi zwei treue Begleiter.

John war zurück. Bertl empfing ihn aufgeregt und er war der erste, der versorgt wurde. Erst dann war Zeit für die Menschen.

„Wie geht es dir, hast du noch Kopfschmerzen?"

„Ja, es brummt noch. Was ist eigentlich geschehen? Ich weiß es noch immer nicht."

„Gestern war ein starker Sturm, dir ist ein Ast auf den Kopf gefallen."

„Aha!" und nach einer Pause: „Wie lange sind wir schon verheiratet?"

John drukste herum. „Kannst du dich wirklich nicht erinnern?"

„Nein."

„Reden wir später, jetzt müssen wir was essen!"

„Ja, ich habe einen Bärenhunger."

John hatte zwei passable Tiefkühl-Gerichte gekauft, die nach wenigen Minuten in der Mikrowelle fertig waren. Sie mussten am Tisch beim Sofa essen, da der Küchentisch im Vorzimmer als Lagerplatz für die Vorräte diente.

Nach dem Essen trank John einen ganz leichten Spritzer, Iphi nur Wasser. John gab ihr die gekauften Sachen und Iphi war sehr überrascht.

„John, du bist so lieb zu mir. Danke!"

„Ich mache das gerne. Von jetzt an bis zum Lebensende!"

Iphi drehte sich ihm zu, nahm sein zerknittertes Gesicht in beide Hände und küsste ihn. John erwiderte diesen Kuss. Es kam alles wie von selbst, nichts war geplant, nichts mit Berechnung getan. Es war ein Punkt erreicht, an dem keiner von beiden aufhören wollte, aufhören konnte. Es unterlag keiner bewussten Entscheidung, es war die logische Fortsetzung ihrer Gedanken in einer physischen Form.

John zog Iphi in die Höhe und umarmte sie. Er küsste sie ganz zart und wurde immer stürmischer. Dann nahm er ihre Hand und führte Iphi ins Schlafzimmer. Sie folgte ihm ohne Widerstand.

Dem Haus und dem Zimmer wurde wenig Sonne gegönnt, weil der Wald nahe und dicht stand und das Gelände steil anstieg. Die letzten Strahlen vom Westen legten gelbe Bahnen gegen die Decke des Raums, in denen der Staub tanzte.

Iphi und John lagen etwas atemlos nebeneinander.

„Wann hast du Geburtstag?", fragte Iphi.

„Ich habe keinen."

„Du existierst also nicht."

„Richtig!"

„Dann war es eine Sinnestäuschung, was in den letzten Stunden geschehen ist?"

„Wir bilden uns vieles nur ein, zum Beispiel, wenn wir glauben glücklich zu sein."

„Der Umkehrschluss gilt dann auch? Man ist nur unglücklich, weil man es sein will?"

„Hast du Philosophie studiert?"

„John, alles ist Täuschung, wir produzieren in unseren Gehirnen das, was wir empfinden wollen.

„Dein Kopf funktioniert wieder!"

„Hm, weiß nicht, eher habe ich das Gefühl, mein Kopf ist wie ein leeres Haus, ohne Möbel, ohne Spuren an die früheren Bewohner."

„Ich werde dir helfen, alles wird zurückkommen."

„Habe ich studiert?"

„Ja, aber lassen wir das jetzt. Warte einen Moment."

John stand auf und holte die Bluse, die er für Iphi gekauft hatte. Leinen mit dezenten beigen und grünen Streifen, im Stil eines Herrenhemds.

„Gefällt sie dir?"

„Ja, wunderbar."

Iphi schlüpfte hinein und John wurde vom Anblick ihres schlanken Körpers wieder erregt.

Iphi küsste ihn. „Danke, du bist so lieb!" Dann erstarrte sie von einem Moment auf den anderen und fragte: „Wo ist mein Kasten, wo sind meine anderen Sachen?"

John wusste nicht, was er antworten sollte. Nur nicht die Wahrheit sagen. Die Wahrheit würde Iphi zurückführen in ihr wahres Leben. Er wollte das hinauszögern, er wollte sie noch behalten. wie man ein wertvolles Kleinod in Händen hält, von dem man weiß, dass es einem nicht gehört.

„Wir sind auf Urlaub hier. Es ist ein Ferienhaus, eigentlich wollten wir es nur besichtigen, wir hatten nichts eingepackt für einen längeren Aufenthalt."

„John, du bist ein Schwindler. Als du weg warst bin ich am Sofa eingeschlafen und beim Erwachen war mein Kopf ganz klar." Dabei lachte sie ihn an und gab ihm gleichzeitig eine sanfte Ohrfeige.

John war erleichtert, dass Iphi es so aufnahm. „Du hast mich den ganzen Nachmittag lang angeschwindelt."

„Ja, und es hat mir einen riesigen Spaß gemacht."

„Auf meine Kosten!"

„Du musstest büßen, dass du mir nicht gleich die Wahrheit gesagt hast. Was wolltest du eigentlich? Mich für den Rest des Lebens hier einsperren?"

„Natürlich, dich in Ketten legen, damit dich kein anderer Mann kriegt. Nein, ich wollte es nur hinauszögern, weil…"

„Weil?"

Er setzte sich zu Iphi an den Rand des Betts und nahm ihre Hand. Er konnte es nicht aussprechen. Das Wort Liebe war seit Jahren aus seinem Sprachschatz verschwunden.

Iphi richtete sich auf, küsste John und sagte: „Brauchst nichts sagen, ich habe es verstanden. Aber Schluss jetzt mit den Sentimentalitäten, ich habe schon wieder Hunger! Und Ketten brauchst du nicht, ich bleibe auch so bei dir!"

Bertl bellte kurz seine Zustimmung, so als hätte er

diese Worte verstanden. Die Gemeinschaft der drei war besiegelt!

Mehrere Tage waren vergangen. Otto hatte alle Damentermine quasi pflichtgemäß absolviert, als wäre er ein Handelsvertreter. Irgendwie war er das auch. Das zu verkaufende Produkt war er selbst. Er hatte bei Erika Ponsel gut gespeist. Danach blieb es bei Küssen und Umarmungen. Weiterführende körperliche Kontakte vermied er, indem er ihr Verständnis erheischte, den Tod seiner zweiten Frau noch immer nicht verkraftet zu haben. Das gaukelte Erika vor, dieser Mann sei ein besonders sensibler Mensch, den sie mit ihrer Liebe aus seiner Trauer zu einem neuen Glück führen könnte. Bei jedem Besuch hatte Otto auch von dem neuen Bauprojekt gesprochen, das er als Investor und auch planender Architekt in Angriff genommen hatte. Zwei Nächte hatte er in Verenas Bett verbracht, da war es schon heißer hergegangen.

Heute bastelte Otto auf seinem PC an einer Unterlage des innovativen Startups. In der PRESSE hatte er einen Artikel über Forschung zum Thema Nanopartikel in der Medizin gefunden. Den scannte er ein, schrieb noch vieles über eine neue Technologie zur Erfassung dieser Teilchen mit Hilfe von Laserimpulsen ab, stahl einiges aus den Wirtschaftsnachrichten bezüglich der Chancen von Investoren bei solchen neuen jungen Firmen, fügte einen Bericht über Crowdfunding ein, baute Diagramme ein, die er aus dem Internet zusammensuchte und speicherte alles auf einem USB-Stick.

In einem Copy-Shop würde er das auf Hochglanzpapier ausdrucken lassen. Dieser Prospekt würde für seine bestehenden und auch zukünftigen

Geschäftsfälle sehr nützlich sein. Dabei bezog er auch Iphigenie ein, obwohl der Kontakt mit ihr seit Tagen nicht zu Stande gekommen war. Otto hatte mehrmals angerufen und eine Nachricht hinterlassen, alles ohne Erfolg. Aber so wirklich störte ihn das auch nicht, Erika und Verena kosteten ihn genug Kraft und Teile seines letzten Barvermögens, das einer dringenden Aufstockung bedurfte.

„Hallo, Herr Doktor, wie geht es Ihnen?" Das Herr Doktor klang irgendwie provokant.

„Guten Tag, danke gut." Otto antwortete bewusst zurückhaltend. Am Display hatte er gesehen, dass Martina Egger anrief. Eigentlich verwunderlich. Mit der hatte er nicht mehr gerechnet. Nach dem kleinen Fight im Tiergarten Schönbrunn hatte er diesen Fall ad acta gelegt. Aber vielleicht war das noch nicht beendet. Wer kennt sich schon mit Frauen aus, dachte Otto. Egal, wie viele durch sein Leben gezogen waren, Überraschungen in jeder Richtung bleiben nie aus. Otto war auf der Hut, diese Frau war sehr schwer einzuschätzen.

„Haben Sie eigentlich auch einen akademischen Grad?", eröffnete er einen kleinen Gegenangriff, „vielleicht Zoologie?"

„Das bringt mich auf den Punkt. Wollen wir das Thema Tiergarten noch einmal diskutieren? Zum Beispiel heute Nachmittag?"

„Unmöglich, ich habe eine wichtige Besprechung. Übrigens ist es ein Thema, welches auch in der Veterinärmedizin relevant werden könnte!" Das war ihm so spontan eingefallen.

„Ach, ich dachte, Sie hätten Musikwissenschaft studiert?"

„Ja, stimmt. Aber das schließt ja nicht aus, dass ich mich mit lukrativeren Projekten befasse."

„Sehr interessant, wann hätten Sie denn Zeit?"

Otto überlegte, raschelte mit Papier, als blättere er in seinem Terminkalender. Die Frau könnte er ein wenig dunsten lassen, das hatte sie nach ihrem unfreundlichen Auftritt verdient.

„Übermorgen, um 16 Uhr."

„Gut, und wo?"

„Im Café am Stephansplatz, im ersten Stock."

„Das geht, dann sehen wir uns dort."

Verabschiedung, Telefonat beendet, mit völlig unterschiedlichen Gedanken an jedem Ende der Leitung. Ganz wohl war ihm nicht. Es war so ein vages Ahnen, dass ihm diese Frau intellektuell hoch überlegen war. Das beunruhigte ihn.

Martina hingegen hegte andere Gedanken. Mehrere Minuten lang forschte sie im Internet nach einem Dr. oder Ph.D. Carl Otto Mertens und fand Männer dieses Namens in Deutschland und keines der Fotos passte zum Ph.D., den sie kennengelernt hatte. Sie würde nicht lockerlassen. Auch sie ahnte etwas, aber ohne einen Beweis konnte sie nichts unternehmen. Wenn das nicht ein Hochstapler ist, fresse ich einen Besen, dachte sie.

Otto fuhr zu einem Copy-Shop in der Breitenfurterstraße. Nach dem die Details bezüglich

Format und Papierqualität besprochen waren, ließ er zwanzig Exemplare ausdrucken. Nicht weit vom Shop entfernt entdeckte er eine Café-Bäckerei. Er hatte Hunger, bestellte einen gefüllten Kornspitz und ein Achtel Wein. Der Zweigelt war sehr gut und es gab sogar eine PRESSE, in dieser Art von Lokal eher selten zu finden. Die Ausgabe war nicht aktuell, sondern vom vergangenen Sonntag, das störte aber nicht. Die Beiträge galten mehr den Entwicklungen in Politik, Wissenschaft, und Gesellschaft. Über Unfälle, entlaufene Kühe, den letzten Mord und die Aufregungen um den neuen Busen eines Filmstars konnte er sich in den Boulevard-Zeitungen informieren. Die PRESSE brachte auch einige Annoncen, eine davon in der Rubrik Sie sucht Ihn fiel ihm auf. Eine 75-jährige Witwe eines Industriellen, gut situiert, finanziell uninteressiert, suchte einen Mann, der mit ihr auf Reisen und beim Golf das Leben genießen möchte. Otto notierte die Chiffre Nummer.

Das Ambiente im Café war angenehm, der Wein gut, die Bedienung freundlich, Otto fühlte sich wohl. Vielleicht sollte ich ein Kaffeehaus zum Wohnsitz wählen, wie Peter Altenberg, wäre angenehmer, als das unwirtliche Haus in Rodaun. Er trank weiter. Das Smartphone störte, Erika, Verena, zweimal, dreimal. Otto drückte sie jedes Mal weg, dann schaltete er aus. Zweifel überkam ihn. War es ein Fehler gewesen, dass er selbst inseriert hatte? Gewiss, die Geschäftsfälle Verena und Erika waren gut angelaufen, an Martina und Iphigenie dachte er nicht, aber waren das nicht Peanuts gegen eine millionenschwere Witwe, womöglich mit einer Villa in Döbling? Sollte er seine

Pläne ändern? Eine nach innen ziehende Betrunkenheit erfasste ihn. Jener Zustand, der seine Gedanken in die schmutzigen Winkel seines Seelengebäudes zog. Das passierte ihm in letzter Zeit immer öfters. Die kraftvolle, fröhliche Trunkenheit, die zu großartigen Bildern zukünftiger Erfolgserlebnisse verhalf, hatte er seit langem nicht genießen können. Otto trank ein Achtel nach dem anderen, bis in die Kellnerin mit dem Hinweis auf die Sperrstunde hinaus komplimentierte.

Autofahren war unmöglich. Otto torkelte über den Steg zum Bahnhof Liesing, fiel in ein Taxi und ließ sich nach Rodaun führen. Die Treffen mit Verena und Erika waren ihm jetzt scheißegal! Zu Hause fiel er zu früher Stunde ins Bett, über das weitere Vorgehen würde er morgen nachdenken!

Am nächsten Morgen litt Otto unter einem fürchterlichen Hang-over. Früher hatte er diese Mengen von Alkohol besser vertragen. An diesem verhangenen, grauen Vormittag hasste er alles. Das Wetter, das miese Haus, die schäbigen Möbel und am meisten das weibliche Geschlecht. Er saß beim Küchentisch und schlürfte Kamillentee. Die Zufuhr von Ethanol des vorigen Tages lähmte Hirn und Glieder. Es blieb nur eines, zurück ins Bett.

Am Nachmittag gab er sich große Mühe, die versetzten Ladies zu beruhigen. Er servierte ihnen keine gewöhnlichen Lügen. Seine waren immer mit den Projekten und den Problemen mit Kapital verknüpft, die ihn manchmal so belasteten, dass er nicht einmal seine liebste Freundin sprechen wollte. Perfide, wie er war, nützte er diese gespielte Sorge gleich, um näher an die Tresore der Damen heranzukommen.

Verena und Erika waren zu beruhigen und fühlten dann mit ihm. Beide wollten das mit ihm besprechen und gaben positive Signale ab. Martina sagte er glatt ab, er sei krank, ein Treffen unmöglich. Somit war dann sein Programm für die nächsten Tage gesichert. Ein warmes Bett bei Verena auch. Irgendwann einmal würde er auch mit Erika ins Bett steigen müssen, aber schließlich gab es keinen Preis ohne Fleiß!

Ein wonniger Tag kündigte sich mit Sonne an. Iphi, John und Bertl hatten am Balkon gefrühstückt und alle drei waren zufrieden und glücklich. Diese Idylle störte ein ungewohntes metallisches Geräusch. John stand auf, ging auf die Veranda und erstarrte. Ein martialisch ausgerüsteter Polizist der Cobra hatte von unten sein Gewehr auf John gerichtet. „Hände hoch, nicht bewegen!"

Gleichzeitig wurde die Haustür aufgebrochen und drei weitere Polizisten stürmten herein. Bertl bellte und knurrte, fand aber keine Beachtung.

„Auf den Boden!"

John folgte der Anweisung. Das war das Klügste, was er tun konnte. Erklären konnte er später.

„Mir geht es gut!", schrie Iphi, „hören Sie auf, das ist ein Irrtum!"

„Hat er Sie verletzt?", fragte einer der Männer, „Sie haben ja einen Verband am Kopf!"

„Das ist schon im Abheilen. Bitte lassen Sie John frei, er hat mir nichts getan!"

„Dazu werden wir ihn ausführlich befragen, " sagte einer der Männer, „abführen!"

John durfte aufstehen und wurde hinausgebracht. Inzwischen waren zwei Vans der Polizei auf der Schotterzufahrt zum Haus gekommen.

„Bitte nehmen Sie Ihre Sachen und kommen Sie mit, wir bringen Sie zuerst zu einem Arzt."

„Wie haben Sie mich gefunden?"

„Durch Ihr Smartphone, das war ganz einfach."

Elli hatte nur Iphis Nummer wählen müssen, das Smartphone hatte geläutet. Elli hatte auch den

Hinweis geliefert, dass Iphi mit dem Besitzer des Hauses im Wald befreundet wäre. Dieser Spur war die Polizei gefolgt.

Nach einer flüchtigen Durchsuchung der Räume verließ der ganze Tross einschließlich Iphi, Bertl und John das Gelände. Iphi hatte den Beamten erklärt, dass sie freiwillig hier sei. Die beschädigte Haustür wurde notdürftig verschlossen. John war das egal. Hauptsache, die Polizei stöberte nicht weiter im Haus herum.

Die große Aufregung um Iphi legte sich erst nach zwei, drei Tagen. Sie war befragt und John verdächtigt worden. Aber Iphis Aussage entlastete ihn vollkommen, zumindest was die drei Tage betraf. So war der Vorfall mit Iphi geklärt, offen blieb aber der Fall der Toten in der Höhle. Der war so dramatisch, dass Iphis Abenteuer an Bedeutung verlor. Die Tote war identifiziert worden. Beate Gebauer, die vermisste Freundin und Schulkollegin. Einsam verreckt in einer Höhle, gar nicht weit weg von Iphi, Elli und allen anderen im Dorf, die sie gekannt hatten. Nach der Untersuchung in der Gerichtsmedizin stellte sich heraus, dass Beate an einer Überdosis Insulin gestorben war. Das konnte auch Mord bedeuten, aber der Abschiedsbrief und die Fotos, die sie bei sich hatte, führten vorerst zu Annahme, dass Beate Selbstmord begangen hatte. Es sei denn, ein besonders raffinierter Täter hätte sie getötet.

Bei den üblichen Recherchen zu seiner Person waren den Beamten die Informationen zugekommen, dass John im Juni eine Gerichtsverhandlung bevorstand. Die Anklage lautete auf Unterschlagung und sexuelle Nötigung, wenn nicht sogar versuchte Vergewaltigung. Das warf kein gutes Licht auf John. In der Polizeiinspektion der kleinen Stadt hatten ihn die Beamten mehrmals verhört. Auch Iphi war befragt worden. Iphi hatte für ihn ausgesagt. Hatte alles genau erzählt, wie er für sie gesorgt und eingekauft hatte. Ein dunkler Punkt war, dass John nicht am Tag nach dem Unfall die Rettung und Polizei verständigt hatte. Zu diesem Umstand befragten ihn die Beamten immer wieder. John sagte, er sei irgendwie verwirrt gewesen. Er habe den Retter spielen wollen, den Ritter, der Iphi beschützt. Sie habe nicht verlangt, dass er anrufen solle. Iphi bestätigte, dass sie auf ihre Art die Tage bei John genossen hätte. Weg vom Stress, in einer anderen Welt leben. Die eigenartigen Grabhügel in seinem Garten waren auch zur Sprache gekommen. Die Stellen waren umgegraben und wieder eingeebnet worden. Iphi konnte die Polizei von Johns Unschuld überzeugen. Nach einigem Hin und Her wurde der Verdacht gegen ihn ad acta gelegt. Allerdings gaben sie Iphi den Hinweis, sie solle vorsichtig sein. John sei angeklagt und müsse sich in Kürze in Wien wegen Unterschlagung und sexueller Nötigung vor Gericht verantworten. Das war schon eine harte Nuss für Iphi. Das wollte Iphi mit John klären. Ihr würde er die Wahrheit sagen. Das war er ihr schuldig.

Iphi, Elli, Jutta, Riki und Barbara, die alle mit

Beate gemeinsam das Gymnasium besucht hatten, trafen sich zu einer Art Abschiedsfeier. Beates Leichnam war noch in der Pathologie in Wr. Neustadt. Es gab noch keinen Termin für ein Begräbnis.

„War es wirklich Suizid? Oder ist sie ermordet worden?"

„Dieser Mann in Wien, den sie über eine Annonce kennengelernt hatte, wer ist das eigentlich?"

„Die Polizei hat nichts verlauten lassen. Offensichtlich wird das geprüft."

„Also mir hat sie einmal gesagt, dass sie in diesen Mann so verliebt ist, sie würde alles für ihn tun."

„Aber dass sie sich umbringt? Womöglich aus unglücklicher Liebe?"

Iphi hatte das Foto gefunden, das ihr Beate einmal gegeben hatte, und reichte es in der Runde herum.

„Der sieht aber verdammt gut aus", sagte Elli, „wieso hat sie mir das nie gezeigt?"

„Vielleicht hatte sie Angst, dass du ihr den Mann ausspannst?", meinte Jutta.

„Blödsinn, was du da redest."

Elli, ein südländischer Typ mit schönen dunklen Augen, wäre in Neapel nicht als Touristin aufgefallen.

„Aber der muss doch viel älter als Beate gewesen sein?"

„Warum soll man sich nicht in einen älteren Mann verlieben?", fragte Barbara, „die sind doch eh besser als die jungen."

Diese Bemerkung führte zu einer ausgiebigen Erörterung über das männliche Geschlecht. und Vor- oder Nachteile eines älteren Partners.

Iphi erzählte nichts von ihrem Date in Wien. Seit

sie das Foto heraus gekramt hatte, dachte sie nach, ob das derselbe Mann sein könnte, den sie getroffen hatte.

„Elli, was ist eigentlich mit Eugen? Ist der verdächtigt worden?" Elli war immer bestens informiert, weil sie einen der Polizisten persönlich kannte.

„Ja sicher. Aber nur im Zusammenhang mit deinem Verschwinden. Nachdem dein Smartphone gefunden wurde, hat die Polizei die Anrufliste ausgewertet, da war die Nummer eins dein Eugen! Somit war er besonders verdächtig. Aber nicht im Fall Beate."

„Und weiter?"

„Er wurde verhört, hat zugegeben, dass er dich mehrmals angerufen hat, aber mehr war da nicht. Übrigens, er ist ausgezogen von zu Hause. Das hat er mir gesagt, damit ich es dir berichten soll."

Jetzt war Iphi überrascht. In den Jahren ihrer Beziehung hatte sie das so oft gewünscht und auch gefordert und es war ein Wunsch geblieben. Jetzt, da er sich endlich von seiner Frau getrennt hatte, war es zu spät.

„Scheißkerl", sagte Iphi, „gut so, ich will nichts mehr wissen von ihm. Das ist jetzt vorbei!" Gleich darauf waren ihre Gedanken bei John und den Tagen mit ihm. War es mit dem auch vorbei oder würde das weitergehen?

„Was ist mit diesem John? Sag jetzt endlich, was war da wirklich los?", fragte Elli und Riki legte nach.

„Hat er dich vergewaltigt?"

„Blödsinn!"

„Aber da war schon mehr, uns kannst du es ja sagen."

„Ja, da war mehr, wenn man es so banal ausdrücken will. Ich will darüber nicht reden, ich muss das erst verarbeiten."

„Die Zeitungen sind voll mit Vermutungen, John wurde auch verdächtigt, Beate ermordet zu haben."

„Was die zusammenschreiben, ungeheuerlich. Von Mord ist noch gar keine Rede, ihr Leichnam ist noch nicht freigegeben. Die Todesursache muss erst geklärt werden."

Jutta wollte nicht lockerlassen: „Dieser John hat dich gefunden, weil der Bertl zu ihm gelaufen ist. Der muss also den Weg schon gekannt haben. Und was war dann?"

„Er hat mich ins Haus getragen und aufs Sofa gelegt. Hat mir das schmutzige Gewand ausgezogen und das Gesicht gewaschen. So hat er es mir erzählt."

„Und du warst nackt und bewusstlos, der hätte alles anstellen können mit dir, man darf sich das gar nicht ausdenken."

„Beruhigt euch schön langsam. John ist ein Gentleman, das weiß ich inzwischen schon."

Elli streute ein: „Aber weißt du, dass er im Juni eine Gerichtsverhandlung hat. Unterschlagung und sexuelle Nötigung, nach Gentleman schaut das nicht aus."

Iphi tat, als wüsste sie davon nichts. Zuerst musste sie mit John sprechen. „Wer sagt denn das?"

„Habe ich so durch Zufall mitgehört, wie die Polizei darüber geredet hat."

Iphi schwieg. Sie hatte es nicht glauben können, als

es ihr von der Polizei gesagt worden war. Das passte so gar nicht zu jenem Mann, mit dem sie die Tage im Haus verbracht hatte. Sie schüttelte den Kopf und sprach es auch aus. „Er war so liebevoll besorgt um mich, er hat für mich eine Bluse gekauft und Kosmetik. Der kann einer Frau nichts Böses tun."

„Wenn du dich da nur nicht täuschst."

„So naiv kenne ich dich gar nicht", sagte Jutta.

„Wieso bist du nicht früher zurückgekommen, sobald du wieder klar im Kopf warst?", wollte Barbara wissen.

Iphi antwortete nicht gleich. Dieses herrliche Gefühl des absoluten Befreitseins von allen Pflichten und Aufgaben, dieses Fallenlassen in die Fürsorge eines liebevollen Mannes, das sollte ihr Geheimnis bleiben. „So klar war ich nicht, außerdem war mir immer wieder schlecht. Und jetzt bitte, reden wir über was Anderes. Denken wir an Beate, ihr Schicksal ist tragisch und wir müssen überlegen, ob wir etwas zur Aufklärung beitragen können."

„Auch da muss ein Mann schuld sein, dass das passiert ist."

„Wieso, könnte doch auch eine Frau gewesen sein?"

„Blödsinn, Beate war nicht lesbisch! Die war eher..."

„Vielleicht hat eine rachsüchtige Ehefrau sie umgebracht?"

„Also jetzt hören wir auf zu spekulieren, das bringt doch nichts."

„Prost! Wie schön war das damals, als wir noch alle Teenager waren."

Und mit diesem Anstoß plauderten die drei noch

lange über alte Zeiten und Erlebnisse, und der reichlich genossene Prosecco weckte Erinnerungen an die turbulenten Zeiten in der Schule und an die Liebeleien der Jugendzeit.

Otto hatte auf die Annonce der Witwe eines Industriellen geantwortet. Ganz kurz nur - Akademiker, Witwer, bestens situiert, Villa in Rodaun, Golfspieler – Stichworte, als ob ein Pokerspieler ein Ass nach dem anderen auf den Tisch legt. Eine Frau, die einen Partner sucht, bei gleichzeitiger Betonung der Äußerlichkeiten, kann da nur schwach werden. Drei Tage später klingelte Ottos Smartphone, das er extra für diesen neuen Geschäftsfall gekauft hatte. Einen Tag später stand er mit einem Strauß Frühlingsblumen vor dem schmiedeeisernen Zaun der Villa in Döbling, die ihm als Adresse genannt worden war. Otto ließ sich einige Minuten Zeit, um den prächtigen Bau im Stil des Historismus mit allen typischen Elementen zu betrachten. Jäh musste er an die Villa in New Jersey denken. Was für ein Kontrast! Dort die Ansammlung von Imitaten und Nachahmungen europäischer Stilelemente, hier echte alte Gediegenheit der Gründerzeit. Otto drückte mit Andacht den Knopf auf dem edlen Messingschild mit dem Namen KR Temmer. Nach Sekunden ertönte ein Summen und Otto konnte die Einfahrt zum Eingang hinaufgehen. Die schwere Eichentür des Hauses mit darin eingelassenen grünen Scheiben öffnete sich. Eine Hausangestellte, gekleidet in Schwarz, weißer Schürze und weißem Kragen, öffnete.

Wunderbar, dachte Otto, und war gewiss, diesmal das richtige Los gezogen zu haben. Er übergab seine neue, gestern in einem Copy-Shop produzierte Visitenkarte und wurde gebeten, in der Halle zu warten. Otto sah sich um und war begeistert. Einzelne kleine Stilmöbel, eine Freitreppe in den ersten Stock, Gemälde an den Wänden, es war wie im Film.

„Herr Baron, die Gnädige Frau lässt bitten!"

Die Visitenkarte Carl Cornelius Otto von Scheuchenstein, mit einer dreizackigen Krone, war in dieser Prachtvilla genau das passende Entree.

Otto folgte der Hausangestellten in einen großen Salon, der als Gesamtkunstwerk gut in ein Schloss an der Loire gepasst hätte. Vor einer Sitzgarnitur im Luis XVI Stil erwartete ihn eine Dame in einem blumigen Kleid, das die Rundungen eines guten Lebens dezent verbarg. Verbergen sollte, was nicht ganz gelang.

Es war wie ein Vexierbild. Die Frau in diesem wild gemusterten Kleid verschwand inmitten der Blumen rundherum. Blumen auf Möbeln, auf Vorhängen, auf Tapeten und echte in vielen Vasen auf kleinen Tischchen, verteilt in dem großen Raum. Otto überreichte seinen Strauß, deutete einen Handkuss an und gab sich entzückt vom Ambiente.

Nachdem die üblichen Floskeln der Begrüßung absolviert waren, die Hausangestellte Kaffee und Gebäck auf einem silbernen Tablett serviert hatte, konnte Otto seine Attacke beginnen.

„Gnädige Frau, darf ich Ihnen zu diesem wunderschönen Haus und dieser gediegenen Einrichtung gratulieren!"

„Danke. Aber lieber Baron, Sie werden ja auch nicht schlecht wohnen."

„Gnädige Frau, bitte lassen Sie den Baron weg, eigentlich mache ich mich mit dieser Visitenkarte in Österreich strafbar."

„Das ist ja lächerlich, die Sozis und dieses Gesetz, blaues Blut kann nicht umgefärbt werden!"

„Da haben Sie vollkommen recht. Ich verwende diese Visitenkarte im Geschäftsleben selten und privat nur dann, wenn ich weiß, dass ich einer Person gegenüberstehe, der eine vermeintlich überholte Etikette nicht fremd ist."

„Das haben Sie schön ausgedrückt! Wissen Sie, mein Mann und ich haben ein reges gesellschaftliches Leben betrieben, wir hatten mit vielen adeligen Familien Kontakt."

„Das verstehe ich sehr gut. In gewisser Weise war ja auch Ihr Mann ein Adeliger, er hat sich doch als einer der führenden Industriellen Österreichs große Verdienste um diesen Staat erworben. Lebten wir noch in der Monarchie, dann wäre er schon längst nobilitiert worden."

Der wird sich schon seinen eigenen Verdienst gesichert haben, dachte Otto, allein diese Villa war ein Vermögen wert.

„Jetzt ist alles anders. Seit mein Mann gestorben ist, habe ich mich mehr und mehr zurückgezogen."

„Da kann ich mit Ihnen fühlen, mir ist es, seit ich Witwer geworden bin, nicht anders ergangen."

Dieser Satz genügte, um die Neugier seiner Gesprächspartnerin anzustacheln. Nach wenigen Sätzen war sie aber bei ihrer eigenen Person angelangt. Die nächste halbe Stunde verging mit Klagen über die geänderten Zeiten, die Vereinsamung einer Witwe und die Schwierigkeit, einen niveauvollen Partner zu finden.

Otto fühlte sich wie ein Psychiater, als er dieser

Redeflut lauschte. Das Honorar würde er hoch ansetzen. Während sie redete und redete und ihr schweres Leben als einsame Witwe beklagte, konnte Otto sie in Ruhe studieren. Die Frau war nicht schön, sie war mit allen Mitteln der Kosmetik auf schön getrimmt, aber eine natürliche Harmonie des Gesichts fehlte. Eigentlich ist sie nicht sympathisch, dachte Otto. Die gebogene Nase und das spitze Kinn deutete er als Zeichen der Habgier. Er würde mit ihr ungern streiten. Vermutlich hatte es der Kommerzialrat Temmer mit ihr nicht leicht gehabt. Hauptsache, der hatte zu Lebzeiten genug Geld gescheffelt, damit für Otto was übrigblieb.

„Ich habe volles Verständnis für Sie in so einer schweren Lebensphase nach dem Tod Ihres Mannes. Darf ich fragen, haben Sie keine Kinder, keine Verwandten, die Ihnen familiäre Kontakte bieten könnten?"

„Das Glück eigener Kinder war uns nicht vergönnt, und nahe Verwandte gibt es nicht."

Prima, sagte sich Otto, das passt ja hervorragend.

Kaffee wurde serviert. Für Service und Tablett würde man bei Bares für Rares garantiert einen Tausender erlösen.

Eine Stunde später war man beim Sekt angelangt und die Unterhaltung wurde zunehmend entspannter.

„Gnädige Frau, ich meine, Sie sollten viel auf Reisen gehen, Abwechslung suchen, das würde Sie von allen trüben Gedanken befreien."

„Bitte sagen Sie Adelheid zu mir, lieber Baron!"

„Dann bin ich Otto für Sie, einfach schlicht Otto, wie der Enkel unseres letzten Kaisers!"

Ohne teutonisches Klirren der Gläser wurde einander zugeprostet. Und Otto war dran mit einigen seiner Stories über Hongkong, New Jersey und den Schwierigkeiten, die einem reellen Kaufmann in der globalen Wirtschaft ereilen konnten. Bester Zeitpunkt um über sein eingefrorenes Vermögen in den USA zu berichten.

„Bringt Sie das in große Schwierigkeiten?"

„Nein, nicht wirklich, ich habe natürlich noch andere Positionen in Zürich und London, aber es stört halt meine Pläne. Ich wollte mich im Alter in Wien für immer niederlassen, die geschäftlichen Probleme machen es nicht einfacher."

Adelheid wollte mehr wissen und Otto erfand in Sekundenschnelle ein Problem mit der für den Denkmalschutz zuständigen Magistratsabteilung, die ihm beim Umbau der alten Villa in Rodaun Schwierigkeiten mache.

Das Hin und Her der Rede lieferte Adelheid neue Stichworte, um Pointen aus ihrem Leben anbringen zu können, ihr Bedürfnis nach einem Gesprächspartner war evident. Dabei gab sie solche Plattheiten zum Besten, Tratsch, banale Erlebnisse von einst, und was sie mit ihrem Mann nicht alles erlebt hatte.

Otto musste sich innerlich wappnen. Seiner Einschätzung nach würde er diese neue Geldquelle leicht anzapfen können, er würde aber unendliche Geduld aufbringen müssen. Dafür sprach jedoch, dass er nun endlich auf eine richtige Goldader gestoßen war. Verena und Erika, das waren im Vergleich dazu nur kümmerliche Nuggets.

Adelheid betätigte eine kleine silberne Tischklingel

und die Hausdame servierte eine neue Flasche Sekt und Kanapees. Otto gratulierte sich insgeheim, er wusste, er war auf dem richtigen Weg!

John traf Iphi im Wirtshaus. So hatten sie das ausgemacht. Das war keineswegs der intimste Platz für eine Aussprache, aber Iphi wollte es so haben. Eine für alle sichtbare Demonstration, dass sie zu John stünde. Der Kellner schaute schief, der Koch kam einmal rein zufällig aus der Küche, die zwei Stammgäste an der Theke verstummten und starrten auf ihre Bierflaschen.

Sie hatten sich ohne große Gesten begrüßt, ein Händedruck und ein Küsschen auf die Wange.

„Komm, wir setzen uns hinaus, der Wind ist kühl, aber wir halten das aus, da können wir ungestört reden", sagte Iphi. John hatte sie in ihrem Haus besuchen wollen, aber Iphi wollte ihn im Wirtshaus treffen. Hatte sie Angst vor ihm, fragte sich John.

Der Kellner kam. Iphi bestellte ein Soda-Lemon, er eine rote Mischung.

Keiner wusste, wie beginnen, wovon sprechen. John überlegte, sollte er von Liebe sprechen? Von den drei Tagen im Haus, in die Iphi und er wie von selbst hineingefallen waren? Von Tagen, die ihrer beiden Leben geändert hatten?

„Wie geht es Dir? Hast du noch Kopfschmerzen?"

„Nein, Gott sei Dank nicht mehr! Wie ist es bei dir, hat dir die Polizei noch zugesetzt?"

„Nein, dank deiner Aussage für mich haben sie mich gehen lassen."

„John, was ist da mit der Geschichte in Wien? Warum wurdest du angeklagt?"

„Ich werde dir alles sagen, genauso, wie es sich abgespielt hat."

Und John erzählte im Detail, wie er auf den großen Steuerbetrug gestoßen war, den die Firma unter Beteiligung von Tochtergesellschaften in Ungarn, Rumänien und Bosnien seit Jahren durchzog. Fingierte Import/Export Geschäfte zur Hinterziehung von Umsatzsteuer durch Vorsteuerrückvergütungen. John hatte nach und nach Fakten gesammelt, aber vorerst geschwiegen. Nur einer Kollegin, die mit ihm das Büro teilte, hatte er einmal eine Andeutung gemacht. Ausgerechnet jener, die mit dem Firmenchef liiert war. John hatte mehrere konkrete Beispiele gesammelt, die er dem Firmeninhaber vorhalten wollte.

„Ich gebe zu, ich wollte dem Chef ein bisschen Druck machen. Das Haus hatte ich kurz davor geerbt, ich wollte für den Rest meines Lebens nur mehr da leben, ich hatte so genug von der lauten Stadt, von den Menschen, die die Privatsphäre eines anderen nicht achten. Ich wollte selbst kündigen, aber trotzdem eine ordentliche Abfertigung herausholen."

„Und dann?"

„Ich hatte alles vorbereitet, aber an einem Nachmittag benahm sich die Kollegin auf einmal sehr seltsam. Sie setzte sich so halb auf meinen Schreibtisch, ihre Bluse war weit aufgeknöpft. Sie schmeichelte mir, ich habe ihr als Mann schon immer gefallen, ob wir nicht essen gehen könnten. Sie legte mir eine Hand auf den Schenkel. Dann saß sie plötzlich auf meinem Schoß und wollte mich küssen. Ich wollte sie nicht küssen und mir grauste vor ihrem nach Rauch stinkenden Atem. Ich musste sie abwehren und packte sie bei den Händen. Da sprang sie plötzlich auf, riss sich die Bluse auf und schrie um Hilfe."

„Das gibt es doch nicht?"

„Doch, es war so plump, hat aber gereicht, dass einige Kollegen gerannt kamen. Ich versuchte zu erklären, aber das war zwecklos. Sie verschwand mit Krokodilstränen. Ich packte meine Tasche und ging nach Hause."

„Und weiter?"

„Am nächsten Morgen wurde ich zum Chef gerufen. Er teilte mir mit, ich sei fristlos gekündigt. Drei Tage später bekam ich eine Vorladung zur Polizei. Ich sagte aus, wie es gewesen war und unterschrieb das Protokoll. Zwei Wochen danach langte die Klage ein. Man beschuldigte mich der Belästigung und versuchten Vergewaltigung. Das war im Februar. Ich warte täglich auf eine Nachricht, wann die Verhandlung in Wien angesetzt ist."

„Ich weiß nicht, was ich sagen soll."

„Glaubst du mir?"

Iphi zögerte, „Ich glaube dir! Ich kann mir nicht vorstellen, dass du mir Lügen auftischst!"

„Danke!"

„Du hättest mich gleich in der ersten Nacht vergewaltigen können, als ich so wehrlos war."

John schwieg. Über seine maskulinen Fantasien, die ihn für einen kurzen Moment überkommen waren, wollte er nicht reden.

„Ich bin noch derselbe Mensch, der ich immer war. Aber die drei Tage mit dir kommen mir vor, als hätte ich sie in einem anderen besseren Leben verbracht."

Iphi schwieg. Seine Worte berührten sie. Genauso

hatte sie diese Tage mit ihm empfunden.

„Iphi, ich möchte zurück in dieses andere Leben."

Iphi legte ihre Hand auf die seine. „Ja, wir werden zurückkehren, das machen wir, aber zuerst räumen wir in unseren vorherigen Leben auf. Wenn wir das getan haben, werden wir unser gemeinsames Leben fortsetzen!"

„Das ist eine kluge Aussage!"

Eine Liebeserklärung, dachte John. Er war überwältigt. Jetzt muss ich schleunigst das Haus in Ordnung bringen, dachte er. Dann fiel ihm die Mumie im Keller ein.

„Geht dir was durch den Kopf?" fragte Iphi. „Fürchtest du, dass der Prozess schlecht ausgeht?"

„Der kann nicht schlecht ausgehen, ich habe mich abgesichert. Ich habe Beweise für die Machenschaften. Es wird unangenehm werden, aber da muss ich durch."

Iphi hatte keine Altlasten. Sie dachte an Eugen, das war abgeschlossen. Und den Mann, den sie in Wien getroffen hatte. Sie erinnerte sich an dieses starke männliche Gesicht. Ein Mann, dem nichts in die Quere kommen konnte. Es fiel ihr ein, dass sie Beates Foto mit diesem Mann nicht an Elli weitergegeben hatte. Elli hatte den meisten Kontakt mit den Beamten. Iphi war noch immer unschlüssig, ob es sich um ein und denselben Mann handelte. Aber falls er sich noch einmal meldete, würde sie den Kontakt abbrechen. Ab jetzt interessierte sie nur mehr ein Mann - John!

Das Trauma der Sturmnacht hatte sie noch nicht verarbeitet. Mit John darüber zu sprechen würde eine Erleichterung sein.

„John, in jener Nacht war jemand hinter mir her."

„Was?"

„Als ich oben den Höhenweg erreicht hatte, begann es zu stürmen und regnen. Ich wollte schnell heim. Dann sah ich plötzlich etwas Schreckliches, an einem gekrümmten Ast hing ein toter Hund. Bertl bellte, ich drehte mich um und sah eine dunkle Gestalt hinter uns. Ich geriet in Panik und begann zu rennen. Ab da weiß ich nichts mehr."

„Mein Gott, Iphi, das hättest du alles der Polizei sagen sollen."

„Ja! Aber ich weiß es nicht wirklich, vielleicht bilde ich es mir nur ein. Vielleicht hat sich im Sturm ein Strauch so bewegt, vielleicht war da kein gehängter Hund. Alles eine Täuschung. Bei der Suche nach mir, wäre das arme Tier doch entdeckt worden. Ich kann es der Polizei nicht sagen, ich würde mich nur lächerlich machen. Verstehst du das?"

„Gewiss! Der finstere Wald, der Sturm, Ängste der Kindheit tauchen aus dem Unterbewusstsein auf. Sprich mit mir darüber, das Reden hilft. Und von der Vernunft her, wer könnte gewusst haben, dass du um diese späte Zeit auf dem Weg bist?"

„Du, aber sonst fällt mir niemand ein."

„Oder jemand, der dich schon am Weg zu mir verfolgt hat."

„Eugen? Traust du dem das zu?"

„Ich weiß es nicht, obwohl...so wie er sich in letzter Zeit aufgeführt hat...er soll seine Frau verprügelt haben. Er wohnt nun woanders, er hat sie verlassen."

„Ändert das deine Haltung ihm gegenüber?"

Iphi griff erneut nach Johns Hand. „Nein, nein und

nochmals nein! Das ist vorbei!"

Sie schwiegen. Beide in Gedanken an gescheiterte Beziehungen.

„Iphi, du weißt, dass im Haus vieles zu machen ist, vor allem in der Küche. Übermorgen fahre ich nach Wien, weil ich Rat bei einem Freund holen will. Ich schlage vor, du kommst erst wieder zu mir, wenn die Küche wieder normal benutzbar ist...und – du gehst nie mehr allein den Weg zu mir!"

„Ich bin ja nicht allein, der Bertl beschützt mich. Aber zum Kochen komme ich nicht!" Iphi griff hinunter und streichelte Bertl, der sich unter den Tisch gelegt hatte.

John lachte: „Das ist kein Problem. Ich komme zu dir oder du fährst mit dem Auto. So sieht die Zukunft aus!"

„John, ja, die Zukunft, die wird eine andere sein!"

„Zum Glück oder Unglück, man kann es im Vorhinein nicht wissen!"

„Ist auch besser so!"

Verena machte sich Gedanken. Ihr Carl Cornelius von Scheuchenstein hatte sich in den letzten Tagen so komisch gebärdet. Eigentlich hatte sie ihn nur einmal gesehen. Nur kurz, denn er war am Sprung zu einem wichtigen Geschäftstermin in Linz. Und bei ihren Telefonaten hatte er auch seltsam reagiert. Immer Ausreden, warum er nicht kommen könne, Probleme mit dem Haus, dem Architekten, mit dem Auto und so. Verena spürte, dass da etwas war. Ihr Traummann, der blendend aussehende Akademiker mit den formvollendeten Manieren, zeigte eine Zurückhaltung, die sie nicht verstehen konnte. Irgendwie war es ähnlich ihrem eigenen Verhalten einem Mann gegenüber, wenn ihr der gleichgültig geworden war, wenn sie ihn abservieren wollte.

„Carl, wie geht es dir? Du wirkst in letzter Zeit so unruhig?"

Verena und Otto saßen im Café Cottage. Er konnte sie nicht immer vertrösten, irgendwie musste die Sache auslaufen. Otto bestellte zwei Gläser Prosecco.

„Ich habe es derzeit wirklich nicht leicht! Die Probleme häufen sich."

„Was ist es, hat es mit dem Haus und dem Umbau zu tun?"

„Ja, das auch."

„Aber ich habe dir doch angeboten, mich an den Umbaukosten zu beteiligen."

„Ja, danke, aber das löst die Schwierigkeiten nicht, die sich im technischen Bereich ergeben."

„Also, das verstehe ich jetzt nicht!"

„Es ist auch schwer zu verstehen. Altlasten am

Grundstück, womöglich handelt es sich um einen Teil eines früheren jüdischen Friedhofs, der von den Nazis eingeebnet worden ist."

„Oh, das bedeutet, Denkmalschutz, israelitische Kultusgemeinde und ähnliches?"

„Richtig! Mit Geld ist das nicht so schnell zu lösen!"

Bei sich dachte Otto, mein Gott, zwei Worte mehr und die Verena würde ihr Konto öffnen. Also früher hätte ich das nicht abgelehnt, aber seit Adelheid sah er die Taube am Dach, den Spatz in der Hand wollte er nicht mehr!

„Wann zeigst du mir endlich das Haus? Ich möchte es sehen!"

Nur das nicht, dachte Otto.

„Geduld, so wie ich jetzt darin lebe, würdest du einen ganz falschen Eindruck von mir bekommen."

„Wieso?"

„Die Umstände, derzeit ist es wie in einem Notquartier für Obdachlose!"

„Aber das stört mich nicht. Ich bin schon so neugierig, dass du mir deine Umbaupläne erklärst."

„Bitte Verena, Geduld! Ich habe derzeit so viel um die Ohren, du wirst das Haus sehen, versprochen!"

Für Verena klang das alles so fadenscheinig, nichts wie Ausreden, er will mich nicht dort haben. Was verbirgt er vor mir? Sie setzte zum Angriff an.

„Ich bin schon etwas enttäuscht darüber, wie du dich in letzter Zeit verhältst. Sei ehrlich zu mir, hat sich bei dir was geändert?"

„Nein, nichts!"

„Carl, ich habe geglaubt, du liebst mich, aus uns

würde ein Paar werden."

Otto schwieg. In seinem Hirn klickten die Synapsen wie die Walzen einer Slotmaschine und kombinierten alle Möglichkeiten einer schlüssigen Antwort.

„Verena, ein ehrliches Wort, mir ist das alles zu schnell gegangen, lass uns ein wenig Zeit. Ich gebe zu, ich war fasziniert von dir und jetzt habe ich Angst. Vor Augen die gescheiterten Beziehungen früherer Jahre. Wenn ich eine neue Beziehung eingehe, muss es für den Rest meines Lebens sein. Bitte, versteh das!"

Verena schwieg. Sie war sehr enttäuscht. Das klang alles so verlogen. Sie war taff genug, in diesem Moment nicht weiter zu fragen. Sie würde vor diesem Mann nicht auf die Knie fallen und darum betteln erhört zu werden. Das hatte sie nicht notwendig. Wieder ein Traum geplatzt. Verena musste diese Erkenntnis erst verarbeiten.

Otto wartete auf ihre Reaktion.

Verena schwieg noch immer. Sie versuchte einen Blickkontakt herzustellen, aber Otto wich aus. Er konnte ihr nicht einmal in die Augen sehen. So ein Schwächling!

Dann nahm Verena ihr Glas in die Hand, beugte sich zu Otto hinüber und schüttete den Rest des Proseccos über Ottos helle Leinenhose, genau im Schritt. Es sah aus, als habe er sich in die Hose gemacht.

„Du bist ein minderwertiger Mensch!"

Verena stand auf, am liebsten hätte sie Otto ihre Handtasche ins Gesicht geknallt. Otto war aufgesprungen.

„Verena, du verstehst das falsch!"

186

„Dann denk´ darüber nach, wie du es besser erklären kannst!" Und mit diesen Worten verließ sie das Café Cottage.

Otto ließ sich auf seinen Sessel sinken. Das war jetzt sehr peinlich. Einige Gäste hatten die Szene beobachtet. Die Nässe im Schritt war unangenehm. Verena war eine starke Frau, aber das hatte er von Anfang an gewusst. Sie war aus einem anderen Holz geschnitzt als jene Beate, diese unglückliche Geschichte im vorigen Jahr. Als er ihr ins Gesicht gesagt hatte, die Beziehung wäre beendet, hatte Beate geweint und gebettelt. Und diese Erpressungsversuche mit der Drohung, sie würde sich umbringen. Hatte sie es wirklich getan? Er wusste es nicht, sein Verhalten in der letzten dramatischen Szene blendete er aus. Otto suchte nach Gelassenheit, bestellte ein Glas Merlot, blieb sitzen und ignorierte die Blicke des Kellners. Was sollte ihm, dem Baron von Scheuchenstein schon passieren? Er hatte die lebenslange Rente mit Adelheid gefunden!

Nach dem zweiten Merlot hatte er die Szene mit Hilfe seiner enormen Resilienz gegenüber den Ausbrüchen wütender Frauen verarbeitet. So etwas erlebte er nicht zum ersten Mal. Er glaubte einen Vorteil aus der Sache ziehen zu können. Verena hatte sich danebenbenommen. Im Café, vor allen Leuten, ihm Prosecco über die Hose zu schütten, so was! Jetzt konnte er den beleidigten Mann spielen. Und Versöhnungsversuche ihrerseits bis auf weiteres abwehren. Und überhaupt, Verena war quasi schon von seiner Liste gestrichen. Die grüne Martina sowieso, von der Lehrerin aus den Bergen hatte er eh nichts mehr gehört. Die Erika würde er auch noch irgendwie abservieren.

Von nun an volle Konzentration auf den Goldesel in der Döblinger Villa, Korrektur – Goldeselin. Voller Zufriedenheit blieb er sitzen und gab sich den Träumen von einem Leben an der Seite einer Millionärin hin. So jung war die eh nicht mehr. Vielleicht konnte man ihren zweifelsohne gegebenen Beschwerden ja ein wenig nachhelfen. Und reich erben, was gewisse Damen des Jetsets praktiziert hatten, konnte ja auch umgekehrt funktionieren.

Eugen hatte im Gasthaus eines Dorfs in der Nähe der Bezirksstadt ein Zimmer für eine Woche gebucht. Eine Stunde nach dem Streit war Gerda in Begleitung zweier Polizisten zurückgekommen. Gegen ihn lief eine Anzeige und ein Betretungsverbot des Hauses wurde ausgesprochen. Die Polizisten hatten ihn mitgenommen, verhört und dann in einer Zelle seinen Rausch ausschlafen lassen. Am nächsten Tag hatte er sich dieses Zimmer gesucht und unter Aufsicht der Polizei zwei Koffer mit persönlichen Sachen und Kleidung geholt.

Hier, in dieser trostlosen Räumlichkeit im Standard der 80-er Jahre, würde er es nicht lange aushalten. Dunkle Möbel in Nussbaum-Furnier, Röhrenfernseher, nachträglich ins Zimmer eingefügte Sanitäreinrichtung - Dusche, WC und Waschbecken auf zwei Quadratmetern - kein Ort zum Wohlfühlen. Eine günstige Bleibe für einen Handelsvertreter, der am nächsten Tag weiterfährt. Aber kein Platz, um länger hier zu wohnen. Eine Lösung für die ganze Malaise hatte Eugen noch nicht gefunden. Sich mit der Gattin versöhnen? Zu Kreuze kriechen? Den Schuldienst quittieren, nachdem seine Chancen auf eine Beförderung sich in Luft aufgelöst hatten?

Er wusste es nicht! Fürs Erste war er beurlaubt. Immerhin hatte Eugen schon einmal die Disziplinarkommission beschäftigt, weil er einen Schüler geohrfeigt hatte. Ein Gerücht über anzügliches Verhalten gegenüber einer Schülerin der Oberstufe verschärfte das alles noch.

Iphigenie hatte ihm das alles eingebrockt! Zwei

Jahre lang hatte sie sich von ihm vögeln lassen und auf einmal war das alles nicht mehr gut, so eine Schlampe! Kein Verständnis hatte sie für ihn und seine familiäre Situation aufbringen können.

Eugen schwankte zwischen Verzweiflung und Aggression. Rache üben - an Iphi oder dem Mann, der sie angeblich gerettet hatte. Eugen hatte das alles in den Zeitungen gelesen. War dieser Mann, der in einem Haus mitten im Wald hauste, schuld, dass Iphi ihn verlassen hatte?

Für den Rest des Tages versank er in einer Apathie, wie sie in seinem bisherigen Leben kaum aufgetreten war. So wie an jedem Tag, seit er in dieser trostlosen Umgebung hauste. Mit Kognak vernebelte er sich das Gehirn, bis er einschlief, um nach dem Aufwachen weiter zu saufen. Und immer die gleichen Gedanken. Alles war in seinem Leben bisher wie nach Plan gelaufen, fast halt. Die kleineren Widrigkeiten des Berufs und die gelegentlichen Streitereien mit seiner Frau hatte er immer weggesteckt. Im Beruf und in der Ehe, Schuld hatten immer nur die anderen. Die Frau, die Kollegen, die Kinder. Mit diesem Zuordnen der Schuld hatte er bei jeder Auseinandersetzung jene Position eingenommen, aus der er sich gnadenlos oder nachgiebig generieren konnte. Je nachdem, wie es ihm besser passte.

Szenen aus seiner Ehe bestätigten alles. Er hatte Sex bei anderen Frauen suchen müssen, weil sich die eigene so oft verweigert hatte. Warum? Hatte sie ihn nicht geliebt? War er nur der Versorger gewesen? Geschlechtsverkehr als notwendige Maßnahme zur Erhaltung des Lebensstandards? Und der war ja nicht schlecht gewesen. Eugen ging über vor Galle, die seine Seele vergiftete. Zumindest fragte er sich, ob er sie geliebt hatte? War da ein Gefühl für diese Frau oder nur der Stolz, die schönste und attraktivste Frau weit und breit erobert zu haben? Lange Schulzeit, Studium, Gescheitsein – alles wertlos für einen Mann in jungen Jahren ohne jede Erfahrung mit Menschen und besonders mit weiblichen Wesen, die anders reagieren, als es sich ein Mann vorstellt und erwartet. Hätte er die Ehe viel früher beenden sollen? Jetzt, hier in diesem Zimmer, das für einen Toten besser als für einen Lebenden geeignet war, kam diese Überlegung zu spät!

Frau weg, Position, Reputation, Karriere zerstört. Alle waren an seinem Elend schuld und Iphi ganz besonders. Sie wollte nichts mehr von ihm wissen. Sie war schuld, dass er in diese Lage gekommen war. Dafür würde sie büßen müssen!

John hatte nach dem Gespräch mit Iphi noch am selben Tag einen genauen Plan gemacht, wie er die notwendigen Arbeiten im Haus zu Ende bringen könnte. Iphi sollte beim nächsten Mal ein sauberes Haus mit einer passablen Küche vorfinden. Nicht, weil er von ihr erwartete, bekocht zu werden. Umgekehrt, er wollte sie verwöhnen, sie sollte gerne zu ihm kommen. Die Zeit des Einsiedlers, der irgendwie nur hauste, war seit der Nacht mit Iphi vorbei. Dabei dachte er jedoch nicht daran, mit Iphi in einer täglichen Gemeinschaft zu leben. Er wusste, dass Iphi das nicht erwartete. Eine Beziehung wie die ihre musste nicht dadurch bestätigt werden, dass er oder sie den Wohnsitz aufgeben sollte. Das verhinderte den Abrieb einer Liebe in der täglichen Gewöhnung.

Vor allem anderen jedoch musste er die Mumie des russischen Offiziers aus dem Haus schaffen. John überlegte verschiedene Möglichkeiten. Einfach melden bei der Polizei schloss er aus. Das hätte er gleich machen müssen, als er die Falltür in der Küche geöffnet hatte.

Im Wald vergraben? Auch das verwarf er. Es war ein Doppelmord. Der Täter war vielleicht noch am Leben. Und wenn nicht, sollte das Verbrechen zumindest aufgeklärt werden. Die Mumie des toten Russen konnte diese Klärung möglich machen. Vielleicht ergaben sich für die Polizei Zusammenhänge.

John holte sich ein Glas Wein und fasste den Entschluss, die Mumie heute Nacht wegzubringen. Er würde die Leiche wieder am Grab der Familie

Prendinger ablegen. Als ein Zeichen, einen Hinweis, der die Polizei auf die richtige Spur bringen könnte. Er selbst konnte das Rätsel nicht lösen.

Den Rest des Abends ging mit Untätigkeit hin. Um zehn Uhr schlief John am Sofa ein. Gegen ein Uhr erwachte er, trank einen Espresso und begann das unangenehme Werk – genauso, wie er die Antonia Prendinger weggetragen hatte.

Die Nacht war klar, aber kein Vollmond. Niemand sah ihn, das Dorf schlief. Der Weg war der gleiche wie bei der letzten Grablegung und doch nicht. Zweimal musste John an Iphis Haus vorbeigehen. Das war ihm unangenehm. Wenn Iphi ihn so sähe, wäre es das Ende für Johns neues Leben, das erst vor wenigen Tagen begonnen hatte. So wenig Vertrauen zu Iphis Gefühlen war ein Relikt früherer Erfahrungen. Vielleicht waren die glorreich gescheitert, weil es an ihm selbst lag. Der Gedanke an Iphi ließ diese Erinnerungen wieder aufkommen, wie schon oft in den vergangenen Tagen. Er nahm sich vor, keinen Fehler mehr zuzulassen. Eifersucht, kleinliche Kritik wegen einer Alltäglichkeit, zu wenig Großmut, zu geringes Gespür für die Gefühle einer Frau. Oder war es nur so gekommen, weil er keine wirklich geliebt hatte? Zweimal war er gebunden gewesen, zuerst in einer Ehe und später in einer Lebensgemeinschaft. Alle anderen Kontakte waren eher unbedeutende Beziehungen, bei denen es sich mehr um Sex als um Liebe gehandelt hatte.

Bei all diesen Grübeleien achtete John nicht darauf, dass ihm schon von der Höhe weg ein Mann in weitem Abstand gefolgt war.

John erreichte den Friedhof, der etwas höher als

das Dorf mitten im Wald lag. Ein wunderbarer Ort bei Nacht. In einigen Laternen brannten Kerzen, wie Positionslichter für den Weg der Seelen. Die Vergänglichkeit des Menschen – ein Trost für das eigene Leben! Ein Versprechen für das, was folgt.

John bettete die Mumie, die er wieder in einem schwarzen Plastiksack getragen hatte, so wie beim letzten Mal auf das Grab der Familie Prendinger, blieb noch kurz stehen, machte das Kreuzzeichen und trat dann den Heimweg an. Morgen früh wollte er nach Wien fahren, um eine ehemalige Kollegin zu treffen, die vor kurzem gekündigt worden war. Vielleicht konnte sie ihm noch einige wichtige Informationen zu den Vorgängen in der Firma geben.

John war nach fünf Minuten beim Wirtshaus angelangt, als von einem Versteck hinter der kleinen Kapelle für die Aufbahrungen in der linken Ecke des Friedhofs ein Mann hervorkam. Er ging zum Grab, nahm die Mumie mitsamt dem schwarzen Müllsack auf und marschierte ebenfalls Richtung Dorfplatz. Als er beim Gemeindeamt angelangt war, hörte er einen unterdrückten Schrei und das Zuschlagen eines Fensters. Er drehte sich um und blickte zu dem Haus, wo in diesem Moment im ersten Stock ein Licht abgedreht wurde. Der Mann blieb eine Weile stehen, dann drehte er sich um ging weiter.

Pünktlich um sechs Uhr weckte Bertl sein Frauerl und verlangte hinausgelassen zu werden. Iphi ließ ihn sein morgendliches Geschäft im Garten verrichten. Bertl hatte seine Stammplätze, die Iphi immer wieder mit frischer Erde sanierte. Noch nicht wirklich munter schlurfte sie zur Tür und sperrte auf. Auf den Stufen lag ein oben geöffneter schwarzer Müllsack, aus dem die bleckenden Zähne eines Mumienkopfs Iphi angrinsten. Bertl sauste hinaus, so schnell war er sonst nicht, und gleich wieder zurück bei der Ansammlung von Gewebe pflanzlicher und menschlicher Zellen. Bertl schnupperte und Iphi zog ihn zurück und schloss rasch die Tür. Schwer atmend verharrte sie im Vorzimmer. Eine Leiche vor ihrer Tür! Wer tut mir das an, dachte Iphi? Wer hasst mich so? Was habe ich mit diesem Rest eines Menschen zu tun?

Sie wusste keine Antwort, nahm ihr Handy und rief die Polizei!

Iphi versperrte die Tür und setzte sich aufs Bett. Sie zitterte wie Espenlaub. Sie fühlte sich angegriffen. Wer wollte ihr Böses?

Es dauerte eine Zeit lang, bis sie ein Auto hörte, das vor dem Haus hielt.

Viel konnte sie der Polizei nicht erzählen. Sie wurde gebeten, das Haus vorläufig nicht zu verlassen. Die Spezialisten für die Sicherung von Spuren würden in einer Stunde kommen, um alles zu dokumentieren. Ein weiteres Polizeifahrzeug traf ein, die Einfahrt zu Iphis Haus wurde mit Bändern abgesperrt. Die Aufregung im Dorf breitete sich mit unerklärbarer Schnelligkeit aus, schon standen Gruppen diskutierender Nachbarn vorm Haus. Die Polizei beruhigte alle. Nein, Frau Lewandowski sei nichts geschehen. Einem Polizisten rutschte das Wort Mumie heraus, somit legte sich der alte Schatten eines unheimlichen Ereignisses erneut übers Dorf und seine Bewohner.

Nach und nach meldeten sich ihre Freundinnen, um sich zu erkundigen. Elli kam um acht Uhr vom Gemeindeamt herüber. Sie diskutierten mit der Polizei, dass man Iphi jetzt doch nicht mit dem Schock allein lassen könne. Schließlich genehmigten ihr die Beamten, das Haus zu betreten, aber erst musste sie sich blaue Hüllen aus Plastik über die Schuhe ziehen. Ein Vorgang, den seit Soko Kitzbühel, Tatort, Polizeiruf 110 und vielen anderen ein jeder Liebhaber von Fernsehkrimis kennt. Hier schon lächerlich, weil die Mumie vor der Tür und nicht dahinter lag.

Das Dorf bekam heute den Krimi live serviert, das war halt doch viel beeindruckender als die Szenen im TV-Apparat. Im Wirtshaus hörte ein Stammgast zwei Kriminalbeamte meinen, dass man hierorts bald eine Filiale eröffnen könnte.

Frau Berger beobachtete alles von ihrem Wohnzimmer aus, quasi ein Logenplatz im ersten Rang. Bis zum Morgengrauen hatte sie kaum geschlafen. Die Szene lief immer wieder vor ihren Augen ab. Es war ihr bewusst, dass sie eigentlich hinüber zu den Beamten vor Iphis Haus hätte gehen und erzählen müssen, was sich abgespielt hatte.

Hatte sie das Monster gesehen? Eine schwarze massige Gestalt, fast wie beim ersten Mal und doch anders. Frau Berger hatte das Gesicht nicht erkennen können, aber alles erinnerte sie an jemanden. Die Art der Bewegung, das merkliche Nachziehen des linken

Fußes, aber sie fand keinen Namen dazu. Anna Berger wollte ihre Beobachtung der vergangenen Nacht nicht der Polizei melden. Was hätte sie viel berichten können? An ein Monster, ein Wesen aus einer anderen Welt, glaubte sie eh nicht mehr. Es war ein Mann, mehr würde sie der Polizei nicht sagen können. Der Mann hatte zu ihrem Fenster hinauf geschaut, der wusste jetzt, dass er gesehen worden war. Das war schlimm genug. Je länger Anna Berger über diesen Umstand grübelte, desto mehr fürchtete sie sich. Sie musste stillhalten, sich verkriechen und hoffen, dass der Mann nie mehr ins Dorf kommen würde. Wenn sie lange genug nachdachte, würde sie vielleicht mit dem Mann einen Namen verbinden können. Dann wäre noch immer Zeit, die Polizei zu informieren.

Iphi kam erst am Mittag zur Ruhe. Es drängte sie, mit John zu reden. Er würde sie trösten, er würde sie stützen.

„John, es ist etwas Furchtbares passiert."

„Iphi, was?"

„Heute Nacht hat wer eine Mumie vor meine Tür gelegt!"

„Nein, was? Ich verstehe das nicht!"

„Die mumifizierte Leiche eines russischen Offiziers vor meiner Tür!"

Iphi legte die lange Pause am Telefon so aus, dass John vor Schrecken sprachlos geworden war.

„Was, das gibt es doch nicht!"

„Oh ja, er lag auf den Stufen vor meiner Tür. Die Polizei war den ganzen Vormittag hier und hat Spuren gesichert." Das war etwas übertrieben, denn die Kriminalisten hatten keine verwertbaren Hinweise gefunden.

„Iphi, erzähl mir alles ganz genau."

John war betroffen, er wollte Zeit zum Nachdenken gewinnen.

Iphi gab den gewünschten Bericht mit allen Einzelheiten. Sie hatte sich nun soweit gefangen, dass sie über alles reden konnte und es brach wie eine Sturzflut aus ihr heraus. Ihre Ängste, die Erinnerung an den Schatten in der Sturmnacht, die Belästigungen Eugens. John wusste das alles schon, aber er fühlte, dass Iphi das Gespräch brauchte, um den Schrecken des Morgens zu verarbeiten. Nur das Date mit dem Mann in Wien und ihre Vermutung dazu erzählte sie nicht. Sie telefonierten lange. Iphi war dann leichter zu Mute. Mit John an ihrer Seite würde ein neuer Anfang kommen.

„Und gerade heute kann ich nicht bei dir sein. Ich bin schon in Wien."

„Ich weiß, du willst dich auf die Verhandlung vorbereiten, du hast es auch nicht leicht. Wir haben ein schlechtes Karma in diesen Tagen."

„Iphi, wir stehen das durch, lass dich nicht irritieren, du bist stärker, ich denke an dich Tag und Nacht. Übermorgen bin ich zurück, dann komme ich gleich zu dir!"

Um Iphi abzulenken informierte er sie, dass er sich mit einer Kollegin aus der Firma verabredet hatte. Mit der wäre er immer gut ausgekommen, er erhoffte sich noch Informationen, was in der Firma in letzter Zeit vorgegangen wäre. Einen Freund aus den

Studientagen wollte er auch treffen.

Iphi spürte einen leichten Anflug von Eifersucht auf diese unbekannte Frau. Wie vertraut war er mit ihr? Dann schalt sie sich selbst töricht. Allüren eines Teenagers. Wenn es mit John passte, dann war jede Eifersucht überflüssig. Und sie war sich sicher, dass es mit John und ihr für den Rest der Jahre passen würde!

Sie beendeten das Telefonat. Iphi hatte sich beruhigt. Gemeinsam mit John würde alles gut werden.

Alles auf einmal, dachte John, wieso spielt das Leben so mit uns. Es war später Nachmittag und er ging vom Hotel in Liesing in Richtung Rodaun, die Elisenstraße hinauf und dann Richtung Perchtoldsdorf, dort wollte er bei einem Heurigen was essen und ein Glas Wein genießen. Das Gehen half immer, das machte den Kopf frei. Aber der Gedanke, Iphi womöglich in Gefahr gebracht zu haben, lastete schwer auf ihm.

Er zermarterte sich das Gehirn, wer die Mumie vom Grab weg zu Iphis Tür getragen hatte. Was steckte dahinter? War es gegen Iphi oder gegen ihn gerichtet? Wer hatte ihn verfolgt und ihn beobachtet? Ein Zufall konnte es ja nicht gewesen sein.

Die Fragen quälten ihn und besonders die Tatsache, dass er Iphi mit hineingezogen hatte. Wo war der Zusammenhang, Haus, Mumien, Grab Prendinger und Iphi?

Am frühen Nachmittag hatte er sich mit einer

Kollegin aus der Firma getroffen, mit der er sich immer gut verstanden hatte. Sie war in der Zwischenzeit gekündigt worden. Maßnahmen zur Umstrukturierung der Firma. Die Stimmung wäre schlecht, irgendwie hätten alle das Gefühl, dass in dem Unternehmen was schieflief. John vermutete, der Chef bereitete schon seinen Abgang in die Karibik oder sonst wohin vor, wo er vor Verfolgung sicher wäre. Aber die Gedanken an Iphi verdrängten das alles.

Im ersten Haus, bei dem ein grüner Buschen heraushing, setzte er sich in den Garten und bestellte einen roten Spritzer. John ließ sich alles nochmals durch den Kopf gehen. Es gab jemanden, der ihn beobachtet hatte. Ein Zufall? Und derjenige wollte sich einen Spaß daraus machen, Iphi zu erschrecken? Oder war es kein Spaß, sondern eine Drohung? Dann konnte es nur Eugen gewesen sein! Der hatte Iphi gestalkt, dem war das zuzutrauen. Und wenn der Eugen ihn beim Ablegen der Mumie gesehen hatte, konnte diese Drohung auch ihm gelten. Der wusste, dass sich Iphi für John entschieden hatte und war jetzt voller Hass auf sie. John machte das alles Sorgen. Er musste Iphi beschützen. Und ausgerechnet heute und morgen konnte er nicht bei Iphi sein. Für morgen hatte er noch ein Treffen mit einem Freund aus der Hochschulzeit vereinbart, bei dem er sich Rat holen wollte.

John bestellte ein Viertel Zweigelt nach, er brauchte eine stärkere Dosis. Nach und nach füllte sich der Garten. Einige Paare, eine Damenrunde, nur er saß allein vor seinem Glas. Auf einmal überfiel John eine Depression. Er fühlte sich so einsam. In den letzten Jahren, in denen er keine aufrechte Beziehung gehabt hatte, waren solche Stimmungen kaum aufgetreten. Die selbstgewählte immer wieder erneuerte Isolation hatte das Liebesgetue eines Paares für ihn zu einer lächerlichen Darstellung gemacht. So etwas hielt nie lange an. Bestätigung fand John an den Enden einer Partnerschaft. Bei den alten Paaren, die sich andauernd wegen Bagatellen angifteten. In der Bim, der U-Bahn oder in einem Supermarkt hatte er das oft genug beobachtet. Und sich diebisch gefreut, dass er diesen Irrungen zwischen Mann und Frau entkommen war.

Wenn John zu Haus war und Iphi im Dorf wusste, ganz nahe, so dass er sie jederzeit besuchen konnte, hatte er keine Einsamkeit gespürt. Heute litt er darunter und freute sich auf die Heimkehr und das Wiedersehen mit Iphi.

„Also Mama, irgendwas ist da nicht koscher!"

„Wieso?"

„Erinnerst Du Dich an den Gregor Duda, den ehemaligen Kollegen von Papa?"

„Ja, freilich. Was ist mit dem?"

„Ich habe mich bei Gregor erkundigt. Der hat weiter recherchiert, von einem Ernst Otto Scheucher, einem Architekten mit amerikanischem Doktorrat, ist nichts bekannt."

Erika Ponsel wusste nicht, was sie ihrer Tochter antworten sollte.

„Der Gregor ist an der Sache sehr interessiert, weil es in der Baubranche eh so viele Schwindler gibt, Scheinfirmen und so. Er hat überall gesucht, in der Architektenkammer, in der Innung, im Melderegister, den Ernst Scheucher gibt es nicht!"

„Ich kann das nicht glauben. So ein gescheiter höflicher Mensch. Und so liebevoll."

„Seid ihr euch nahe gekommen?"

„Darüber will ich nicht reden!"

„Mama, was hat er dir über das angebliche Projekt erzählt?"

„Es geht um ein Neubauprojekt in Essling, wo eine Gartenstadt mit hervorragender Infrastruktur geplant ist."

„Was hat er dir da eingeredet? Sollst du dich beteiligen, hat er Geld verlangt?"

Das Schweigen war ein Schuldeingeständnis.

„Also ja, und du hast ihm was gegeben."

„Es ist ja eine sehr gute Anlagemöglichkeit, überhaupt wenn man von Anfang an mit dabei ist."

„Und du hast ihm das alles geglaubt?"

„So ein seriöser Mensch...und er hat mir schon die Pläne gezeigt."

„Ein großes Immobilienprojekt, eine Gartenstadt, glaubst du, das geht ohne die Stadt Wien?"

„Weiß ich nicht."

„Du bist so naiv, es ist zum Verzweifeln."

Nach einer Pause:

„Noch einmal, hast du ihm Geld gegeben?"

Erika Ponsel zögerte. Was sie eben gehört hatte, musste sie erst verarbeiten. Sie war verunsichert, wem sollte sie mehr glauben, ihrer Tochter oder Ernst. So zärtlich war er gewesen. In den letzten Wochen waren sie sich näher gekommen, obwohl sie sich nicht sehr oft getroffen hatten. Ernst musste ja auch viel arbeiten, der ganze Stress, den er hatte. Sie hatte ihm geglaubt, sie wollte ihm weiterhin glauben, aber das Gehörte machte sie doch unsicher.

„Ich habe ihm zwanzigtausend Euro gegeben."

„Oh Gott!"

„Das war nur, weil er auf ein Konto wegen Problemen mit dem Internet nicht zugreifen konnte und dringend etwas Bargeld benötigte."

„Du bist so..."

Die Tochter musste sich zurückhalten, um nicht ausfällig zu werden.

„Und die Summe wird dann gleich in meine Beteiligung eingerechnet."

„Ja, ja, und zu Weihnachten kommt heuer der Osterhase!"

„Du bist so misstrauisch. Und schließlich, es ist meine Sache, was ich mit dem Geld mache. Du wirst auch so noch genug erben."

„Ja gibt dir das nicht zu denken, dass niemand etwas über diesen Menschen weiß?"

„Das sagt noch nichts. Und du hast ihn ja einmal kurz gesehen. Traust du ihm zu, dass er ein Schwindler ist?"

„Ich habe ihn einmal bei dir getroffen, zwischen Tür und Angel. Nur weil er gut aussieht, kannst du nicht vom Gesicht auf den Charakter eines Menschen schließen."

„Oh doch! Und außerdem kenne ich ihn besser und weiß viel über sein Leben."

„Mama, was brauchst du noch so einen windigen Freund, geht es dir um Sex?"

„Und wenn es so wäre? Was geht das dich an?"

„Mama, du wirst im Herbst sechsundsiebzig!"

„Darf eine alte Frau keinen Wunsch nach einer Beziehung haben?"

„Ich verstehe dich nicht mehr. Du warst doch so glücklich mit Papa!"

„Du vergönnst mir nichts. Gerade du, wo du immer noch auf der Suche nach einem Mann bist! Und Ernst ist so verständnisvoll, dass ich nur mehr eine Brust habe, stört ihn gar nicht!"

„Und das hast du gleich erzählt? Bist du schon so intim mit ihm?"

„Das geht dich gar nichts an. Ich frage dich auch nicht, was du im Bett treibst!"

Die Front zwischen Mutter und Tochter war verhärtet.

Erikas Tochter gab auf. Sie war sicher, die zwanzigtausend Euro waren weg. Sie musste nur einen

Weg finden, um ihre Mutter von weiteren Zahlungen abzuhalten.

„Wann wirst du ihn wiedersehen?"

„Ich weiß es nicht. Er ist derzeit in London, er meldet sich, wenn er zurück ist."

„Aha! Na dann. Ich gehe jetzt, aber denk nach, was ich dir gesagt habe. Du gibst kein Geld mehr her, bevor ich nicht die Pläne gesehen und den Scheucher persönlich gesprochen habe."

„Du bist jetzt die große Expertin!"

„Ich nicht, aber ich werde mit Gregor nochmals reden, du wirst sehen, das Ganze löst sich in Luft auf."

Und mit einem kurzen Gruß ging die Tochter. Die Auseinandersetzung wegen eines Mannes hatte das ohnehin oft angespannte Mutter-Tochter-Verhältnis wieder einmal strapaziert.

Erika Ponsel blieb zu Hause. Sie glaubte an Ernst, sie wollte ihn lieben, sie hatte sich eine Zukunft mit ihm vorgestellt. Aber nun nagte der Zweifel in ihr. Und auf ihre Tochter war sie böse. Was musste die ihre Träume stören und angreifen? Hatte eine alte Frau kein Recht auf einen Mann an ihrer Seite?

Am Nachmittag wurde es ruhiger im Dorf. Der Tross der Polizei war abgezogen. Viele Fragen blieben offen. Ein mysteriöser Fall, diese beiden Mumien, die wie böse Geister über dem Dorf schwebten. Die ganz Alten redeten über jene Zeit, als der Krieg verlorenging und die sowjetische Besatzung das Leben der Österreicher beherrschte und was den Frauen alles angetan worden war. Es gab auch die andere Seite, Frauen, die mit Russen liiert gewesen waren. Kaum wer erinnerte sich noch an die Antonia Prendinger, die mit einem russischen Major zusammengelebt hatte. Die hatte dann ein Kind bekommen und irgendwann 1946 oder 1947 waren die drei Menschen im Dorf nicht mehr gesehen worden. Das hatte damals niemanden gekümmert. In dieser schweren Zeit verschwanden so viele. Die Leute hatten genug zu tun, ihr eigenes Leben zu meistern.

Keiner, keine im Dorf, die die Zeit bewusst erlebt hatten, wollte mit der Polizei reden. Wozu auch? Eigentlich wussten sie nichts. Russischer Major, Kriegswitwe, einsam, Kind, und alle drei weg. Was sollte man da der Polizei erzählen? Sich wichtigmachen? Das würde nur unnötigen Ärger bringen. Und wer hatte die Mumien abgelegt? Das Monster von Hochdorf? Dem wollte niemand begegnen. Abends wurden die Haustore besonders sorgfältig zugesperrt.

So blieb alles im Dorf. Tatsachen und Gerüchte und die Frau und der Russe waren zurückgekehrt. Wahrscheinlich war das Kind auch schon lange tot. Alle fragten sich, welcher Irre mit verwesten Toten in der Nacht durchs Dorf ging. Wann würde das Kind vor einer Tür liegen? Die Dorfbewohner bestürmten Frau Berger, wollten alles noch einmal hören. Sie hatte das Monster einmal gesehen. Diesmal habe sie geschlafen, behauptete sie.

Für Otto lief alles prächtig. Jeden zweiten oder dritten Abend verbrachte er bei Adelheid in der Villa. In den wenigen Wochen seit seinem ersten Besuch war er mit Adelheid intim geworden. Hatte sich eingeschlichen in ihr Leben und begann es zu beherrschen. Eigentlich folgte sie jedem seiner Wünsche. Otto spielte das so durch, dass er nur irgendwas erwähnte, was er kaufen müsste, und beim nächsten Besuch lag es als Geschenk für ihn bereit. Er benützte seit kurzem den alten Wagen des Kommerzienrats. Der 280SE, schon ein Oldtimer, lief noch immer tadellos. Adelheid fuhr einen Mercedes A, weil ihr das Auto ihres Verstorbenen viel zu groß war.

Alles hat seinen Preis. Ein oder zwei Nächte mit Adelheid im Bett. Das war nicht einfach. Wenn er ihren etwas unförmigen Körper im Halbdunkel des Schlafzimmers erahnte und bei den erwarteten taktilen Liebkosungen befühlte, musste er an Verena denken und wie es mit ihr im Bett zuging. Das konnte seine Aktivitäten mit Adelheid lähmen. Die Erinnerung an frühere sexuelle Erlebnisse mit anderen Frauen half manchmal weiter, aber nicht immer. Dann blieb der stressige Geschäftstag als Ausrede. Adelheid akzeptierte ohnehin alles, was aus seinem Mund kam.

Er hatte sich in letzter Zeit wieder öfters mit ihr getroffen, mindestens einmal in der Woche und die Nacht bei ihr verbracht. Sie waren irgendwie wieder versöhnt. Auf eine abwartende Weise von Verenas Seite. Sie blieb trotz aller vertrauten Unterhaltungen und intimer Kontakte reserviert. Er wunderte sich, dass ihn Verena gedanklich beschäftigte. Geplant hatte er das nicht. Eigentlich hatte er die Sache mit Verena beenden wollen, den endgültigen Schlusspunkt aber immer wieder hinausgeschoben. Wieder einmal fragte sich Otto, ob diese Schwäche ein Anzeichen einer zunehmenden Bequemlichkeit wäre. Bei Verena fühlte er sich wohler als bei Adelheid. Verena forderte nichts von ihm. Das Haus und seine Pläne damit erwähnte sie nicht mehr. Sie wollte keinen gemeinsamen Urlaub machen oder groß ausgehen. Die Beziehung war entschärft, gemeinsame Pläne für die Zukunft ad acta gelegt.

Adelheid bedrängte ihn seit kurzem, mit ihr eine mehrwöchige Kreuzfahrt zu machen. Allein die Vorstellung, mit Adelheid für so lange Zeit Tag und Nacht zusammen zu sein, war für Otto ein Horror. Außerdem könnte so eine Seereise zu Problemen bei den diversen Kontrollen führen. Auf den Namen Carl Otto von Scheuchenstein hatte er keinen Pass. Auslandsreisen waren in Ottos Planung der Geschäfte nicht vorgesehen.

„Du bist so nachdenklich heute?"

Verenas Frage löste ihn von den erschreckenden Gedanken, eine Schiffskabine mit Adelheid teilen zu müssen. Heute saßen sie wieder einmal in dem Wiener Wirtshaus in Währing. Ein richtiges Wiener Beisl mit sehr guter Hausmannskost. Verena lud ihn nicht mehr zu sich nach Hause zum Essen ein, das Beisl war zum Stammlokal geworden.

„Die Geschäfte lassen mich nicht los, es läuft nicht nach Wunsch", dabei legte er sein Gesicht in sorgenvolle Falten.

Die Mitleidsmasche kann er sich schenken, dachte sie. „Aha", und dann nach einer Pause, „eigentlich glaube ich dir kein Wort!"

Otto war überrascht. „Warum?"

„Nur so!"

Obwohl sie, was seine angeblichen Aktivitäten betraf, Recht hatte, war Otto verärgert. Er schwieg.

„Brauchst nicht gleich eingeschnappt sein, mir ist es egal, was du treibst, so lange..."

„So lange...?"

„Nichts, vergiss es!"

Sie hatten wieder gut gegessen und hatten den letzten Schluck Wein vor sich.

„Aber scheinbar geht es dir eh ganz gut, der neue Mercedes, die teure Porsche-Design-Uhr und einiges sonst."

„Sag, beobachtest du mich?"

„Na, so sehr interessierst du mich auch wieder nicht."

Vera merkte mit Genugtuung, dass Otto diese Diskussion ärgerte. Er konnte es überhaupt nicht vertragen, in irgendeiner Weise kritisiert oder analysiert zu werden. Außerdem war es eine Kränkung, wenn eine Frau seinem Charme nicht erliegen wollte.

Verena wusste inzwischen, dass der Mercedes auf einen anderen Mann zugelassen war. Die Adresse kannte sie auch. Sie triumphierte innerlich. Sie würde ihre Genugtuung bekommen. Carl hatte in den wenigen Wochen, seit sie sich kennen gelernt hatten, ihre Gefühle sehr verletzt. Sie würde nicht zulassen, dass er ihre Seele zerstörte. Sie würde ihm das heimzahlen. Das Geld für einen Privatdetektiv hatte sie gerne ausgegeben. So richtig blickte sie noch nicht durch, was der Carl Cornelius von Scheuchenstein eigentlich trieb. Wahrscheinlich ging es um krumme Geschäfte. Sie würde es noch herausfinden. Aber bis dahin wollte sie seine Gesellschaft bei Tisch und im Bett noch genießen. Charmant war er ja, wenn er wollte. Sie führten oft lebhafte Gespräche über Politik und Kultur und vieles anderes.

„Musst du wieder verreisen in nächster Zeit?"

„Nein, aber das ergibt sich oft überraschend."

„Deine anstrengenden Geschäfte, ich weiß."

Otto registrierte den ironischen Unterton und Verenas Mimik

„Vera, bekomme ich noch einen Gute-Nacht-Trunk bei dir?", versuchte Otto einzulenken.

„Nein, ich bin müde, ein andermal."

„Wie du willst." Er würde nicht betteln.

Sie zahlten getrennt, jeder nur die eigene Konsumation. Auch das eine Einführung seit sie sich nach dem großen Streit wieder trafen. Vielleicht war Verena beim nächsten Date wieder mehr auf Zweisamkeit eingestellt. Heute wirkte sie besonders kühl und abweisend. Die gemeinsamen Essen und Nächte mit ihr waren ihm zu einer angenehmen Gewohnheit geworden. Die Stunden mit ihr bedeuteten Entspannung. Wenn er an manchen Abenden mit einem Glas Wein im Garten saß und über den derzeitigen Verlauf der Geschäftsfälle grübelte, erfassten ihn sentimentale Vorstellungen. Wie es sein könnte, mit einer Frau wie Verena eine normale Beziehung zu leben. Aber das war eine Schwäche, diese Gedanken an eine spießbürgerliche Lebensweise. Dafür war er nicht geschaffen. Für sich selbst konnte er keine Erklärung für sein Verhalten finden. Oder nur die eine – das Alter sei schuld und aufreibende Geschäfte, bei denen er sich so konzentrieren musste. Und er brauchte den Luxus wie ein anderer sein Schnitzel und das Bier.

Vor dem Wirtshaus trennten sie sich mit einem Kuss auf die Wange. Man würde so wie immer das nächste Treffen telefonisch vereinbaren.

Otto stieg in seinen Mercedes und fuhr los. Was die heute für seltsame Bemerkungen gemacht hatte. Wollte sie ihn nur provozieren oder war es was Anderes? Bei einem Essen in der vorigen Woche war ihm aus Versehen der Name Heidi herausgerutscht. So nannte er Adelheid manchmal. Verena war sofort neugierig geworden und hatte gefragt, ob er eine neue Freundin hätte. Otto hatte aus dem Stegreif eine Assistentin eines seiner Geschäftspartner erfunden, die manchmal für Otto Schriftverkehr erledigte. Aber so ein Fehler sollte nicht vorkommen. Egal, er hatte sich noch immer aus jeder Verlegenheit retten können.

Verena konnte zu Fuß nach Hause gehen, das war praktisch und gesund nach dem Essen. Auch deshalb war das Beisl zum Stammlokal geworden. Der Carl wird sich noch wundern, dachte sie. Otto Sedlacek, selbst geadelter Freiherr von Scheuchenstein. Der Privatdetektiv hatte wenig Mühe gehabt, die wahre Identität zu ermitteln. Verena wollte ihr Wissen noch nicht nützen. Sie wollte das wirklich so ablaufen lassen, dass es für Otto eine riesige Blamage bedeutete. Vielleicht sogar noch andere Folgen nach sich zog. Sie war überzeugt, dass seine Geschäfte nicht lupenrein waren. Die tiefe Enttäuschung in den Tagen, nachdem sie der Detektiv über Otto informiert hatte, war schon überwunden. Seine Gesellschaft bei Tisch und die neidigen Blicke mancher Frauen, seine Sensibilität für ihre sexuellen Bedürfnisse, das wollte sie noch eine Weile genießen, bevor sie ihre Rache verwirklichen würde. Dass es für sie selbst gefährlich werden könnte, daran dachte sie nicht!

Eugen war heute im Haus gewesen. Die Erinnerung daran schmerzte ihn. Sein Haus, sein Zimmer. All die vertrauten Dinge, die bisher sein Leben ausgemacht hatten. Er hatte zwei Umzugskartons und Kleidersäcke mitgebracht. Seine Frau hatte ihm ohne ein Wort zu sagen die Haustür geöffnet. Im Flur standen ihre Eltern. Versteinerte Mienen, quasi eine Schutzgarde für Gerda.

Eugen war entsetzt. Gerda hatte seine Sachen wie Kraut und Rüben in sein Arbeitszimmer gepackt. Anzüge, Hemden, Pullover, Wäsche, Schuhe - es sah aus, als hätte sie es bündelweise mitten ins Zimmer geworfen.

„Nimm alles und verschwinde und möglichst schnell!"

„Spinnst du jetzt total? Wie soll ich das alles auf einmal einpacken?"

„Das ist dein Problem, das hättest du dir früher überlegen sollen."

Eugen ging drohend auf sie zu. Die Wut auf diese Frau stieg wieder in ihm hoch. Nur sie, sie ganz allein, trug die Schuld für alles, was in den letzten Wochen geschehen war.

Gerda stand bei der Tür, bereit zur Flucht.

„Papa, Mama, habt ihr das gesehen, er bedroht mich schon wieder!"

„Trampel", sagte Eugen und wendete sich ab.

Voller Hast packte er wahllos eine Hose, einen Pullover, ein paar Hemden und etwas Unterwäsche ein, dazu einige Bücher.

Er musste raus aus dem Haus. Wenn er den Raum

nicht sofort verließ, würde er die Frau für immer zum Schweigen bringen. Sie und ihre blöd glotzenden Eltern gleich dazu.

Wie auf der Flucht ging er zum Auto und warf die Sachen auf den Rücksitz. Das Trio war bis zur Haustür gefolgt.

„Das wirst du noch bereuen, denk an meine Worte!" Er stieg ein und rauschte davon, nur weg von hier. Aber er würde sich rächen für die eben erlittene Demütigung!

Zurück in seinem Zimmer im Gasthof verstaute er sein Zeug und ging hinunter in die Gaststube. „Ein Viertel Veltliner, wie immer", sagte der Kellner. In den wenigen Tagen seit Eugen das Zimmer genommen hatte, waren seine Gewohnheiten schon bekannt. Eugen hatte sich einen Bart wachsen lassen. Er glaubte, hier in diesem Dorf vorerst einmal quasi anonym leben zu können. Das war natürlich eine Illusion. Nach zwei Tagen hatte ihn die Schwester des Schulwarts erkannt und ihrem Bruder berichtet. Nach dem großen Skandal um Eugens Suspendierung war im Gymnasium Ruhe eingekehrt. Aber die Kollegenschaft wusste, dass er sich jeden Abend im Gasthof zuschüttete. Keiner, keine aus dem Lehrkörper war gekommen, um ihm Trost zu spenden. Er war nicht beliebt gewesen. Wann immer etwas im Schulbetrieb schief lief, nie hatte der Direktor die Verantwortung übernommen. Immer hatte er einen Schuldigen unter den Lehrern gefunden.

Eugen hockte da und soff sich blöd. Seinen Aufstieg zum Bezirksschulinspektor konnte er nicht feiern, also feierte er seinen Untergang. Er war bis auf weiteres suspendiert. Kein voller Bezug, keine Zulagen und anderes, aber das störte ihn weniger. Er würde sein Haus verlieren und vermutlich seiner Frau den Unterhalt zahlen müssen. Eugen war sich bewusst, dass sich seine Existenz auflöste. Schuld daran war eine oder sogar zwei Frauen, so redete er sich das ein. Eine Rechtfertigung vor sich selbst. Das war Blödsinn, aber er war in diesem Stadium zur Selbstkritik nicht fähig. Und wenn seine Existenz zerbröselte, dann sollte es nicht nur sein eigenes Leben sein, die Frauen würden auch büßen müssen. Eugen ließ anschreiben und ging in sein Zimmer. Dort hatte er noch genügend Vorrat an Wein. Veltliner im Doppelliter. An die Prädikatsweine, die in seinem Haus lagerten, wollte er nicht denken. So vieles war noch im Haus. Wenn er es nicht besitzen konnte, sollte es seine Frau auch nicht haben. Über diesem Gedanken schlief er ein.

Die Direktorin an Iphis Schule in der Stadt hatte Iphi gefragt, ob sie noch einen Tag zu Hause bleiben wolle. Iphi hatte abgelehnt. Sie kam am nächsten Tag wieder in den Dienst. Die Arbeit mit den Kindern. Der gewohnte Ablauf des Arbeitstages, die vertraute Umgebung, alles fast ihre zweite Heimat, das würde sie den gestrigen Morgen vergessen lassen. Oder zumindest erleichtern. So ganz normal verlief der Tag aber nicht, denn alle Kollegen und Kolleginnen wollten von ihr eine Schilderung des Vorfalls.

„Und wieso hat der die Mumie vor deine Tür gelegt?"

„Wenn ich das wüsste."

„Hast du eine Vermutung?"

„Nein", sagte Iphi und dachte an Eugen. Dieser Verdacht war ihr schon gestern durch den Kopf gegangen. Sie hatte sich aber gescheut, es der Polizei gegenüber zu erwähnen.

Die Unterhaltung wurde durch die Glocke beendet. Die Gruppe löste sich auf in Richtung der Klassen. Nur Marion, die Geschichte unterrichtete, hielt Iphi zurück. Mit ihr hatte Iphi eine intimere Freundschaft. Marion wusste von Iphis Verhältnis mit Eugen und wie das in den letzten Wochen verlaufen war. Es wussten auch andere davon, aber keine Kollegin wollte es direkt ansprechen. Die Männer schon gar nicht. Und die Geschichte mit dem Direktor aus der Bezirksstadt und dessen privaten Turbulenzen hatte auch die Runde gemacht.

„Denkst du dasselbe wie ich?"

Iphi wusste, was Marion meinte. Sie musste den

Namen nicht aussprechen.

„Ja und nein. Einerseits würde ich es ihm zutrauen, aber von wo hat er die Mumie her und dass er in der Nacht damit herummarschiert...ich weiß nicht."

„Ein abgewiesener Liebhaber kann zu vielem fähig sein."

„Vielleicht kann die Polizei das aufklären?"

„Hoffentlich, aber es ist schon eine kuriose Geschichte. Racheakte in verschiedenen Formen, ja, aber das..."

„Marion komm´, wir müssen beginnen."

„Ja, bis später, im Stadtcafé."

Damit trennten sie sich, den Kindern war die Verzögerung willkommen gewesen, die Gaudi in den Klassen war unüberhörbar.

Das Phantom erschien und führte die Zuschauer mit seinem furchterregenden Gesang in die Tiefen der Pariser Oper. Adelheid und Otto genossen die Gruselgeschichte im Raimund Theater in vollen Zügen. Die Gefahr nur in der Phantasie erleben müssen, war ein angenehmer Kitzel. Adelheid hatte die beste Loge gebucht. Wer die beiden bemerkte, musste auch sehen, dass es ihnen an nichts mangelte. Otto genoss diesen Auftritt. Dunkler Anzug, Hemd, Schuhe und natürlich für den Abend die Rolex am Handgelenk – unübersehbare Marken des Wohlstands. Adelheid nicht weniger prächtig in ihrem schwarzen Kleid, den Gucci Schuhen und dem Glanz eines mit Brillanten besetzten Kolliers. Wäre ihre Figur nicht so ausufernd rund, käme das alles noch besser zur Geltung.

Er hatte allerdings in den letzten Wochen auch zugelegt. Der dunkle Anzug spannte über dem Bauch. Kein Wunder, Adelheid bevorzugte das Steirereck, den Plachutta, das Coburg und einige andere Tempel der Gastronomie in Wien. Otto fühlte sich an solchen Plätzen immer hervorragend. Die idealen Biotope für einen Mann von Welt. Adelheid zahlte immer. Das war die Basis für sein Wohlbefinden. Adelheid zückte natürlich nicht an Ort und Stelle ihre Börse, das erfolgte anders. Sie hatte ihm eine goldene Mastercard für alle gemeinsamen Unternehmungen übergeben und diese großzügig dotiert. Seine schwachen gespielten Proteste hatte sie abgewehrt. Sie wisse doch, wie notwendig er seine liquiden Mittel derzeit benötige. Sobald er sein Vermögen in den USA losgeeist hätte, könne er sich ja revanchieren. Das war der Rahmen, in den Carl Cornelius Otto von Scheuchenstein so gut hineinpasste. In diesen Tempeln der Schönen und Reichen bemerkte er immer, dass sie als Paar von anderen Gästen gemustert wurden. Er sah doch jünger aus als sie, zwar nicht als eine Art Loverboy, so jung war er auch wieder nicht. Aber dass sie doch um einige Jahre älter als er war, musste jeder aufmerksame Beobachter merken. Egal. Sobald Otto sein Ziel erreicht haben würde, konnte er die alle auslachen. Auch jene älteren Herren, die hier mit jungen Frauen herumstolzierten, die womöglich noch mit Puppen spielten. Alles egal. Lang würde Otto nicht mehr brauchen, um sich mit so einer Barbie an einem südlichen Strand aalen zu können.

In der Pause tranken sie ein Glas Sekt und aßen ein Kaviarbrötchen und gaben sich ihrem exklusiven Leben hin.

Otto blickte sich um und hätte sich fast verschluckt. An einem der anderen Tische im Pausenfoyer stand Martina mit einem Mann. Sie blickte herüber und winkte ihm zu und Otto tat so, als hätte er es nicht bemerkt.

„Otto, die Dame dort winkt dir zu."

„Wo, die dort? Muss nachdenken, sie kommt mir bekannt vor, aber im Moment weiß ich nicht, von wo."

Er verfluchte sich selbst im Moment. So viele Geschäfte auf einmal anzufangen, statt sich auf ein wirkliches lukratives wie mit Adelheid zu konzentrieren. Pennystock im Vergleich zu Google Aktien. Einmal musste das ja passieren. Damit hätte er rechnen müssen. Leider gab es im Foyer keinen

Luster, der jetzt auf den Stehtisch und Martina niedersauste.

„Komm, gehen wir schön langsam in die Loge zurück. Die Pause wird gleich zu Ende sein."

Adelheid folgte ihm, so wie sie immer alles tat, was ihr geliebter Otto vorschlug.

Otto konnte nicht entkommen. Martina war ihnen gefolgt.

„Herr Doktor, wie gefällt Ihnen die Vorstellung?"

Otto musste sich umdrehen und dachte, Manieren hat die keine, nur aufdringlich ist sie. Auf eine Verwechslung zu setzen, war nicht klug. Also Augen zu und durch, was konnte er anders denn machen.

„Ach, Sie sind das. Wie geht es Ihnen denn?"

Man begrüßte sich gegenseitig ohne große Vorstellung.

„Danke gut. Mr. Bloom aus New York ist gerade in Wien, um ein Symposium über die Wiener Moderne und ihren Einfluss auf die Entwicklung der klassischen Musik im Amerika des 20. Jahrhunderts vorzubereiten. Das wäre doch für Sie auch sehr interessant, oder?"

„Ja, aber ich habe derzeit andere Projekte, die mich voll auslasten."

„Schade, aber falls sich bei ihren Plänen was ändert, bitte denken Sie an mich, Sie wissen, wo ich zu finden bin."

Das Läuten zum Beginn des zweiten Akts half Otto aus der Verlegenheit. Mit gemurmelten Worten trennte man sich und Otto begab sich mit Adelheid in die Loge.

„Ich wusste gar nicht, dass du auch einen

akademischen Titel hast", war das erste, was Adelheid verlauten ließ.

„Meine Liebste, das ist nicht so wichtig. Ich habe einen akademischen Grad in den USA erworben, der mit dem Doktorat hier vergleichbar ist. Ich benütze den Titel nicht, wozu auch?"

„Mein Gott, wie bescheiden du bist! Und woher kennst du die Dame?"

„Von einer Tagung bei der UNIDO."

„Und was hat es mit der Musik zu tun? Da musst du mir nachher mehr erzählen, du bist ja so vielseitig. Wunderbar!"

Das Erlöschen der Lichter im Saal beendete vorerst die Unterhaltung. Vielseitig ist das Einzige was stimmt, dachte Otto. Dem spannenden Schicksal des Phantoms und seiner Christine konnte er nicht mehr konzentriert folgen. Diese zufällige Begegnung mit Martina war nicht das Problem. Bei Verena oder Erika wäre das anders. Die hatten mehr Grund, ein großes Theater zu veranstalten. Zufälle gab es immer wieder und so groß war Wien nicht, dass nicht eine Begegnung möglich war. So wie gerade eben. Otto musste nachdenken. Eigentlich bestand keine Gefahr, dass Martina ihn kontaktieren würde. Wozu also die Aufregung? Und außerdem, irgendwie war er noch jeder brenzligen Situation entkommen, wenn es um seine Betrügereien gegangen war. Die Martina hatte er nicht abgezockt, kein Grund zur Sorge wegen dieser lästigen Person! Die war ihm schon bei dem Date in Schönbrunn auf die Nerven gegangen.

An einem Nachmittag im Mai saß der Mann wieder über den Unterlagen, die er im Kasten der Mutter gefunden hatte. In den letzten Wochen hatte er die Papiere oft in der Hand gehabt.

Der Mann hatte den Kopf in die Hände gestützt. Sein Plan für das große Finale war fast fertig. Nach einer Weile stand er auf, ging zur Kredenz in der Bauernstube und nahm einen Schluck aus einer Schnapsflasche. Diesmal nahm er die Flasche nicht mit zum Tisch. Er musste nachdenken. Vom vielen Nachdenken schmerzte ihn der Kopf.

Heute auch noch das Bein, es kündigte sich nasses Wetter an. In der Stube war es fast finster. Das alte Haus in einem abseits liegenden Graben des Tals bekam nur im Hochsommer einige Strahlen der Sonne ab. Düster war es hier meistens.

Je öfter er die Notizen gelesen hatte, desto besser verstand er, warum der Vater über die früheren Zeiten nie gesprochen hatte. Der Mutter hatte er das Wort verboten. Er war ein strenger Mann gewesen. Über die, Verwandten mütterlicherseits durfte auch nicht geredet werden.

Er nahm die Pistole in die Hand, die bei den Unterlagen des Vaters gewesen war. Es war eine Wehrmachtspistole P38. Munition war auch dabei. Die Pistole würde er nicht brauchen. Die war ein Spielzeug im Vergleich mit jenen, die er nun besaß. Eines der für die Organisation Werwolf angelegten Waffendepots hatte er gefunden. Die anderen in den Papieren verzeichneten noch nicht. Selbst der Bestand des einen Depots würde für die große

Schlussszene reichen.

Der Mann hatte eine grobe Skizze des Dorfs gezeichnet. Die Kirche, das Gemeindeamt, die Häuser rund um den großen Platz. In der Mitte das Rondeau mit dem Dorfbrunnen und der Gedenktafel an die Befreiung des Dorfs durch die russische Armee. Davon weg die drei Straßen, eine davon hinauf zum Friedhof.

Für heute legte er die Papiere zur Seite. Er musste noch warten. Das Wetter musste passen, damit alles so ablaufen konnte, wie er es plante.

Es war wie in einem Traum. Iphi und John lagen eng umschlungen, klammerten sich aneinander, so als wären sie jahrelang getrennt gewesen. Es war später Nachmittag, einige Strahlen der Sonne zeichneten Streifen an den Plafond. Iphi hatte gleich nach der Schule Bertl von der Nachbarin geholt und war dann zu Fuß zu John gegangen. Die erste Umarmung war wie eine Erlösung und Befreiung von den Ereignissen der vergangenen Tage. Iphi und John lagen im Schlafzimmer in Johns Haus. Sie hatten sich geliebt und nun konnten sie auch ihre Seelen öffnen. Es war nach der körperlichen Liebe eine weitere Erleichterung, auf einer höheren Ebene ihrer Beziehung. Iphi hatte viel mehr zu erzählen. Sie schilderte John alles genau, was sich an jenem Morgen zugetragen hatte, als die Mumie vor der Tür lag.

Er hörte ihren aufgeregten Worten lange schweigend zu. Erst als Iphi sich alles von der Seele geredet hatte, sagte er: „Ich bin schuld, dass die Mumie vor deine Haustür gelegt worden ist."

Iphi löste sich aus seinen Armen, setzte sich im Bett auf und sah ihm ins Gesicht. „Wie meinst du das, du hast es getan?"

„Nicht direkt, aber ich habe das ganze angezettelt."

Iphi drehte sich weg von ihm, richtete die Polster auf und setzte sich aufrecht im Bett.

„John, was sagst du da? Ich verstehe dich nicht!"

John beichtete alles. Wie er die Mumien entdeckt hatte und dann zuerst die Frau abgelegt und vor drei Nächten den Russen auf den Friedhof gebracht hatte.

Iphi schwieg, sie musste das Gehörte einordnen.

„Ich war einfach zu feige, um zur Polizei zu gehen. Ich wollte die Aufregung vermeiden. Für die beiden Toten hätte sich nichts geändert. Ich glaubte so dafür zu sorgen, dass sie irgendwann für immer ihre Ruhe finden würden. Ich wollte dich da nicht hineinziehen. Bitte verzeih mir."

Iphi bemühte sich, Johns Handlung nachzuempfinden. Sie wollte ihn verstehen, aber es blitzte jäh die Frage auf, wer hat den Russen vor ihre Tür gelegt?

„Wenn du es nicht warst, wer dann?"

„Das beschäftigt mich schon, seit du mich angerufen hast."

„Und warum gerade das Grab der Familie Prendinger?"

John berichtete von dem Stück Papier im Mieder der Frau.

„Was kann das mit mir zu tun haben?"

„Wenn ich das wüsste!"

„Einfach nur ein böser Scherz oder mehr eine Drohung?"

„Iphi, ich grüble seit Tagen darüber. Es kann kein Scherz sein. Wer immer die Mumie vor deine Tür getragen hat, muss mich vorher in der Nacht beobachtet haben. Ich frage mich, ob es von dir und mir eine Beziehung zur Familie Prendinger gibt. Der Unbekannte hat nun uns beide im Visier. Ich werde nachforschen, ob es in meiner Familie eine Verbindung gibt. Du solltest das auch tun. Die Ursache könnte in der Vergangenheit liegen."

„Oder doch nur ein böser Streich von einem Herumtreiber, der zufällig auf die Mumie gestoßen

226

ist?"

„Hm, mitten in der Nacht, ich weiß nicht."

„Eugen, was ist mit dem, ist er noch aktiv, hat er noch was hören lassen?"

„In den letzten Tagen nicht."

„Er hätte keinen Grund mich zu beobachten."

„Oder doch, um indirekt mich zu stören, mir zu schaden. Und dir, wenn er dich als Nebenbuhler sieht."

„Ich bereue es jetzt sehr, dass ich nicht zur Polizei gegangen bin."

„Das solltest du, aber überlege einmal. Hättest du es getan, wäre es auch an die Öffentlichkeit gelangt."

„Ja und?"

„Vermutlich hätte es nichts geändert. So oder so hätte der Unbekannte davon erfahren und so gehandelt, wie es jetzt geschehen ist."

„Du vermutest einen Mann dahinter?"

„Hast du den Zettel noch, ich möchte ihn lesen."

„Nein, den habe ich bei der Mumie gelassen, aber ich habe den genauen Wortlaut aufgeschrieben. Ich hole meine Notiz. Willst du was trinken?"

„Vielleicht ein Glas Wein, das würde unseren Nerven guttun."

John stand auf und Bertl tat es ihm nach. Der hatte neben dem Bett auf dem Vorleger geschlafen. Was sie im Bett trieben, hatte seine Hundeträume nicht gestört. John streichelte ihn, versprach ihm ein Leckerli und Bertl folgte ihm in die Küche.

„Der mag dich genauso wie ich", rief sie John nach. Er drehte sich um und warf ihr eine Kusshand zu.

Er war glücklich, dass Iphi ihm wegen der Mumie keine Vorwürfe machte.

John hatte seinen Bademantel angezogen und brachte zwei Gläser Blaufränkischen zum Bett. Einen Zettel mit dem Text hatte er dabei.

Iphi studierte die Zeilen und las sie halblaut.

Antonia Prendinger! Verräterin! Mein Bruder ist im Krieg gegen die Russen gestorben und diese Frau hurt mit einem Russen! Verräter müssen sterben! Heil Hitler! Wir kämpfen weiter! Der Werwolf!

„Nochmals, wir müssen herausfinden, ob es zwischen der Familie Prendinger und deiner Familie eine Verbindung gibt."

„Oder gegeben hat."

„Richtig!"

„Ich wüsste aber nicht, wo diese Verbindung sein könnte."

„Mit diesem Hinweis sollte es möglich sein, den Täter auszuforschen. Darum habe ich die Mumie auf das Grab Prendinger gelegt."

So bequem im Bett, auf jedem Nachttisch ein Glas Wein, die wandernden Streifen der untergehenden Sonne an der Decke und das leichte Schnaufen Bertls, der zu jeder Zeit schlafen konnte. Es hätte eine Idylle sein können, wie sie Iphi und John lange nicht erlebt hatten. Wenn da nicht eine diffuse Bedrohung über dem allen läge. Sie konnten sie fühlen, aber nicht greifen, weil sie nicht wussten, von wem sie ausging.

Allmählich wurde es düster im Zimmer, obwohl die Sonne noch lange nicht untergehen würde. Es war gegen Ende Juni. Das Haus bekam selbst in den Hochsommertagen ab dem späteren Nachmittag keine

Sonne mehr ab, weil es tief drinnen in einen Nordhang gebaut worden war. Iphi war es, als spürte eine kühle Hand über ihren Körper streichen. Bei diesem Licht wirkte das Zimmer mit den Möbeln aus dunklem Nussholz bedrückend auf sie. Sie fröstelte.

„Wer hat in diesem Bett schon geschlafen?"

„Ich weiß es nicht. Vermutlich aber der Großonkel oder Urgroßonkel, der das Haus gebaut hat."

„Du weißt gar nichts über den?"

„Nein, aber ich werde sicher nachforschen."

„Komm, reden wir im Wohnzimmer weiter. Ich muss sowieso ins Badezimmer."

John war beruhigt. Das Badezimmer hatte er heute schon geputzt. Morgen würde er definitiv mit der Küche beginnen.

Bertl wollte hinaus und John öffnete ihm die Tür. Der Hund sauste los zum Waldrand und begann wie verrückt zu bellen. An dieser Seite des Grundstücks standen einige Kiefern und zwischen den Stämmen wucherten Bergahorn, Hainbuchen und Brombeersträucher. John glaubte zwischen den Bäumen eine Bewegung zu erkennen und näherte sich dem Rand. Es war jedoch nichts zu sehen. Bertl hörte auf zu bellen, verrichtete schnell ein kleines Geschäft an einem Baum und trabte zurück zum Haus.

Wird irgendein Tier gewesen sein, dachte John und folgte Bertl ins Haus. Gar nicht schlecht, einen Hund im Haus zu haben. Der hat noch Instinkte, die uns Menschen fehlen.

„Warum hat der Bertl wie verrückt gebellt?"

„Ach, da war vielleicht ein Hase oder was Anderes im Gebüsch, ein Eichhörnchen oder ein Reh, die gesamte heimische Fauna gibt sich hier ein Stelldichein."

„Eine Idylle hier, du bist zu beneiden."

Dann musste Iphi jäh an die Unterhaltung vor Wochen mit den Kolleginnen vom Chor denken. Was hatte Barbara gesagt: „Geisterhaus".

Als könnte John Gedanken lesen, sagte er, „manchmal ist es nicht so idyllisch, besonders in der Nacht, da gibt es so viele Geräusche. Anfangs war es unheimlich, aber ich habe mich daran gewöhnt."

„Hast du gute Nerven?"

„Manchmal ja, manchmal nein. Die Geschichte mit der Mumie vor deiner Tür lässt mir keine Ruhe."

John holte Brot und Käse für den frühen Abendimbiss. Dazu tranken sie den guten Blaufränkischen, den John in einem Supermarkt bei den teureren Weinen entdeckt hatte.

Dann wollte Iphi wissen, wie es mit der leidigen Angelegenheit in Wien weitergehen würde. Er erzählte alles, was ihm die Kollegin berichtet hatte. Sagte nochmals, dass er eigentlich nichts anderes als eine Abfertigung hatte herausholen wollen, die ihm bei einer Kündigung durch ihn selbst nicht zustünde. Und dass er Beweise für die Betrügereien gesammelt hatte.

„Aber das ist ja sehr gut für dich."

„Ja schon, aber die habe ich auf einen Stick gespeichert, den ich nicht finden kann."

„Gibt´s ja nicht!"

„Leider ja! Manchmal ist mein Gehirn offen wie das Ozonloch über der Antarktis. Während ich was überlege, fällt mir was Anderes ein, das ich nicht beiseiteschieben kann. Dann lege ich das Ding in meiner Hand irgendwo hin und vergesse es. Oder ich habe getrunken, dann bin ich auch vergesslich. Die Mumien im Keller, der Überfall auf dich, da war ich dauernd abgelenkt."

„Ist dir das bei einer Frau auch schon passiert, hast eine verlegt und nicht mehr gefunden?"

„So in etwa, oder nicht mehr finden wollen."

„Dann hast du sie nicht geliebt."

„Hm."

„John, was ist Liebe?"

„Schwierig zu sagen oder doch nicht? Vielleicht ist Liebe nur das Wohlfühlen, das man empfindet, wenn man mit dem geliebten Menschen zusammen ist."

„Aha...", und nach einer Pause, „das müssen wir noch diskutieren. Aber das mit dem Stick war eher grenzgenial, wenn ich das so sagen darf."

„Du darfst. Aber irgendwann taucht alles wieder auf."

„Auch Leichen im Keller!"

Somit waren sie wieder beim Thema Nummer eins gelandet. Sie beschlossen, in den nächsten Tagen alle verfügbaren Familiendokumente zu durchforsten. Falls das nichts brächte, könnte man auch in Standesämtern und Kirchenbüchern recherchieren. In früheren Zeiten waren die von den Pfarrkanzleien geführten Bücher die einzigen Aufzeichnungen von Geburten, Heiraten und Todesfällen.

„Heute lass ich dich aber nicht alleine nach Hause gehen, auch wenn du den Bertl dabei hast."

Iphi stimmte zu, aber bis dahin war noch Zeit. Sie setzten sich aufs Sofa und redeten über angenehme Dinge, wie einen gemeinsamen Urlaub am Meer.

Der Mann verließ sein Versteck hinter den Stämmen zweier dicht stehenden Buchen. Er hätte vor dem Haus einen Hund aufhängen können. Das hätte die beiden erschreckt. Aber das wäre zu früh gewesen, das hätte den Mann der Lehrerin unnötig gewarnt. Ein paar Tage konnten die beiden noch turteln, dann würde er endlich seinen großen Plan verwirklichen.

Er ging noch ein Stück durch den Wald und bog dann auf den Pfad ein, der hinauf zum Dorf führte. Heute Nacht hatte er dort noch was zu erledigen.

Elli wurde vom Warnton eines Signalhorns bei ihrer Arbeit gestört. Sie stand auf und sah ein Rettungsauto, das vor dem Haus von Frau Berger hielt. Die Sanitäter wurden beim Gartentor von einer Frau erwartet, die mit ihnen sofort ins Haus ging. Elli kannte Frau Pernold, eine Freundin von Frau Berger. So wie sie fast alle Personen kannte, die in Hochdorf wohnten, auch die Leute, die hier nur einen zweiten Wohnsitz hatten. Als Gemeindesekretärin wusste Elli natürlich über die Leute des kleinen Dorfs Bescheid und vieles, was sich sonst ereignete. Sie verließ das Gemeindeamt, um sich nach Frau Berger zu erkundigen.

„Was ist passiert?"

„Es ist furchtbar. Die Anni liegt am Boden, ich habe sie gefunden, alles voller Blut, ich habe die Rettung gerufen."

„Ist sie gestürzt?"

„Ich weiß nichts, ich habe nicht reden können mit ihr, sie hat was gesagt, aber ich habe es nicht genau verstanden."

Elli wollte ins Haus hinein, aber einer der Rettungssanitäter wehrte ab. „Bitte bleiben Sie draußen."

„Was ist mit Frau Berger?"

„Ich kann Ihnen nichts sagen", und schloss die Tür zum Wohnzimmer hinter sich.

„Sie war in letzter Zeit oft so komisch", ließ sich Frau Pernold vernehmen, überhaupt seit sie das Monster gesehen hat." Elli war mit ihr im Garten stehengeblieben.

„Wir werden es gleich wissen, die Rettung wird sie ins Krankenhaus bringen, sobald die Anni versorgt ist."

Es vergingen etliche Minuten. Die beiden Frauen hörten, dass drinnen telefoniert wurde. Dann endlich kamen die Männer heraus, aber ohne Frau Berger.

Elli wusste sofort, das war ein schlechtes Zeichen.

„Gehen Sie nicht hinein."

„Warum nicht, was ist denn los, sie können sie doch nicht so liegen lassen", empörte sich Frau Pernold.

„Die Polizei wird in Kürze hier eintreffen."

Und in diesem Moment hörte man schon das Folgetonhorn und ein Auto hielt vor dem Haus. Zwei Polizisten stiegen aus. Einer sagte sofort: „Bitte bleiben Sie draußen." Dann verschwanden sie im Haus

Die Nachbarin regte sich auf: „Was ist denn, Sie können die Anni doch nicht so liegen lassen, das ist ja...", rief sie ihnen nach, in der Eile fiel ihr kein passendes Wort ein.

„Ja wirklich", schaltete sich Elli quasi als Amtsperson ein.

Nach Minuten, die den Frauen wie eine Ewigkeit vorkamen, erschienen die Polizisten und die Sanitäter wieder.

„Frau Berger ist...", er wollte es nicht aussprechen, „wir können nichts mehr tun für sie."

Frau Pernold begann zu weinen.

Elli atmete schwer. Sie kannte einen der Polizisten, „Franz, was ist denn?"

Erst jetzt registrierte er Elli. „Frau Berger ist tot. Wir müssen hier absperren, bitte verlasst sofort das Grundstück, das ist ein Tatort!"

„Mein Gott", schrie Frau Pernold auf, „das ist ein Unglück, die arme Anni, wer tut ihr was an?"

Ein Gefühl der Angst stieg in Elli auf. Was sollte in diesem idyllischen Dorf noch alles geschehen? Sie nahm Frau Pernold am Arm und führte sie hinaus. Draußen waren inzwischen einige Neugierige stehen geblieben. Alles Dorfbewohner, die Frau Berger kannten.

Elli wurde mit Fragen bestürmt, sagte aber nichts. Sie flüchtete mit Frau Pernold ins Gemeindeamt, damit sie sich beruhigen konnte.

„Seit das Monster aufgetaucht ist, kommt ein Unglück nach dem anderen. Die Mumien, der Tod der Beate in der Höhle, es ist furchtbar."

Die wahre Bedeutung dieses neuen Verbrechens in Hochdorf konnte Elli nicht ahnen, aber dass ein Fluch über das Dorf gekommen war, das glaubte sie nun auch.

Eine Stunde später hatten die Beamten der Tatortermittlungsgruppe, landläufig Spusi genannt, wieder die Arbeit aufgenommen. Das verursachte erneut große Aufregung bei den Dorfbewohnern, die bisher nichts von dem Vorfall gewusst hatten. Das Haus von Frau Berger lag zentral in der Mitte des Orts, der gesamte Verkehr führte über den Platz, der von den Mauern der Wehrkirche, dem Gemeindeamt und acht Häusern begrenzt wurde. Die Abzweigung von der Landesstraße endete hier. Vom Platz weg führten beim Dorfwirtshaus zwei Nebenstraßen hinunter in Seitentäler und eine hinauf zur Höhe. An der stand das Haus von Iphi. Es hatte alles seine Ordnung. Große Aufregungen hatte es im Dorf in den letzten Jahren nicht gegeben, umso besorgter wurden die Vorfälle des Jahres von den Einheimischen aufgenommen.

Es war als hätten Menschen und Natur auf den Sommer gewartet. Nach der verregneten letzten Woche im Juni vollendete die schöpferische Kraft das Treiben und Sprießen. Alle Geschöpfe der Fauna und Flora blühten auf. Die Menschen zeugten Kinder und machten Pläne. Wie bei allem, was auf der Welt gedacht wird und wie in einer riesigen virtuellen Wolke über dem Erdball schwebt, gab es nicht nur Positives, sondern auch Negatives und abgrundtief Böses! Ein Mann konzentrierte sich nur darauf, wie er das Dorf und seine Bewohner in die Hölle schicken könnte!

Mitternacht war vorbei, als Eugen schnaufend Hochdorf erreichte. Vor einer Woche war er auf der langen Allee in ein Planquadrat der Polizei gerast - mit 1,2 Promille Alkohol im Blut. Der Führerschein war für längere Zeit weg. Sein Audi A6, ein Fetisch zur Erhöhung der eigenen Person, nutzlos. Mit einigem Hin und Her hatte ihm der Schwiegervater das Fahrrad gebracht, das Eugen gehörte. Der Not gehorchend benützte er es nun oft und stellte erstaunt fest, dass ihm die körperliche Anstrengung guttat. Das legte er jedoch nicht dazu aus, um generell mehr auf seine Gesundheit zu achten, sondern dahingehend, dass er noch mehr soff als früher. Der Alkoholpegel baute sich schneller ab, also konnte Eugen mehr trinken.

Seit sieben Uhr abends war er in Richtung Hochdorf unterwegs. Am Weg fanden sich einige Theken, wo er sich einen Spritzer genehmigen konnte. Eugen hatte nun auch keine Angst mehr davor, als Direktor des Gymnasiums in der Bezirksstadt erkannt zu werden. Die augenscheinliche Vernachlässigung der Kleidung, lange Haare und ein Vollbart, ließen ihn wie einen Aussteiger aussehen. Vielleicht sollte er zu malen beginnen oder zu schreiben. Die kruden Gedanken an den Theken entwarfen ihm ein neues Leben als Künstler. Mit jedem Achtel Wein wurde seine Karriere steiler. Am Morgen nach einer versoffenen Nacht war sie wieder am Nullpunkt angelangt.

In klaren Momenten, die immer seltener wurden, konnte er der Realität nicht entkommen. So wie es jetzt lief, war sein Leben ein Desaster. Alles weg, was ihm wichtig gewesen war und das durch seine eigene Schuld. Aber an diesem Punkt der Grübeleien angelangt, machte er sich vor, die Frauen wären an seinem Abstieg schuld. Nur die Frauen allein, sie hatten ihn in diese Falle getrieben. Er war nicht fähig, die Schuld für die ganze Misere bei sich selbst zu finden. Dann blieb immer nur der Therapeut Alkohol, der Eugen alles so sehen ließ, wie er es sich zurechtlegte.

Seine nächtlichen Stalkingversuche bei Iphi waren seit Wochen erfolglos. Diese Nummer war nicht vergeben. Die Mails liefen ins Leere, er konnte die Frau nicht erreichen. Eugen stellte alles ein und verhielt sich still. Seine Gedanken über Rache zielten auf stärkere Mittel.

Juli, tagsüber heiß, laue Nächte, ideal für einen Ausflug mit dem Fahrrad, egal wie lange er dafür brauchte, Hauptsache er würde erst in der Nacht in Hochdorf ankommen.

Eugen war über eine Nebenstraße unterwegs zum Plateau. Schmal und wenig befahren, ein Schleichweg hinauf. Ab der Abzweigung hinauf zum Dorf musste er das Rad schieben, diese Steigungen bewältigte er nicht. Es trieb ihn ins Dorf. Er musste wissen, was die Frau machte. Dass er das mitten in der Nacht kaum würde eruieren können, das kam ihm nicht in den Sinn. Als er endlich bei der Kirche angekommen war, setzte er sich einmal auf eine Bank. Er war erschöpft, aber die Unruhe trieb ihn bald zu Iphis Haus. Das lag still und dunkel da, das Hoftor weit offen. Zaun und Tor bestanden nur aus waagrechten

Pfosten mit breiten Abständen, alle drei Meter ein eiserner Steher. Der Citroen C4 Cactus, das komische Auto mit der Polsterung an den Türen stand wie immer in der Einfahrt. Es hatte sich nichts geändert. Kein anderes Fahrzeug im Hof. War sie allein oder lag sie mit einem im Bett da oben? Eugen wusste, wo das Schlafzimmer lag, nach Südosten. Iphi hatte ihm erzählt, wie sehr sie die aufgehende Sonne im Zimmer liebte. Er ging in den Hof hinein, blieb lange unter dem Fenster stehen, das halb geöffnet war. Die Vorstellung an Iphi im Bett, halb nackt in der warmen Julinacht, erregte ihn und machte ihn fast wahnsinnig. Er fand nur ein Ventil für seine Wut. Eugen zog das Messer, klappte es auf und stach wie irr in die Reifen des Citroens. Wenn in diesem Moment Iphi da gewesen wäre, hätte er es mit ihr genauso gemacht.

Der Mann war in dieser Nacht wieder ins Dorf gekommen. In den letzten Tagen hatte er sich verkrochen. Die unliebsame Zeugin hatte er beseitigt. Er war auf Nummer sicher gegangen. Sie hatte ihn in jener Nacht mit der Mumie gesehen. Vielleicht hatte sie ihn erkannt. Sehr wahrscheinlich war es nicht, aber er wollte nichts riskieren. Der Plan erforderte es auch, dass er das Haus, das ihm bald gehören würde, öfter beobachtete. Er musste den gesamten Plan zu Ende bringen. Wenn seine Mutter die Aufzeichnungen des Vaters nicht vor ihm versteckt hätte, hätte er schon viel früher damit begonnen.

Als er sich dem Haus der Lehrerin näherte, erblickte er einen Mann, der voller Wut auf einen

Reifen des Autos in der Einfahrt einstach. Er schlich näher, der Andere bemerkte ihn nicht. Der wechselte zu einem anderen Reifen, wobei er dauernd was murmelte. „Verdammte Hure, verdammte Hure."

„Da schau her."

Eugen fuhr herum und sah erschreckt auf.

„Der Herr Lehrer, fest am Werken? So spät noch?"

Er hatte von einer Beziehung zwischen der Lehrerin und dem Lehrer nichts gewusst. Aber es fiel ihm nicht schwer, die Szene zu verstehen.

„Die lässt sich jetzt von einem anderen besteigen."

Eugen schwieg.

„Kennen Sie mich nicht mehr? Ich war einmal Ihr Schüler in der Hauptschule. Einer, den Sie dauernd gehunzt haben. Wegen Ihnen habe ich in der 4. Klasse der Hauptschule zweimal sitzengeblieben."

Eugen konnte sich an den Mann nicht erinnern. Das war lange her. Er hatte seine Berufslaufbahn an einer Hauptschule begonnen.

„Wahrscheinlich warst du deppert wie so viele andere. Was willst du von mir?"

„Gar nichts, aber vielleicht interessiert es wen, was der Herr Lehrer da macht."

„Das wirst du bleiben lassen!" Eugen trat drohend an den Mann heran.

„Der Herr Lehrer als Reifenschlitzer, dieses Wiedersehen freut mich wirklich."

Eugen zögerte kurz, fand aber nur eine Möglichkeit für eine Lösung des Problems, das sich ergeben hatte. Das Messer hielt er noch immer in der Hand. Der Trottel sollte den Mund halten. Eugen war in einem Zustand, in dem ihm alles egal war. Ohne nachzudenken trat er auf den Mann zu und wollte ihm das Messer in den Bauch rammen. Der Mann, stärker und geschickter, konnte Eugen die Hand umdrehen und ihm das Messer in den Unterleib stoßen. Eugens Hand löste sich vom Griff. Er sackte zusammen, der Mann nahm das Messer und stach noch dreimal zu. Er ließ das Messer stecken, zerrte den Körper am Auto vorbei, hinein in den Hof und setzte ihn auf die Stufen der Tür. Er wischte sich seine blutverschmierten Hände an Eugen ab. Der gab kein Lebenszeichen mehr von sich. Im Haus begann ein Hund zu bellen. Der Mann verließ den Hof und machte sich davon. Sein Moped hatte er wieder außerhalb des Dorfs zwischen Bäumen geparkt. Es hatte ihn niemand gesehen.

Auf dem Weg zum Moped bemerkte er, dass er an der rechten Hand verletzt war. Das musste geschehen sein, als er die Hand des anderen ergriffen und umgedreht hatte. Es waren zwei Schnitte auf dem Handballen, die er notdürftig mit einem Taschentuch verband. Es störte ihn nicht. Das machte ihn nur härter.

Seltsame Veränderung eines Menschen, dachte er. Ein Lehrer, der Reifen aufschlitzt und mit dem Messer auf mich losgeht. Vielleicht war das schon so drinnen in dem. Er blieb ganz cool. Er selbst hatte sich auch verändert. Es machte ihm nichts aus, vor wenigen Minuten einen Menschen getötet zu haben. Er hatte sich verteidigen müssen. Er spürte kein Schuldgefühl. Genauso wie bei der Berger und der Brandstiftung. Der Stärkere würde siegen. Schuldgefühl? Lächerlich, je länger er die Szene ablaufen ließ, desto besser beurteilte er seine Rolle in dem Kampf. Es war nicht geplant gewesen, den umzubringen, aber hätte er sich vom wahnsinnigen Lehrer abstechen lassen sollen? Oder riskieren, dass der zur Polizei rennt? So ein Zufall, er und der Lehrer in derselben Nacht im Dorf.

Zu Hause angekommen konnte er wieder einen Erfolg feiern. Und weiter an seinem Plan feilen. Er konnte nicht mehr aufhören. Er musste noch ein paar wichtige Dinge besorgen. Sobald er alles vorbereitet hatte, konnte er mit dem Finale beginnen!

Am nächsten Morgen begann Iphis Tag wie immer. Bertl, der lebende Wecker, meldete sich um sechs Uhr, pünktlich wenn die Glocke zum Angelus-Gebet läutete. Iphi hatte schlecht geschlafen. Das schreckliche Schicksal der Anna Berger und alle anderen Aufregungen der letzten Tage waren noch so präsent. Iphi schlurfte zur Haustür. In diesem verschlafenen Zustand dachte sie nicht an die Mumie vor ihrer Tür. Erst beim Griff zur Schnalle fiel ihr alles wieder ein. Iphi zögerte. Bertl war ungeduldig, er musste dringend hinaus. Iphi nahm sich zusammen, sperrte auf und öffnete mit einem energischen Schwung die Tür.

An diesem Morgen war alles noch schlimmer!

Ein Körper fiel ihr entgegen und riss sie nieder. Der Mann lag schwer auf ihr. Sie roch ihn. Ein übler Geruch, Ausdünstung, Schweiß, Alkohol und Tod!

Iphi schrie und schrie. In Panik wälzte sie den Mann von sich und kroch von ihm weg. Dann erkannte sie den blutigen Körper. Eugen lag tot vor der Haustür. Bertl bellte wie wild. Iphi hörte es nicht mehr, sie wurde ohnmächtig.

John war am Vortag noch einmal nach Wien gefahren. Weil sein Freund aus den Tagen des Jurastudiums erst nach fünf Uhr für ihn Zeit haben würde, hatte John wieder in Liesing ein Zimmer gebucht. Am Nachmittag rief sein Freund an und bat um Verschiebung auf den nächsten Tag. Weil John zu dieser Zeit schon in der Innenstadt war, machte er einen ausgedehnten Spaziergang durch die City. So ab und zu war es interessant und unterhaltsam, sich in der Menschenmenge zu bewegen. Was für ein Unterschied zu der Abgeschiedenheit seines Hauses im Wald. In einem Reisebüro holte er einen dicken Katalog der Angebote für den Sommer. Gegen sieben Uhr abends war er wieder im Hotel. Er buchte das Zimmer für eine weitere Nacht, da auch das morgige Treffen erst für den späten Nachmittag geplant war. Zum Abschluss des Tages telefonierte er noch lange mit Iphi. Er spürte, dass sie deprimiert war. John versuchte sie aufzumuntern, indem er das Thema auf die Ferien brachte. Der gemeinsame Urlaub würde alle Aufregungen des Frühjahrs vergessen machen. Sie sprachen lange über mögliche Ziele. Iphi sollte dann entscheiden, wohin die Reise gehen würde. Als sie das Gespräch beendeten, waren sie beide voller Zuversicht auf einen schönen Sommer.

John traf seinen Freund im Café Eiles in der Josefstadt. Der Freund konnte ihm nicht wirklich weiterhelfen. Seine Ratschläge gingen dahin, bezüglich der Betrügereien selbst eine Klage einzureichen. Und das möglichst bald, das würde effektiver sein, als das bei der Verhandlung in der anderen Sache vorzubringen. Er bot an, John zu vertreten und John wollte sich das überlegen. Bald sprachen sie mehr über Privates und über die Ehe des Freundes, der nicht mehr an die Liebe glaubte. Es blieb nicht beim Kaffee, also hätte John sowieso nicht mehr nach Hochdorf zurückfahren können. Nach acht Uhr saß er dann beim Stasta in Liesing, wo er gerne wohnte. Das Hotel kannte er noch aus früheren Zeiten. Aus schlechten früheren Zeiten, als er zweimal dort nach einem massiven Streit mit seiner Ehegattin Zuflucht gesucht hatte.

Gestern hatte er nur einen Imbiss genommen, heute wollte er sich was gönnen. Während er auf sein Essen wartete, beobachtete er unauffällig die Gäste an den anderen Tischen. Es wurde geplaudert und gelacht, aber da waren auch zwei oder drei ältere Paare, die kaum miteinander sprachen. John erinnerte sich an seine Ehe. Das mühsame Zusammensein, wenn man viel lieber allein gewesen wäre. Die Unterhaltung über Banalitäten, wenn man am liebsten `du nervst mich´ gesagt hätte. Der Grant alter Männer über das Verschwinden der Kraft und die Quälerei der Frauen, wie sie den alten Trottel hatten nehmen können.

Eine trostlose Angelegenheit, so eine Ehe in den späteren Jahren. Vielleicht nicht immer, wenn zwei das Glück gehabt hatten, den richtigen Partner zu finden.

Man täuscht sich so oft im Leben, dachte John. Aber jetzt glaubte er wieder daran, dass es so etwas wie Liebe geben konnte. Er bestellte noch ein Viertel. Jetzt wollte er nur mehr an Iphi denken. Er hatte versucht sie anzurufen, war aber nur in der Mailbox gelandet.

„Herr Leitgeb?"

John sah auf. Zwei Männer standen vor seinem Tisch.

„Polizei, wir müssen Sie ersuchen mit uns zu kommen."

„Warum, was ist los?"

„Das sagen wir Ihnen im Kommissariat."

John wollte aufbegehren, erkannte aber die Sinnlosigkeit eines Widerstands. Die Situation war ihm auch peinlich. Andere Gäste waren aufmerksam geworden, jetzt hatten die Leute was zu reden. Der Ober kam herbei, John zahlte und folgte den Beamten hinaus.

Ataraxia – Gelassenheit, dachte John. Er hatte sich nie sehr für die Philosophie der Griechen interessiert, aber das Wort aus der epikureischen Lehre fiel ihm jetzt ein. Die drehte sich nicht nur um die Lust am Leben, sondern auch um die Fähigkeit unangenehme Empfindungen zu vermeiden. Gelassenheit war nun erforderlich, schließlich war sein Gewissen nicht ganz rein.

„Kennen Sie einen Eugen Pfangl?"

„Nein. Wer ist das?"

„Ein Schuldirektor."

„Aha. Und was soll ich mit dem zu tun haben?"

Auf seine Frage wurde nicht eingegangen.

„Wo waren Sie gestern abends?"

„Im Zimmer, hier im Hotel, wo Sie mich gerade beim Abendessen gestört haben."

„Können Sie das beweisen?"

„Ich nehme an, dass jemand vom Personal das bestätigen kann."

„Wo waren Sie am Abend davor?"

„Zu Hause!"

„Wann sind Sie nach Wien gefahren?"

John schilderte seinen Tagesablauf, ohne den eigentlichen Grund für seinen Aufenthalt in Wien zu erwähnen.

„Jetzt sagen Sie mir doch endlich, warum Sie mich

hier festhalten?"

„Eugen Pfangl wurde gestern Nacht in Hochdorf ermordet."

„Geht es Frau Lewandowski gut?" John war sofort in Sorge um Iphi. Der Pfangl war ihm wurscht.

„Frau Lewandowski geht es gut. Sie wissen also über das Verhältnis von Frau Lewandowski mit Herrn Pfangl Bescheid. Wieso sagen Sie, der sei Ihnen nicht bekannt?"

„Iphi, ich meine Frau Lewandowski, hat mir einmal erzählt, dass sie von dem Mann verfolgt wurde, sie hat den Namen Eugen erwähnt, aber den Familiennamen kannte ich nicht. Was soll das mit mir zu tun haben?"

Die Beamten schwiegen.

„Bitte sagen Sie mir, was los ist, ist Frau Lewandowski in Gefahr? Ich muss sie sofort anrufen."

„Das geht jetzt nicht."

„Warum?"

„Sie hat einen Nervenzusammenbruch, sie ist zur Beobachtung im Krankenhaus."

„Bitte, lassen Sie mich anrufen!"

„Später! Wo waren Sie gestern um Mitternacht?"

„Ab sieben war ich hier im Hotel in meinem Zimmer. Habe ich ja schon gesagt. Werde ich verdächtigt?"

„Ja, und wir haben einen Hinweis, dass Sie in der Tatnacht vor

dem Haus der Lewandowski gesehen wurden."

„Das kann nicht sein!"

„Dann beweisen Sie uns das."

John schwieg.

„Sie haben ein Motiv, geben Sie es zu. Dieser

Eugen Pfangl hatte ein Verhältnis mit Lewandowski, sie hat ihm den Laufpass gegeben, er hat sie gestalkt. Und Sie wollten der Lewandowski helfen."

„Ja, aber nicht so, dass ich ihn umbringe!"

„Schauen Sie, es kann ein Totschlag gewesen sein, wenn Sie es jetzt zugeben, ist das für Sie sehr günstig!"

„Ich kann nichts zugeben, was ich nicht getan habe!"

Die Beamten befragten ihn nun ausdrücklich nach seinem Haus, wo das genau liege.

„Im Wald, außerhalb des Dorfs."

„Das müssen Sie uns genauer erklären." Es wurde eine Landkarte geholt und John zeigte die Lage des Hauses, soweit das auf der Karte möglich war.

Eine Pause entstand. Einer der beiden verließ das Zimmer und kam nach wenigen Minuten mit einem Zettel zurück, den er seinem Kollegen gab.

„Von dort bis Liesing fährt man auf der A2 eine Stunde, in der Nacht geht es noch schneller."

„Hören Sie, ich bin den ganzen Nachmittag in der City spaziert, dann war ich müde und bin früh ins Zimmer."

Eine Pause entstand, die Beamten sahen sich an. Dann gingen sie hinaus und ließen John warten.

Er fühlte sich sehr schlecht. Er realisierte, dass er tatsächlich unter Mordverdacht stand. Er wusste, was die vermuteten. Er könnte in der Nacht ins Dorf gefahren sein und Eugen ermordet haben. Und wieder retour ins Hotel. Ein Irrsinn! Er musste Iphi anrufen, ihre Stimme hören. Im Spital war sie, hatte ihr der Eugen was getan? Was hatte Iphi erdulden müssen?

Trug er Schuld an den Ereignissen im Dorf? Straft mich eine höhere Macht, weil ich die Leichen auf den Friedhof gebracht habe, fragte er sich. Lächerlich, es gab keine höheren Mächte. Der Mensch ist sich selbst die Gefahr. Ich strafe mich selbst. Dann fasste er einen Entschluss.

Die Beamten waren zurück. „Sie wissen sicher Bescheid, was sich in letzter Zeit im Dorf alles ereignet hat, auch wenn Sie nicht im Dorf wohnen."

„Sie meinen die Sache mit den Mumien?"

„Ja!"

John zögerte, dann sagte er: „Ich habe die Mumien der Frau und des russischen Offiziers auf dem Grab der Familie Prendinger abgelegt!"

Schlagartig änderte sich die Atmosphäre im Raum.

„Also doch", sagte der ältere der beiden, „machen Sie reinen Tisch, das ist für uns alle einfacher."

„Mehr kann ich nicht gestehen, weil ich nichts gemacht habe."

„Sie gehen nur mit Leichen in der Nacht spazieren", dabei lachte er sarkastisch. „Eine seltsame Beschäftigung!"

„Bitte, hören Sie mir zu, ich erzähle Ihnen ganz genau, wie es dazu gekommen ist."

„Wir sind gespannt."

John berichtete alles, von Anfang an, von der Entdeckung der Falltür, vom Zettel bei der Frau, von seiner Abscheu ein riesiges Aufsehen zu erregen.

„Die Frau und der Russe waren tot. Ich glaube nicht, dass man dieses Verbrechen nach so langer Zeit wird klären können. Kurz nach dem Krieg, wo es drunter und drüber gegangen ist. Ich hätte die beiden im Wald verscharren können. Dann wäre es für mich erledigt gewesen. Aber irgendwie fühlte ich mich moralisch verpflichtet, sie auf den Friedhof zu bringen. Dort würde man sie finden und dann einmal richtig begraben."

„Die Leiche der Prendinger haben Sie zum Friedhof gebracht, aber warum haben Sie den Russen vor die Tür der Lewandowski gelegt?"

„Das war ich nicht!"

„Aha, der ist allein ins Dorf marschiert."

„Ihre Ironie ist nicht angebracht. Bitte glauben Sie mir, ich war das nicht, ich liebe Frau Lewandowski, warum sollte ich so was tun?"

„Vielleicht war bei ihr die Liebe wieder vorbei und Sie wollten sich rächen."

„Nein sicher nicht! Aber es könnte ein anderer gewesen sein, der ihr Böses will."

„Sie denken an den Pfangl, den Sie umgebracht haben."

John sprang wütend auf. „Sie sind so stupide, warum glauben Sie mir nicht, ich bin doch kein Mörder!"

„Beruhigen Sie sich, setzen Sie sich!"

John erkannte, dass er mit Aufbegehren seine Lage nur verschlechtern würde.

Ein Kriminalbeamter verließ den Raum. Der andere kritzelte etwas auf einen Notizblock. Dann ging er vor die Tür. John hörte, dass er mit seiner Frau telefonierte. Heute würde es spät werden. Na klar, dachte John, wenn er mit mir seine Zeit vertrödelt. Der Beamte schaute ins Zimmer.

„Was geschieht jetzt? Sie wissen nun alles, ich

möchte zurück ins Hotel."

„Geben Sie mir Ihr Smartphone, das ist beschlagnahmt. Warten Sie hier."

Gespielte Höflichkeit dachte John, vor der Tür steht sicher ein Polizist. Eine halbe Stunde verging. John hatte viel Zeit nachzudenken. Es war ihm klar, dass die Umstände gegen ihn sprachen. Trotzdem – es war richtig gewesen, bezüglich der Mumien alles zu sagen.

Die beiden Beamten kamen zurück.

„Herr Leitgeb, wir nehmen Sie vorläufig fest. Der Journal-Staatsanwalt hat entschieden, dringender Tatverdacht, Verdunklungsgefahr."

John war fassungslos. „Ich verstehe das nicht, ich habe doch zugegeben, dass ich die mumifizierten Leichen auf den Friedhof gebracht habe. Das war nicht richtig, aber dafür können Sie mich nicht einsperren."

„Das können Sie alles noch einmal morgen vorbringen. Für heute Nacht bekommen Sie ein Zimmer, das nichts kostet."

Ein Witzbold! Die Maschine der Justiz lief an. John war wie gelähmt. Zwei Polizisten in Uniform erschienen und nahmen ihn mit. In einem VW Bus ging die Fahrt durch das nächtliche Wien zur Außenstelle Süd des Landeskriminalamts in Favoriten.

Dort wurde er zwei anderen Polizisten übergeben. Mit einem Scanner wurden seine Fingerabdrücke genommen. John musste alles abliefern, Brieftasche, Kugelschreiber, Handy, Uhr, Gürtel. Die Schuhe musste er auch ausziehen. Er fühlte sich hilflos und ausgeliefert, wie noch nie in seinem Leben.

„Müssen Sie noch aufs Klo?"

„Ja."

Ein paar Schritte weiter, ein Raum mit drei Kabinen, oben und unten offen. John brauchte lange, um seine Blase entleeren zu können. Der Polizist vor der Tür bewirkte eine Abschnürung des Harnleiters. Nach Erledigung des Geschäfts wurde John in eine Zelle geführt, die überraschend groß und voller Trostlosigkeit war. Nichts drinnen, kein Vergleich mit den Zellen, die in den Krimis zu sehen sind. Weiße Wände, gelblicher Linoleumboden und als Bett eine gemauerte Pritsche in der gesamten Breite der Zelle. Darauf eine zehn Zentimeter dicke Matte und am Fußende eine graue Wolldecke. Kein Tisch, kein Sessel, kein Waschbecken, kein Klo, nichts als ein leerer Raum.

„Neben der Tür ist eine Klingel, falls du schiffen musst. Das Licht wird gleich abgedreht."

Dieser Satz verwies John aus der Kategorie des unbescholtenen Bürgers in jene der Gesetzesbrecher.

Die eiserne Tür wurde zugeschlagen und verriegelt. Gleich darauf erlosch das Licht an der Decke. John setzte sich auf die harte Liegestatt und stützte den Kopf in die Hände. Was in den letzten Stunden über ihn gekommen war, war schwer zu verarbeiten. Er konnte keinen klaren Gedanken mehr fassen. Als ihn fröstelte, legte er sich auf die Matte unter die schwere Wolldecke. Dabei vermied er es, den Rand der Decke an Hals und Gesicht kommen zu lassen. Nach dem Erlöschen des Lichts drang nur ein schwacher Lichtschein durch ein Fenster hoch oben in der Wand. John lag mit offenen Augen und rührte sich nicht. Es war ihm, als müsste er zu seinen Lasten auch noch jene ertragen, die vor ihm auf dieser Pritsche gelegen hatten. Es war zu viel. Das Gefühl der Hilflosigkeit, dem Willen anderer ausgeliefert zu sein. Dann sah er die Toten im Keller seines Hauses. Wehrlos gegen den Mörder. Wen hatte der zuerst erschossen, die Frau oder den Mann? Wer von den beiden hatte zusehen müssen, wie der andere starb? Und Eugen, wer hatte den getötet? Es war alles zusammen eine Auflösung Johns bisheriger Existenz und er konnte nichts dagegen tun. Er konnte keinen Schlaf finden. Ab und zu Stimmen von draußen und Geräusche von Autos. Diese nicht friedvolle Ruhe wurde vom Schreien eines Menschen unterbrochen, unverständliches Gekreische einer sich überschlagenden Stimme, dazwischen laute Stimmen der Polizisten. Dann dröhnendes Zuschlagen einer eisernen Tür und Ruhe. Wahrscheinlich haben sie einen in die Gummizelle gebracht. Die hatte John beim Vorbeigehen gesehen. Eine Zelle, deren Boden und Wände mit den gleichen Matten verkleidet war wie jene, die ihm als Bett diente.

John sah trotz der Nebelschwaden den Weg vor sich. Der Weg würde ihn zum Ziel führen. Er fühlte sich leicht und unbeschwert. Das Ziel musste hinter dem kleinen Hügel sein, auf dem ein schwacher Lichtschein zu sehen war, der einen gelben Bogen in den Nachthimmel malte. Zuversichtlich stapfte John den Pfad hinauf. Oben am Hügel wartete Iphi auf ihn, seine geliebte Iphi! Als er den obersten Punkt erreicht hatte, war da nichts. Kein Licht, nur Düsternis, Schwärze und Nebelschwaden. Und keine Iphi! Er war sehr enttäuscht. Er musste heimgehen. Er drehte sich um und da stand hinter ihm der russische Major, drohte mit der Pistole in der Hand.

John machte eine abwehrende Geste und fuhr aus dem Schlaf hoch. Ein Traum nur, aber das was er jetzt sah, war die Realität. Und genauso verstörend wie der Traum. Vielleicht noch schlimmer. Die kahlen Wände, dieser Raum im fahlen Licht, das alles würde sich nicht wie ein Traum auflösen. Darum schenkte ihm das Erwachen keine Erlösung.

Er wusste nicht, wie spät es war. Die Matratze war hart. Das Kreuz schmerzte. Die grobe Decke mit dem Aufdruck Polizei sonderte die Beschwerden und Ängste unzähliger Häftlinge ab, die sie vor John benutzt hatten. Dieses Aroma hing in dem Raum und betäubte John. Vor Jahren war John mit Darmstillstand um neun Uhr abends in ein Krankenhaus gebracht worden. Die Qualen des Körpers waren kaum zu ertragen gewesen, bis ihm ein Arzt eine erlösende Injektion verabreicht hatte. In dieser Nacht in Untersuchungshaft waren die Qualen seelischer Natur. Die konnten medizinisch nicht beseitigt werden, dafür gab es keine Spritze. John musste büßen. Die beiden Toten im Erdkeller hätte er sofort der Polizei melden sollen. Das hatte er aus Angst vor den Unannehmlichkeiten nicht getan. Ein schwerer Fehler. Der Verdacht gegen ihn, einen Mord begangen zu habe, würde sich entkräften. Aber es blieb die Frage, wie Iphi auf das alles reagieren würde. Das bereitete John die allergrößten Qualen!

Am Morgen rasselte die Verriegelung der Tür. John rappelte sich auf. Alle Knochen schmerzten. Nach dem Gang zum Klo erhielt er ein Frühstück. Brot, Butter,

Käse, Marmelade, kleine Portionen in Zellophan verpackt und einen Becher Kaffee aus einem Automaten.

„Was passiert jetzt weiter?"

„Abwarten", antwortete der Polizist und sperrte John wieder ein.

John fühlte sich verloren und ausgeliefert. Seine Unschuld war die einzige Stärke, die ihm in dieser Situation Halt gab. Wie es wohl Iphi im Moment erging? Hatte man ihr gesagt, dass er eingesperrt worden war? Eine Strafe wegen der Mumien würde er leicht ertragen, außer man würde ihn mit Gefängnis bestrafen. Allmählich wurde es heller, draußen schien die Sonne und John wünschte sich nur eins, endlich aus dieser Zelle heraus zu kommen.

Irgendwann war es soweit. Er wurde einen Stock höher in einen Amtsraum geführt. Zwei Schreibtische, Aktenschränke. Kein Verhörzimmer mit einem Einwegspiegel und einem Mikrophon am Tisch.

Heute vernahmen ihn zwei andere Beamte. Die waren ohne jede Emotion, machten keine Bemerkung wie, er solle doch endlich gestehen. John musste die vergangenen Tage in allen Details schildern. Das wurde mit einem Diktiergerät aufgenommen. Zwischendurch wurde mehrmals telefoniert.

„Also, Sie können dann gehen."

„Was ist los? Haben Sie eingesehen, dass ich unschuldig bin?"

„Die Fingerabdrücke auf der Tatwaffe sind mit Ihren nicht identisch."

„Ich wusste es, Sie oder Ihre Kollegen gestern wollten es nicht glauben."

Der Beamte ging darauf nicht ein. „Wir machen jetzt das Protokoll fertig, das müssen Sie dann noch unterschreiben. Täuschen Sie sich nicht, es besteht noch immer Verdacht gegen Sie. Wegen der Sache mit den mumifizierten Leichen wird ein separates Verfahren geführt."

John nahm diese Aussage zur Kenntnis. Ein Uniformierter erschien und führte John hinunter zum Zellentrakt. Dort erhielt er seine Sachen zurück. Wieder oben bei den Amtsräumen musste er am Gang warten. Nach einer schier endlosen Zeit war das Protokoll fertig zum Unterschreiben und John verließ das Amtsgebäude so schnell wie möglich. Draußen auf der Straße schnupperte er die Luft und hielt sein Gesicht in die Sonne. So gut wie heute hatte die Luft in Wien noch nie gerochen. Zu aller erst versuchte er Iphi zu erreichen, ohne Erfolg.

„Es wird alles gut, ich liebe dich", sprach er auf die Mailbox und hoffte, sie würde es hören. John ging vor bis zur Laxenburgerstraße und nahm ein Taxi. Beim Stasta in Liesing packte er seinen Koffer und beglich die Zimmerrechnung.

„Wir hatten schon Angst, Sie würden nicht mehr kommen."

„Es war alles nur ein Irrtum, eine Verwechslung."

„Na, Gott sei Dank!"

John stieg in sein Auto und fuhr Richtung Heimat zu Iphi, jetzt gab es nichts Wichtigeres als sie!

Der Mann stemmte sich mühsam vom Tisch auf und suchte die Flasche mit dem Obstler. Er nahm nur einen kleinen Schluck. Wenn er für die Nacht was geplant hatte, schränkte er seinen Konsum an Alkohol ein. Heute musste er nochmals ins Dorf. In diesem halbwegs nüchternen Zustand dachte er an seine Mutter und wie entsetzt sie über die Verwahrlosung des ganzen Hauses sein würde. Zum Glück konnte sie es nicht mehr sehen. Sie lag still und friedlich in ihrem Schlafzimmer. Er betrat das Zimmer nicht mehr, auch wenn es nicht mehr so stank wie früher. Ab und zu versuchte er in der vorderen Stube Ordnung zu machen, aber spätestens beim dritten Bier war ihm die Arbeit lästig. Es war eh wurscht. In den letzten Wochen, seit die Mutter gestorben war, begann der Tag für ihn oft erst zu Mittag. Dann war der Rausch ausgeschlafen. Der Kater wurde mit neuem Alkohol bekämpft und aus der Spirale des zwanghaften Trinkens kam er nur schwer heraus.

Erst als er begonnen hatte, die Details seines Plans auszuarbeiten, war es ihm gelungen, weniger oft zur Flasche zu greifen. Der Doppelbogen Papier, wo er alles eingezeichnet hatte, war zu seiner täglichen Lektüre geworden. So hatte er das Ziel immer vor Augen. Der Plan würde vieles bewirken. Dem Mann selbst ein Leben in Luxus ermöglichen und zugleich die Tilgung der Schande, die auf dem Namen Prendinger lastete. Das war es wert, die Durchführung nicht durch unkontrolliertes Saufen zu gefährden.

Nur über eine Sache grübelte er noch. Über das, was er mit der Lehrerin machen würde. Für die musste er sich was Besonderes ausdenken!

Dieser Sommer ist einer der besten in meinem bisherigen Leben, dachte Otto. Adelheid schnaufte im Liegestuhl neben dem Pool, er räkelte sich im Wasser. Manchmal grunzte sie im Schlaf, was Otto jedes Mal den Kopf hinüber drehen ließ. Diese alte dicke Frau im großblumig gemusterten Badeanzug - wenn sie nicht so vermögend wäre, würde er sie verachten. Er selbst war auch nicht mehr der Jüngste, aber viel besser in Form. Heute hatten sie wieder üppig gespeist. Frau Elvira, die Haushälterin, kochte wirklich ausgezeichnet. Otto musste sich beherrschen, um sich nicht ganz seiner Fresslust hinzugeben. Aber mit Hilfe seiner Eitelkeit und seines Stolzes auf einen Körper, der für einen über sechzig noch passabel war, hielt er sich bei den Mengen zurück. Adelheid dagegen pflegte ohne Bedenken hineinzuschaufeln, was die Küche hergab. Wie lange wird ihr Herz das noch aushalten, fragte sich Otto. Seit kurzem übernachtete er öfters in der Villa. Er hatte ein Zimmer neben dem ihren, sie versorgte ihn mit allem Überflüssigen, das den Status eines reichen Mannes betonte. Wenn er sie nicht aushalten konnte, täuschte er eine dringend notwendige Geschäftsreise vor.

Otto war vor zwei Wochen aktiv geworden und hatte eine Firma mit der Planung für einen Umbau des Hauses in Rodaun beauftragt. Für die Planungsarbeiten hatte ihm Adelheid gleich einmal 20.000 Euro vorgeschossen. Sie war zwar von dem Projekt nicht ganz überzeugt, denn sie wollte, dass er für ständig zu ihr in die Villa ziehen sollte. Otto hatte ihr eingeredet, dass es sinnvoll und notwendig sei, das

Haus umzubauen und zu renovieren, denn nur so könnte es für ein zusätzliches Einkommen im Alter genützt werden. Adelheid argumentierte dann immer, wozu das gut sein sollte und wenn sie durch Heirat verbunden wären, hätte er das Geld für eine Vermietung nicht nötig. Das war dann immer der Punkt, an dem sich Otto in die Rolle des Witwers flüchtete, der für eine neue Verbindung noch nicht reif wäre. Das führte zu gewundenen Faseleien über die Seelentiefe und Tröstungen durch die Seele eines neuen geliebten Menschen.

Ein wichtiger Punkt war diese mögliche Ehe für Otto schon, eigentlich der Wichtigste! Er wusste inzwischen einiges über Adelheids Vermögen. Er schätzte es summa summarum auf etwa zwanzig Millionen Euro, angelegt in Aktien und Anleihen, dazu ein Haus am Wolfgangsee und eine Wohnung in Salzburg. Und im Tresor der Villa lagen Bündel von Bargeld und Kassetten mit Schmuck. Das hatte er gesehen, aber den Code für den Tresor hatte Adelheid ihm nicht verraten. Noch war Otto nicht klar, wie er das mit einer Heirat einfädeln könnte. Ursprünglich hatte er nie an eine Ehe gedacht, bei keinem seiner früheren Geschäftsfälle. Er hatte den Damen diese Illusion vorgegaukelt, um die Geldbörsen zu öffnen.

Jetzt mit Adelheid war das komplizierter. Er war sicher, früher oder später würde sie einem Herzinfarkt erliegen. Was war dann mit ihm? Als Ehemann konnte er sie dazu bringen, ihn als Alleinerben einzusetzen, aber als Lebensgefährte eher nicht. Oder mit welchem Trick?

Ihm würde was einfallen, er hatte noch immer eine

Lösung gefunden. Otto stand auf, ging zur Leiter am Pool und stieg hinein. Er machte einige Runden, setzte sich dann auf den Sockel unter Wasser und ließ sich die Sonne ins Gesicht scheinen. So war er auch im größeren Pool der Villa in Vermont gesessen. Gwendolyn und er hatten oft nackt gebadet. Herrlich war das. Wie sie sich dann unter Wasser mit seinem Glied gespielt hatte, so lange sie die Luft anhalten konnte. Otto spürte eine Erregung, wenn er an diese Szene dachte. Und spann die Szene weiter. Adelheid und er im Pool. Aber das war nicht so prickelnd. Mein Gott, Unfälle gab es immer wieder. Die arme Gwendolyn hatte Pech gehabt. Bei dem Ausflug in den Nationalpark in Vermont war sie auf einen Felsen bei einem Wasserfall gestiegen und ausgerutscht. Machte aber derzeit keinen Sinn, bei Adelheid an einen Unfall zu denken, wenn er nicht an das Vermögen herankam. Er musste eine Möglichkeit finden, man konnte immer was drehen. Voller Behagen gab er sich den Träumen hin, mit wem er dann hier in diesem Pool baden würde.

„Liebster, machst du mir einen Martini?", Adelheid riss ihn aus dem Dösen.

„Ja, gerne, eine gute Idee!"

Otto stieg aus dem Pool, trocknete sich ab und ging zu dem Gartentisch, auf dem Frau Elvira alles hergerichtet hatte. Heute war Sonntag, da hatte Frau Elvira ihren freien Tag.

Otto füllte großzügig ein, Eiswürfel, Zitronenscheibe dazu, fertig. Er brachte die Gläser zu dem kleinen Tisch bei den Liegestühlen und setzte sich nieder.

„Sag Liebster, was würdest du davon halten, dass wir unsere Liebe stärker verbinden?" Was für ein Schwulst, dachte Otto, wieder das Thema.

Adelheid schwieg und sah ihn nur mit großen Augen erwartungsvoll an. Er schwieg auch und gab sich ergriffen. Dann nach einer Pause: „Liebste Heidi, das ist ein Satz, der mich sehr glücklich macht."

Das konnte sie in ihrem Sinn auslegen, er meinte was ganz Anderes.

Otto erhob sich aus seinem Liegestuhl, beugte sich über Adelheid und küsste sie. „Ich kann jetzt gar nichts sagen. Nur so viel, es wird eine wundervolle Zeit werden!"

„Dann hol uns eine Flasche Champagner aus dem Keller. Heute müssen wir feiern!"

Otto küsste sie noch einmal und ging ins Haus.

Im Keller öffnete er zuerst einmal eine Flasche Welsch-Riesling und nahm einen großen Schluck. Ein Tor hatte sich geöffnet. Ein Tor zum Luxus bis an den Rest seines Lebens stand nun weit offen. Die kleinen Hindernisse auf diesem Weg würde er beseitigen. Otto war voller Zuversicht. Mit einer Flasche Dom Perigon kehrte er zurück in den Garten. Adelheid würde ihn heute noch im Bett fordern, quasi Liebe gegen Vermögen, egal. Das war halt seine Art von Erwerbstätigkeit, er musste ja von irgendwas leben.

Was er nicht wusste, war die Tatsache, dass drei Frauen an dem goldenen Stuhl sägten, auf dem er sich für den Rest seines Lebens niederlassen wollte.

Die Soko Mumie, die im Sitzungssaal des Gemeindeamts von Hochdorf ihr ständiges Quartier aufgeschlagen hatte, war gefordert. Zwei Mumien mit Einschusslöchern, Indizien auf ein schweres Verbrechen im Jahr 1946, eine Frauenleiche mit ungeklärter Todesursache, eine Frau und ein Mann Opfer eines Messerstechers und eine Brandstiftung mit zwei Todesopfern! Schlimmer konnte es nicht kommen! Die Medien belagerten das Gemeindeamt und wollten jeden Tag was Neues hören. So etwas hatte es in Österreich in einem kleinen Dorf innerhalb eines kurzen Zeitraums noch nicht gegeben!

Das verfluchte Dorf, lautete eine der Schlagzeilen. Von den Medien wurde allerhand erfunden und spekuliert. Die Soko hatte das Schreiben, das beim Brand des Bauernhofs im anderen Tal aufgetaucht war, geheim halten wollen. Vergeblich, drei Tage nach dem Brand schrieben die Zeitungen über den Werwolf. Das führte zu neuen wilden Vermutungen über eine neonazistische Organisation, über die bisher nichts bekannt gewesen war. Das führte auch den Verfassungsschutz nach Hochdorf. Das Wirtshaus war jeden Tag gut besucht. Das Dorf war bis jetzt nur Touristen und Wanderern bekannt gewesen. Die Gegend war sehr schön. Ein idyllischer Ort auf einem Hochplateau mit einem weiten Panoramablick auf Rax und Schneeberg im Westen und das Wiener Becken im Nordosten. So wurde eine Bluttat zu einer unbezahlten aber auch ungewollten Werbung für das Dorf.

Zwei Tage nach dem Mord brachte Frau Pernold einen Zettel, den sie im Postkasten der Anna Berger gefunden hatte.

Der Berger und seine Frau haben als erste die weiße Fahne ausgehängt. Das waren auch solche Verräter des Vaterlands. Aber nun hat auch sie ihre Strafe bekommen!
Der Werwolf

Die Soko schloss bei der Brandstiftung und dem Mord der Anna Berger auf denselben Täter. Das lieferte jedoch keine Erklärung zum Mord an Eugen Pfangl, dem Schuldirektor aus der Bezirksstadt.

Von der Gerichtsmedizin wurde die Todesursache von Beate Gebauer bestätigt. Eine Überdosis Insulin, die bei Patienten von Diabetes Typ I unweigerlich zum Tod führt. Bevor man den Fall als Tod durch Suizid schloss, sollten die Freundinnen der Toten nochmals zum Umfeld von Beate befragt werden. Das Foto aus Iphis Besitz war bei den Akten. Bei Beates Unterlagen waren weitere Fotos des Mannes und ein Brief an ihn gefunden worden. Die Identität des Mannes war noch nicht geklärt.

Die Fingerabdrücke auf dem Messer im Bauch von Eugen Pfangl waren gesichert, stimmten aber mit jenen von Johann Leitgeb nicht überein.

Die Flipchart der Soko Mumie füllte sich mit Namen, Linien, Daten und Fragezeichen, alles noch ohne wirklich konkreten Verdächtigen.

Nach drei Tagen im Klinikum der Bezirksstadt war Iphi wieder zu Hause. Beim Sturz im Vorzimmer hatte sie Prellungen an beiden Ellbogen und am Steißbein und eine Sehnenzerrung erlitten, als Eugens Körper auf sie gefallen war. Die Verletzungen waren harmlos gegen den seelischen Schock. Gefangen hatte sich Iphi noch nicht. Den von Eugens Blut getränkten Pyjama hatte sie in der grünen Tonne entsorgt. Aber das half nicht gegen die Erinnerung. Das Gefühl, Eugen in den Armen zu halten, seinen nach Alkohol stinkenden Mund an ihrem Gesicht, fast hätte er sie noch als Toter geküsst, diese Vision überfiel sie immer wieder. In jeder Nacht verfolgte sie dieser Albtraum. Eugen lag auf ihr, er drückte sie nieder, als wollte er sie begatten, dabei rann sein Blut auf sie. Iphi konnte an nichts Anderes mehr denken als an diesen schrecklichen Moment.

Am Nachmittag kam Elli mit Bertl, sie hatte auf ihn aufgepasst. Bertl begrüßte Iphi ganz aufgeregt, lief aber immer wieder ins Vorzimmer, um zu schnuppern. Das Zimmer war gesäubert worden, aber seine feine Nase konnte das Blut noch immer riechen.

Kurz danach erschienen nacheinander Jutta, Riki und Barbara, je nachdem, wann sie sich von ihren beruflichen und familiären Verpflichtungen freimachen konnten.

Iphi bewirtete sie mit Kaffee und Topfengolatschen und später mit einem leichten Veltliner. Der Wein war nicht notwendig, sie alle waren aufgeregt genug.

„Iphi, du und ich, wir sollen morgen ins Gemeindeamt kommen, ich bin sowieso da. Es geht um Beate, die Polizei will uns nochmals befragen, bevor der Akt abgeschlossen wird."

„Wir haben doch eh schon alles gesagt. Und was ist mit dem Foto? Weiß man schon, wer das ist?"

„Nein, noch nicht."

„Trotzdem, die Polizei ist sehr genau, die gehen auch dem kleinsten Hinweis nach."

„Glaubst du wirklich, dass sie sich umgebracht hat?"

„Oben, am Berg, mit Sicht auf das Dorf?" Dabei deutete sie in Richtung der Erhebung an der Südseite des Dorfs.

Iphi konnte nicht mehr. „Bitte hört auf, es ist alles so unvorstellbar. Manchmal hoffe ich, es sei alles nur ein böser Traum, aber es ist die schreckliche Wahrheit."

„Dein John wurde im Fall Pfangl auch verdächtigt", Jutta war heute unerbittlich.

„Ich habe so nebenbei gehört, dass er in Wien verhaftet wurde."

„Red´ nicht so einen Blödsinn. Das ist schon geklärt", mischte sich Elli ein, „auf dem Messer sind andere Fingerabdrücke, nicht die von John."

„Genau, er ist schon wieder zu Hause", legte Iphi nach.

„Wieso weißt du das?"

„Er hat mich angerufen."

„Aha, aber ein Motiv hätte er gehabt?"

„Wieso?"

„Wenn du ihm von Eugen erzählt hast...vielleicht wollte er dich beschützen..."

Allein die Tatsache, dass ihn alle John nannten,

störte Iphi. Das war ihr John, für die anderen sollte er nur Herr Leitgeb sein.

Iphi explodierte: „Jetzt reicht es aber, das ist doch lächerlich, was ihr da redet!"

Iphi fühlte sich wie bei einem Verhör. Die Anwesenheit ihrer Freundinnen störte sie jetzt. Sie sollten gehen, sie sollten John nicht angreifen. Sie wollte allein sein und über alles nachdenken.

Elli spürte Iphis Verärgerung, „Wir meinen es ja nur gut, weil wir Angst um dich haben. Bitte reg dich nicht auf. Es wird sich alles aufklären. Die Polizei wird den Mörder finden."

„Und wer hat die Berger umgebracht? Wir haben einen Doppelmörder im Dorf", sagte Jutta, worauf es still wurde im Raum.

„Bitte lasst mich jetzt allein, ich habe Kopfweh, ich will mich niederlegen."

Die Freundinnen verabschiedeten sich liebevoll von Iphi und sie blieb nachdenklich zurück. Eine Front war entstanden, wie sie nur dann aufkommt, wenn eine Frau ihren Geliebten gegen andere Frauen verteidigt. Und zugleich unsicher ist, ob er dieser Verteidigung wert ist.

Das gestrige Telefonat mit John ging ihr nicht aus dem Kopf. Er hatte sie noch im Krankenhaus erreicht. Sein kurzer Bericht über den unfreiwilligen Besuch bei der Polizei und die Entkräftung des Verdachts gegen ihn war voller Freude, Iphi bald wieder im Arm halten zu können. Sie hatte ihm aufmerksam zugehört und sich mit ihm gefreut. Er hatte direkt zu ihr ins Krankenhaus kommen wollen. Sie hatte es abgelehnt und gespürt, wie enttäuscht John war. Iphi hatte versucht, ihm ihre Haltung verständlich zu machen. Nach dem Morgen mit dem toten Eugen auf ihrem Körper konnte sie John nicht sehen, nicht umarmen. Es war, als läge Eugen noch immer auf ihr. Sie roch diese Mischung aus Alkohol und Blut, die nicht weichen wollte. Iphi hatte John um Verständnis gebeten. Er hatte gesagt, er würde warten auf sie. Der Konflikt zwischen Verstand und Gefühl zerriss Iphi fast, aber sie konnte nicht anders.

Die Soko Mumie war einen Schritt weiter. Bei einer nochmaligen Untersuchung des Fundorts von Beate Gebauers Leiche waren unter einem kleinen Tannenbäumchen mehrere Insulin Einwegspritzen gefunden worden. Die Fingerabdrücke darauf waren nicht registriert und konnten nicht zugeordnet werden. In Beates Handtasche steckte ein Brief an einen Mann namens Carl Otto. Der Brief handelte von Liebe, Vorwürfen und Verzweiflung. Beate schrieb, sie wüsste von seinen krummen Geschäften, die ihr im Grunde egal wären, aber sie würde ihn anzeigen, wenn er die Beziehung abbrach. Ein Foto steckte auch in der Handtasche. Es zeigte einen Mann in den besten Jahren, der wie ein Filmstar in die Kamera lächelte. Das alles war ein erster Faden zur Aufklärung des Falls Beate Gebauer in den Händen der Polizei. Der Mann war eindeutig in die Sache verwickelt, in welchem Ausmaß, das musste geklärt werden.

Bei den Morden an Eugen Pfangl und Anna Berger war die Polizei nicht weitergekommen. Die Polizei hatte Iphi schon im Krankenhaus befragt und wusste über ihr Verhältnis mit Eugen Bescheid, auch dass sie ihm den Laufpass gegeben und er sie gestalkt hatte. Die aufgeschlitzten Reifen waren als Racheakt erklärbar. Am Auto waren Fingerabdrücke von Iphi, Eugen und, vorne auf einem Kotflügel einer fremden Person sichergestellt worden. Auf diesem Kotflügel befanden sich auch Spuren von Eugens Blut und das einer fremden Person. Das ließ die Annahme zu, dass es zu einem Kampf gekommen war, bei dem auch der Täter verletzt worden war. Ein wichtiges Detail immerhin.

Die Beamten der Soko baten Iphi und Elli in den Sitzungssaal, wo die Soko ihre Zelte aufgeschlagen hatte. Der Inhalt von Beates Handtasche lag auf einem Tisch ausgebreitet. Dabei ihr Ausweis, Bankomatkarte, ein Brief und einige Fotos, auch jenes, das Iphi übergeben hatte.

„Bitte schauen Sie sich das an. Besonders die Fotos."

„Ich glaube, ich kenne den", sagte Iphi aufgeregt. Der Mann auf dem Foto sah fast so aus wie jener, mit dem sie in der Kurkonditorei Oberlaa am Wiener Hauptbahnhof ein Rendezvous gehabt hatte. Die Haare waren länger. Der Mann war sportlich angezogen, trug eine Sonnenbrille. Die Augen waren nicht zu erkennen.

„Wissen Sie, wer das ist, wie der heißt? Beate Gebauer stammt aus dem Dorf, war sie vielleicht einmal mit dem Mann hier?"

„Sie war im vorigen Sommer einmal hier, aber allein", sagte Elli.

Iphi zögerte. „Ich hatte vor Wochen ein Treffen mit einem Mann, der ganz ähnlich aussah. Seitdem geht mir das nicht mehr aus dem Kopf."

Iphi erzählte, wie es zu diesem Date gekommen war. Die Beamten und Elli hörten aufmerksam zu. Der Name wollte ihr nicht einfallen. Sie versuchte, sich die Unterhaltung ins Gedächtnis zu rufen.

„Er hat mir eine Visitenkarte gegeben. Er hatte einen Doktortitel aus den USA, der Familienname war etwas mit M."

„Und Sie sind sicher, dass es sich um denselben Mann wie auf dem Foto handelt?"

„Sicher nicht. Damals war schlechtes Wetter. Er trug Anzug und Krawatte, nicht so sportlich, wie auf dem Foto, aber das Kinn, die Augen...irgendwie sieht er dem ähnlich."

„Können Sie sich noch an Details erinnern?"

„Ja, er sprach über ein Projekt, mit dem man viel Geld verdienen könnte. Aber über Musik haben wir auch geredet, weil er eigentlich Musikwissenschaft studiert hatte."

„Haben Sie vielleicht noch eine Telefonnummer?"

„Die Visitenkarte habe ich weggeworfen, nachdem ich...", Iphi stockte.

„Nachdem was?"

„Ich habe einen anderen Mann kennengelernt, dann war alles davor uninteressant."

Elli lauschte und lächelte. „John, habe ich Recht?"
„Ja!"

„Aha", sagte einer der Polizisten, „wann war denn dieses Rendezvous?"

„Das muss im Februar – nein im März - ah, jetzt

hab ich es, der Name war Merzen oder so ähnlich."

„Danke, Frau Lewandowski, das hilft uns sehr weiter. Wir haben eine Visitenkarte auf Carl Otto Mertens in der Wohnung von Frau Gebauer gefunden. Es kann sich um denselben Mann handeln."

„Ja, jetzt bin ich sicher, Mertens hat der geheißen. Haben Sie ihn schon vernommen?"

„Ist das der Mörder?", preschte Elli vor.

„Dazu können wir keinen Kommentar abgeben. Noch sind viele Fragen offen. Es könnte sich auch um Suizid handeln."

Iphi musste der Soko alle Details, wie Größe, Haar- und Augenfarbe nennen, an die sie sich noch erinnern konnte. Das wurde mit dem Foto für die Fahndung in den PC der Polizei gespeichert.

„Wären Sie bereit für eine Gegenüberstellung, sobald wir den Mertens gefunden haben?"

„Selbstverständlich, jederzeit!"

Iphi und Elli konnten nun gehen. Aber Iphi entkam Ellis Neugier nicht, die wollte noch alles über das Date mit dem Mann wissen.

Trotzdem verabschiedete sich Iphi bald und ging nach Hause. Bertl wartete schon und begrüßte sie freudig. Iphi wurde überwältigt von ihren Gedanken. So ein Zufall, Beate und sie trafen den gleichen Mann. Der hatte womöglich Beates Tod verschuldet. Was für ein Mensch war dieser Mertens? Ein Lügner, ein Schwindler oder sogar ein Mörder? Beate hatte er unglücklich gemacht, sie in den Selbstmord getrieben. Alles, was in der letzten Zeit darüber gemutmaßt worden war, schoss ihr durch den Kopf. Plötzlich fühlte sie sich John gegenüber schuldig. Warum hatte sie sich so zögerlich gegeben? John hatte sie glücklich gemacht. Sie konnte und wollte ihn nicht mehr warten lassen.

Seit dem heißen Sonntag am Pool der Villa Temmer waren drei Tage vergangen. Otto saß im Garten in Rodaun und grübelte. Die zündende Idee hatte ihn noch nicht erleuchtet. Er brauchte einen Plan, um ungehindert an Adelheids Vermögen heranzukommen. Heiraten? Wenn es der einzige Weg war, ok! Das Problem dabei, seine falsche Identität. Konnte er mit einem Trick beim Standesamt durchkommen? Oder den richtigen Namen angeben? Würde ihm Adelheid verzeihen?

Otto malte sich die Szene aus. Wie er zerknirscht vor sie hintrat und ihr gestand, dass er nicht Carl Cornelius Otto von Scheuchenstein, sondern Otto Sedlacek hieß. Erstaunen und Erschrecken ihrerseits. Dann eine kleine Story über eine adelige Dame in Südtirol, mit der er liiert gewesen wäre. Die hätte ihn adoptiert. Diese Baronin von Scheuchenstein wäre nach wenigen Monaten mit ihrem Porsche tödlich verunglückt. Aus lauter Liebe zu ihr und um das Andenken an sie für immer zu bewahren, habe er den Namen und Titel beibehalten.

Schöne Story, dachte Otto, alles drinnen, ewige Liebe, tragisches Ende, das würde Adelheid schlucken. Er würde vor ihr niederknien, sie um Vergebung bitten und ihr versichern, dass er sie nicht weniger liebte und sicher wäre, mit ihr sein Glück gefunden zu haben. Auf das Monetäre bezogen, nicht einmal gelogen.

Otto wechselte vom Zweigelt zum Schlumberger. Die neue Geldquelle erlaubte ihm das. Er war fast gerührt von der Szene, die wie in einem Film vor seinen Augen ablief. Adelheid und er in einer weißen

Kutsche vor dem Standesamt. Stoff für einen Kitschfilm.

Der Sommer war bis jetzt erfolgreich verlaufen. Erika hatte 20.000 Euro springen lassen. Sie glaubte, er sei jetzt in den USA, um seine Geldangelegenheiten zu regeln. Und sobald er zurückkäme, würden die Hochzeitsglocken läuten. So hat jeder seine Träume, er ja auch. Aber nur seine würden wahr werden.

Otto stand auf und wanderte im Labyrinth seines Gartens herum. Präzise - noch nicht sein Eigentum, aber wenn mit Adelheid alles glatt ging, würde er dem Engländer das Haus abkaufen. Schön war es hier. Wild und verwachsen, Bäume, Büsche, Brombeerstauden wild durcheinander. An einigen Stellen musste er sich bücken oder Zweige weghalten. Alles grünte und sprießte. Otto dachte nicht daran, hier auszuholzen oder zu stutzen. So, wie es war, gefiel es ihm besser als der penibel getrimmte Garten der Villa Temmer.

Otto ging zurück zu dem kleinen Rondeau hinter dem Haus, wo die alte Garnitur stand. Welche Möglichkeiten boten sich noch? Ohne Heirat würde es nicht einfach sein. Würde Adelheid ihm eine Vollmacht für ihr Konto geben? Sollte er ihre Unterschrift fälschen, alles abräumen und auf immer verschwinden? Keine vernünftige Alternative bei den heutigen Gesetzen zum Kapitaltransfer und den modernen Fahndungsmethoden.

Auf dem Tisch hatte Otto einen Block und einen Bleistift vorbereitet. Oben auf dem Papier schrieb er ADELHEID. Er begann, beide Alternativen Punkt für Punkt zu notieren. Er würde gefälschte Dokumente benötigen. Eventuell ein oder zwei alte Fotos. Er hielt alle Details fest. So war alles geordnet, die visuelle Kontrolle und nochmalige Erwägung der einzelnen Schritte waren für das Gelingen erforderlich.

„Hallo!"

Ein Ruf von der Straße her riss ihn aus seinen Gedanken.

„Hallo, Carl, bist du zu Hause?"

Von seinem Platz aus konnte Otto nicht sehen, wer nach ihm rief. Die Stimme kam ihm bekannt vor. Er ging nach vorne zum Gartentor.

„Vera, was für eine Überraschung!"

„Ja, das glaube ich."

„Was treibt dich zu mir an diesem heißen Sommertag?"

„Ich wollte endlich sehen, wie du wohnst, angeblich so ärmlich nach deiner Schilderung. Willst du mich nicht reinlassen?"

Otto hatte kein passendes Argument zur Hand, um sie auszusperren. Er schloss auf und umarmte sie, freudiges Erstaunen mimend. Die Umarmung wurde eher abwehrend erwidert.

„Kann ich dir was anbieten?"

„Ein kühler Schluck wäre nicht schlecht, bevor du mir alles zeigst."

„Alles zeigst?"

Na ja, wie du wohnst, das Haus, den Garten. Wenn ich dir bei der Baubehörde helfen soll, muss ich die Liegenschaft kennen."

„Aha. Warte, ich hole dir ein Glas Sekt. Setz dich einstweilen in den Garten." Dabei deutete er in Richtung zum Rondeau.

Drinnen im Haus öffnete er eine neue Flasche und suchte ein reines Glas für Vera. Das war jetzt eine unangenehme Situation. Er musste sich konzentrieren. Dann fiel ihm ein, dass er den Plan A auf dem Tisch hatte liegen lassen. Verflucht, das hätte ihm nicht passieren dürfen. Mit einer Flasche Sekt, Kühler und Glas ging Otto schnell hinaus in den Garten. Es war schon zu spät. Vera hatte den Plan A in der Hand.

„Sehr interessant!" Der Unterton war alles andere als bewundernd. „Vielleicht hättest du Schriftsteller werden sollen und nicht Heiratsschwindler!"

„Vera, ich kann dir das alles erklären." Otto füllte ihr Glas und hielt es ihr hin.

Sie nahm es und trank. „Ach, wozu erklären? Ich weiß eh schon alles über dich."

Ihm wollte im Moment keine passende Erwiderung einfallen. Er füllte sein Glas und trank es in einem Zug aus. Dann hatte er eine Idee.

„Das trifft mich jetzt schwer." Schuld umkehren, vielleicht half das und herauskriegen, was sie wirklich wusste.

„Das hättest du dir früher überlegen müssen."

„Das meine ich nicht, sondern...du hast mich bespitzeln lassen, wahrscheinlich von Anfang an. Du hast nie an unsere Liebe geglaubt, das erschüttert mich wirklich."

Otto setzte sich und stützte den Kopf in die Hand. Jetzt musste sie sich verteidigen.

Den Gefallen tat ihm Vera nicht.

„Wenn man jemanden liebt, so wie ich dich geliebt habe, will man alles wissen über ihn. Das ist ganz normal. Als du begonnen hast Verabredungen nicht einzuhalten, vage Ausreden gebraucht hast, bin ich misstrauisch geworden. Dann ist eins zum anderen gekommen. Für dieses Haus mit Garten ist im Grundbuch ein anderer Besitzer vermerkt. Es gehört dir nicht.

„Ich kann dir das erklären...“

„Spar dir die Worte, bevor du noch mehr Lügen absonderst.“

Otto musste einsehen, dass er schlechte Karten hatte.

„Du bist ein mieser kleiner Schwindler und Betrüger!“

„Wenn du das sagst...“

„Ich werde dafür sorgen, dass du nie mehr eine Frau unglücklich machen wirst, ich werde dich anzeigen und du wirst ins Gefängnis marschieren!“

Vera wurde immer wütender, den letzten Satz hatte sie geschrien.

„Wie hässlich du bist, wenn du dich so aufführst.“ Otto gab sich ganz ruhig. „Also gut, ich gebe alles zu und du verschwindest jetzt!“ Dabei stand er auf und nahm die Flasche in die Hand.

„Ja, ich gehe und den Plan A nehme ich mit, da habe ich den besten Beweis für die Polizei.“ Dabei steckte sie das Blatt in ihre Handtasche.

Otto setzte sich wieder und füllte sein Glas. Er musste Zeit gewinnen.

„Vera, bitte setzt dich hin und hör mir zu. Können wir nicht vernünftig reden, dir ist kein Schaden entstanden, wir hatten doch schöne Stunden miteinander und das können wir genauso in Zukunft haben.“

„Du hast nichts verstanden, absolut nichts! Du bist ein kalter Mensch, du hast mit meinen Gefühlen gespielt. Du denkst nur an das Materielle. Es gibt seelische Schäden, die schwerer wiegen und schwerer zu verkraften sind. Ich habe geglaubt, den Mann fürs Leben gefunden zu haben", Vera nahm einen Schluck Sekt, „in Wirklichkeit bist du Otto Sedlacek, ein Dreckskerl, ein kleiner Ganove, und dafür wirst du ins Gefängnis gehen!"

Otto spürte wie er die Geduld verlor. Was bildete sie sich eigentlich ein? Er hatte nicht einmal Geld von ihr genommen. Er stand auf und trat drohend vor sie hin. „Du willst Richterin spielen, was glaubst du eigentlich, wer du bist? Nur weil wir ein paar Mal gevögelt haben, willst du mich ins Gefängnis bringen? Gib das Papier her und verschwinde." Dabei griff er nach der Tasche und wollte sie Vera entreißen. Sie hielt eisern fest und es entstand ein Gerangel. Ab diesem Moment wusste Otto nicht mehr, was er tat. Er hatte die Kontrolle über sich verloren. Die Wut in ihm löschte jede Vernunft aus. Er packte Vera am Hals und würgte sie. Vera wehrte sich verzweifelt, versuchte ihm ins Gesicht zu boxen, trat mit den Füßen gegen sein Schienbein. Da sie aber saß und Otto über ihr stand, hatte sie keine Chance gegen ihn.

Es war jetzt nicht mehr Vera. Er sah Pat vor sich, hatte sie sich damals an der Reling auch so gewehrt? Oder war es Beate, die er in die Brombeerstauden gestoßen hatte, oder hielt er Gwendolyn am Abgrund fest, um sie dann fallenzulassen? Bildete er sich das alles ein? War es so geschehen? Oder war alles nur ein

Trugbild seiner Fantasie?

Er ließ die Hände sinken. Vera riss ihn aus dieser Erstarrung. „Du bist erledigt", schrie sie, „dafür gehst du Jahre in den Bau!" Sie stand auf und machte rasch einige Schritte zum Gartentor hin. Otto nahm die Flasche, rannte ihr nach und schlug ihr die Flasche auf den Kopf. Vera sank nieder und rührte sich nicht mehr. Otto war wie versteinert. Hatte er das gewollt? Nach wenigen Sekunden, die wie eine Ewigkeit waren, fing er sich. Er schleuderte die Flasche in ein nahes Gebüsch, als ob das die Tat ungeschehen machen könnte. Dann fing er sich. So konnte Vera nicht liegen bleiben. Der leblose Körper war sehr schwer. Es erforderte eine große Kraftanstrengung von Otto, Vera hochzuhieven und in den Liegestuhl zu legen. Die halbleere Flasche Rotwein, aus der er zuvor getrunken hatte, stand noch am Tisch. Ein tiefer Schluck und dann noch einer, keine wirkliche Hilfe zur Lösung seines Problems. Er hatte ein Problem. Vera lag da mit einer stark blutenden Kopfwunde, was sollte er tun? Hilfe rufen, was sonst. Der Kampf in seinem Inneren war aufreibend. Er ging in das Haus, holte ein Handtuch und drückte es auf die Wunde. Vera stöhnte leicht, sie lebte.

Otto ging ruhelos hin und her. Tief hinein in seinen Gartendschungel und wieder zurück zum Liegestuhl mit der bewusstlosen Frau darin. Er starrte auf sie nieder. Diese Frau machte seinen großen Plan zunichte. Ihre Existenz bedeutete das Ende für den Traum von einem Leben in Luxus und Wohlstand. Das konnte er nicht zulassen.

Am Vormittag des gleichen Tages hatte Frau Ingrid Ponsel im Kommissariat im 8. Wiener Bezirk eine Anzeige gegen einen Carl Otto Scheucher, Ph.D. Architekt gemacht. Die Einzelheiten zu schildern, wie der ihre Mutter betrogen hatte, waren peinlich genug. Ingrid Ponsel musste das tun. Sehr gravierend waren ihre Angaben nicht, und der Beamte war etwas skeptisch. Aber die Anzeige wurde aufgenommen und gespeichert. Ingrid rechtfertigte das Vorgehen vor sich selbst. Es diente nur zum Schutz ihrer Mutter. Die Kopie der Anzeige würde sie ihr auf den Tisch legen. Den unweigerlich folgenden Streit nahm sie in Kauf.

Martina Egger, bei der UNIDO tätig, hatte einen guten Freund beim Sicherheitsdienst der Organisation. Mit dem hatte sie einmal eine kleine Affäre gehabt, mehr war daraus nicht geworden. Sie waren aber noch immer in Kontakt. Der Mann hatte gute Verbindungen zur Wiener Polizei und suchte auf Martinas Wunsch nach Carl Otto Mertens, Ph.D. Musikwissenschaftler. Wenig später konnte der Freund Martina informieren, dass nach diesem Herrn gefahndet würde. Martina kam in einer Kaffeepause ins Büro der Security. Die Polizei hatte ein Foto ins Internet gestellt. Martina erkannte Otto sofort und gab den Fahndern seine Telefonnummer durch. Diese Spur würde zu Otto führen. Martina verbuchte dieses Telefonat als kleinen Triumph. Sie hatte schon immer gefühlt, dass der Mertens ein Schwindler war. Ihre Ahnung war richtig gewesen! Er hatte ihr keinen

Schaden zugefügt, aber um das ging es nicht. Die Welt war voller Betrüger, die mit gewaltigen kriminellen Energien versuchten, ohne Arbeit an das Geld anderer Leute zu kommen. Der Mertens war nur ein kleiner Ganove, verglichen mit Schwerkriminellen, aber trotzdem einer zu viel.

Jetzt war es nur mehr eine Frage der Zeit, bis einem aufmerksamen Kriminalbeamten die gleichen Vornamen auffallen würden.

Tatsächlich erhielt die Soko in Hochdorf wenige Stunden später ebenfalls diese Informationen und fügte sie in das Profil dieses Mertens ein. Der Verdacht gegen ihn verdichtete sich noch, als die Gerichtsmedizin ein Detail nachlieferte. Auf dem Bauch der Beate Gebauer waren mehrere Einstiche entdeckt worden. Es lag die Vermutung nahe, dass Beate am Boden gelegen war, sich wehren wollte und ihr jemand die Spritze in den Bauch gejagt hatte. Für eine Frau mit Diabetes Typ I eine tödliche Überdosierung.

Die Fahndung nach einem Carl Otto Mertens, derzeit unbekannten Aufenthalts, wurde aufgenommen.

John versuchte, sich mit Arbeit abzulenken. Seit der Rückkehr aus Wien und dieser Demütigung im Arrest hatte er nur gewerkt, um das Haus in Schuss zu bringen. Für den Tag, an dem Iphi kommen würde. Sie hatte es ihm versprochen. Sie brauche einige Tage Abstand von allem. Das verstand er. Sie würde ihn anrufen.

John hatte die Wände der Küche in einem blassen Blau gestrichen. Herd, Spüle, Küchenkasten, Tischplatte, alles war im saubersten Zustand, der für die alten Dinge zu erzielen war. Er hatte einen neuen Teppich gekauft, über die Falltür gelegt und darüber den Tisch platziert. Diese Tür wollte John nie wieder öffnen.

Wenn er von der Arbeit müde war, konnte er seinen Gedanken nachhängen. Manchmal überkam ihn eine Niedergeschlagenheit und es erfasste ihn eine Sinnlosigkeit seines Tuns. Was sollte das alles ohne Iphi? Alles verlor seine Bedeutung, wenn sie nicht mit ihm leben wollte. Er sehnte sich nach ihr. Er hatte nicht einmal ein Foto von Iphi. Man müsste Berührungen speichern können, dachte er. Der Griff zur Weinflasche brachte keine Lösung. Er wusste, dass er diese Niedergeschlagenheit nicht mit Alkohol überwinden konnte. Je mehr er zu sich nähme, desto größer würde die Depression werden.

So strampelte er nach einem Sinn im Leben. Er suchte das Positive in seinen Handlungen. Er fand es in der Arbeit. Die Räume wirkten seit wenigen Tagen deutlich sauberer und wohnlicher. Den Stick hatte er auch gefunden. John hatte ein kleines Radio für die

Küche wieder verwenden wollen, dabei fiel ihm der Stick aus dem leeren Batteriefach in die Hand. Ein gutes Versteck, sofern man es nicht vergisst. John plante, in der Firma anzurufen und dem Chef ein paar ganz konkrete Zahlen zu nennen. Der würde merken, dass John wirklich Beweise für die krummen Geschäfte in der Hand hatte. Vielleicht würde der die Anklage zurückziehen. Ein unangenehmes Telefonat, das ihm nicht lag. So eine drohende Haltung entsprach nicht Johns Charakter. Er verschob dieses Gespräch von einem Tag auf den anderen. Bei seinem Freund wollte er sich noch einmal Rat holen. Egal, wie es ausgehen würde, wichtig war nur eins, dass Iphi die Beziehung nicht abbrach.

John lag auf dem Sofa und hörte Musik. You want it darker, we'll kill the flame. Einer der Songs auf der letzten CD von Leonard Cohen, aufgenommen kurz vor dessen Tod. Cohen musste gespürt haben, dass er nicht mehr lange leben würde. Johns Gedanken kreisten um das Leben und die Vergänglichkeit. Wäre es eine Gnade, den Zeitpunkt zu kennen oder eine Bestrafung?

Bevor Iphi John besuchte, wollte sie noch zum Grab im Friedhof gehen. Sie legte Blumen nieder und goss die Stiefmütterchen im steinernen Trog. In diesem Grab waren ihre Eltern und ihre Großeltern bestattet. Dann verharrte sie im stillen Gespräch mit den Eltern. Sagte ihnen, dass sie den Mann fürs Leben gefunden hätte. Noch heute wollte sie zu ihm gehen, sie wusste, er wartete auf sie. Iphi schlug ein Kreuz und wollte sich schon abwenden, als sie eine Verschmutzung am Grabstein bemerkte. Die in den Stein gemeißelten Namen und Daten der Großeltern waren sehr verblasst. Iphi befeuchtete an der Wasserstelle ein Taschentuch und säuberte die Schriften.

Albert Kruder, Postoberoffizial, gest. 1959
Theresia Kruder, geb. Mauder, gest. 1971
Magdalena Lewandowski, geb. Kruder, gest. 1983
Paul Lewandowski, Studienrat, gest. 2009

Mauder - wo hatte sie diesen Namen noch gelesen? Iphi ging Reihe um Reihe durch den kleinen Friedhof. Ein Grab mit dem Namen Mauder fand sie nicht. Dann fiel es ihr ein. Es musste in einem Schriftstück bei den Dokumenten ihrer Großmutter gewesen sein. Sie musste die Verbindung suchen.

Zu Hause öffnete sie die Ledermappe mit den Dokumenten der Eltern und Großeltern, konnte jedoch den Namen nicht entdecken. Ihr Vater hatte noch viele Papiere, Briefe, Fotos und Zeitungsausschnitte in einer Schuhschachtel gesammelt. Iphi nahm den ganzen Stoß heraus und begann zu lesen. Dann war für Iphi alles klar! Theresia und Antonia waren die Töchter von Franz und Maria Mauder. Beide hatten einen Sohn aus der Familie Prendinger geheiratet. Johann Prendinger die Theresia, Alois Prendinger die Antonia. Nun wurde Iphi klar, dass die Mumie vor ihrer Haustür kein Zufall gewesen sein konnte. Der Täter hatte den Ort bewusst gewählt.

Erst als es so dämmrig im Zimmer geworden war, dass Iphi eine Lampe aufdrehen musste, löste sie sich von dem Konvolut an Papieren auf ihrem Tisch. Sie stand auf, trat zum Fenster und blickte hinauf zum Wald. So vieles ging ihr im Kopf herum, sie musste mit John darüber reden. Morgen war ihr freier Tag, den wollte sie mit ihm verbringen. Iphis Anspannung der letzten Stunden löste sich, es würde alles gut werden!

Zuerst musste sich Otto niedersetzen und Luft holen. Er behielt Vera im Auge. Sie war noch immer bewusstlos, aber sie atmete. Das Blut auf der Wunde am Kopf war verkrustet. Otto wollte die Situation nüchtern beurteilen, aber er konnte seine Gedanken nicht ordnen. Er hatte schon zu viel Alkohol intus. Er ging in die Küche und trank Wasser und schaltete die Espressomaschine ein. Mit der Tasse in der Hand kehrte er in den Garten zurück.

Eins war klar, wenn Vera den Schlag überlebte, war er selbst geliefert. Diese Erkenntnis schockierte ihn. Vera würde unversöhnlich sein, ihm nicht verzeihen, was immer er auch versprechen würde. Vera würde ihn anzeigen, er würde ins Gefängnis gehen, die Goldeselin Adelheid für ihn unerreichbar.

Es konnte nur eine Lösung geben – Vera musste sterben! Sie musste verschwinden, für immer!

Otto blieb sitzen. Die Gedanken drehten sich wie in einem Karussell im Kopf. Pat - das war so glatt gegangen. Na gut, es hatte danach schon einige böse Tage gegeben. Verdacht gegen ihn, endlose Verhöre durch die Polizei, Ächtung bei den Briten in der Kronkolonie. Das hatte er ausgehalten, alles harmlos gegen eine Verurteilung und Haft. Viel anders war es auch in Amerika nicht abgelaufen. Auch dort einige äußerst unangenehme Tage voller Plagen von den Behörden, Vorwürfen der Familie und anderen Kalamitäten.

Otto tat sich selbst leid. So oft hatte er das schon erlebt, dass sich Frauen mit den Tatsachen nicht abfinden konnten. Immer wieder diese ermüdenden Streitereien wegen einer Banalität. Gesteigert die Bösartigkeit, mit der sie seine Existenz hatten vernichten wollen. Im Vorjahr diese Beate, auch so eine Zicke. Zuerst die Liebe bis zur Untertänigkeit und dann der Hass, mit dem sie ihn verfolgt hatte. Es war ein Jammer, wenn eine Frau die Tatsache einer abgelaufenen Beziehung nicht wahrhaben wollte. Immer zwangen sie ihn zu irgendwelchen Handlungen, die er nicht gewollt hatte.

Die Vera, das hatte sie nun davon. Jetzt lag sie da im Liegestuhl mit einer Wunde am Kopf und war als Ganzes ein Vorwurf gegen ihn. Und auch eine Drohung. Otto raffte sich auf, er musste handeln.

Otto ging zum Geräteschuppen und kam mit einem Rechen zurück. Den hakte er in die Stütze des Liegestuhls ein und zog mit einem energischen Ruck das Querholz aus den Kerben. Der Stuhl krachte zusammen und Vera schlug mit einem dumpfen Laut am Boden auf. Otto bückte sich, fasste den Stuhl an den Enden und hob ihn an. Dabei war Otto Veras Kopf ganz nahe und er roch eine Mischung ihres Parfüms mit dem Blut. Vera lag wie auf einer Bahre und weil es keinen zweiten Träger gab, schleifte Otto den Stuhl tiefer hinein in die Wildnis. Das andere Ende des Stuhls zog eine tiefe Spur durch Kies und Gras. An einer Stelle, die vor jeder Sicht von außen geschützt war, ließ er den Stuhl wieder zu Boden krachen. Erneut ein schwerer Sturz für Vera. Aber es ging nichts anders.

Otto ließ Vera dort liegen und ging zurück zum Gartentisch. Dort stand noch immer sein Rotwein.

Weiter zu trinken würde seine Denkfähigkeit nicht stärken, jedoch seinen Mut schon.

Er musste weiter planen. Jetzt lag Vera einmal gut da hinten in den Büschen, aber lange konnte sie da nicht bleiben. Das Problem war – in Rodaun gab es keinen Felsen, von dem jemand hinunterstürzen und kein Wasser, in dem jemand ertrinken konnte! Aber dafür viel Erde im Garten!

Das Wetter passte. Seit über einer Woche hatte es nicht geregnet. Der Mann klappte die Werkzeugbox auf um zu kontrollieren, ob er nichts vergessen hatte. Die Box befestigte er mit Gummischnüren auf dem Gepäckträger seines Mopeds. Links und rechts des Rahmens verschnürte er je einen länglichen in Plane gewickelten Gegenstand. Er ging ins Haus und nahm einen Schluck aus der Schnapsflasche. Am Tisch lag der Plan. Der Mann studierte ihn noch einmal, obwohl er ihn schon auswendig kannte. Dann verließ er das Haus, startete das Moped und fuhr los. Von der Landstraße im Tal bog er bald auf eine Forststraße ein, die mit vielen Serpentinen den Berg umrundete. Oben angelangt blickte er auf das Dorf hinunter. Die Dämmerung setzte ein, aber es war noch zu hell, für das was der Mann vorhatte. Er setzte sich abseits der Forststraße ins Gras und wartete.

Er dachte an die vergangenen Jahre und die Probleme, die er mit den Frauen gehabt hatte. Lang hatten diese Beziehungen nie gedauert. Wenn er besoffen gewesen war, hatte er oft zugeschlagen. Das hatte keine ausgehalten. Später hatte er sich nicht mehr um eine Bekanntschaft bemüht. Wenn er es notwendig hatte, war er in ein Laufhaus gefahren. Kostete halt Geld, ersparte ihm aber den Ärger mit den Weibern. Als Maurer am Bau hatte er gut verdient. Als er vor sieben Jahren mehrere Meter in einen unzureichend gesicherten Schacht gestürzt war, hatte die schlechte Zeit begonnen. Er war nicht mehr ganz nüchtern gewesen und deshalb hatte die Firma nur eine geringe Entschädigung zahlen müssen. Das rechte Bein war seitdem steif. Das AMS hatte ihn von einem Kurs zum anderen geschickt und zu einigen Umschulungen verdonnert. Er hatte das alles irgendwie abgesessen bis er in die Frühpension hatte gehen können.

Er saß an einen Baumstamm gelehnt und wartete ab, bis es dunkel wurde. Die Stunde der Abrechnung war gekommen! Der Mann stand auf, schob das Moped zur nahen Forststraße und fuhr los. Es war eine sternklare Nacht. Er schaltete den Scheinwerfer nicht ein. Der Mann kannte den Weg. Es war sein Weg in eine bessere Zukunft!

In Rodaun war es Abend geworden. Otto erwachte auf seinem Bett, wo er sich zum Sammeln der Kräfte nur für eine halbe Stunde hatte ausruhen wollen. Kraft würde er brauchen für das, was jetzt erledigt werden musste. Er öffnete eine neue Flasche Wein und trank ein Glas ex, um sich Mut zu machen. Sein Handy klingelte, Adelheid wollte wissen, warum er nicht angerufen hatte. Otto schützte eine kleine Magenverstimmung vor. Adelheid versprach ihm gleich ein leichtes magenschonendes Gericht für morgen. Otto sonderte die üblichen Floskeln ab und sagte, er würde morgen mittags bei ihr sein.

Die Frau kann ich nicht lassen, dachte er. Die ist meine Altersversorgung. Er hatte kaum Jahre für eine Rente gesammelt. Ein Betrüger meldet sein Gewerbe nicht an und zahlt nichts ein. Ein Sir wie er konnte von der Mindestsicherung keinen angemessenen Standard bestreiten, also blieb nur die Verbindung mit einer solventen Frau.

Wo war der Plan Adelheid? Es fiel ihm ein, dass Vera das Blatt in die Handtasche gesteckt hatte.

Otto ging in den Garten zu den Büschen, wo er Vera im Liegestuhl zurückgelassen hatte. Der lag geklappt am Gras, keine Spur von Vera selbst, nur Blutflecken auf dem Holz und Stoff.

Otto erstarrte. Das war nicht möglich. Vera war doch ohnmächtig gewesen. Hatte sie sich aufraffen und fliehen können?

Er verfluchte sich selbst. Er hatte zu lange geschlafen. Das musste sie benützt haben, um zu gehen. Otto rannte zurück ins Haus, holte eine

Taschenlampe und begann, den Garten und die Büsche abzusuchen. Keine Spur von Vera. Otto kontrollierte das Gartentor. Es war nicht versperrt. Als Vera gekommen war, hatte er hinter ihr nicht zugesperrt. Er war sicher gewesen, sie bald hinaus komplimentieren zu können.

Otto verfluchte sich selbst. Warum hatte er nicht aufgehört zu trinken? Hätte er gleich weitergemacht, hätte Vera nicht verschwinden können. Oder war das Trinken eine Art von Ausweichen vor der notwendigen Entscheidung gewesen? Die er scheute, weil es nur eine Konsequenz geben konnte.

Er konnte jetzt klarer denken. Er ließ alles so, wie es sich präsentierte: der zusammengeklappte Liegestuhl mit den Blutflecken. Am Tisch vorne die Flasche Rotwein und die zersplitterten Reste der Sektflasche.

In der Küche ließ er einen Espresso runter, wollte schon unter die Dusche gehen, blieb aber so verschwitzt wie er war. Er zog einen dunklen Anzug an. Über die Tangente fuhr er in den 19. Bezirk. Bei einem ambulanten Rosenhändler in Grinzing kaufte er einen großen Strauß und schlug die Richtung zur Villa Temmer in Döbling ein. Auf dem Weg dorthin hielt Otto nochmals an und ließ sich den Nachmittag durch den Kopf gehen. Vera würde eine Anzeige machen, kein Zweifel. Aber sie hatte keinen Zeugen. Es stand also Aussage gegen Aussage. Otto hatte sich schon eine Erklärung für alles zu Recht gelegt. Mit einem guten Anwalt würde er davonkommen. Er würde sich wie ein Aal aus der Malaise rauswinden.

Er griff zum Telefon und fragte Adelheid, ob er

kommen dürfte. Er habe ihr eine ganz wichtige Mitteilung zu machen, außerdem sei der Boiler eingegangen, er könne nicht duschen. Adelheid sagte natürlich sofort zu.

Otto fuhr in einem eleganten Bogen vor den Eingang der Villa. Heute war er zum letzten Mal in diesem eleganten Wagen gesessen, aber das ahnte er in diesem Moment nicht!

Das Geräusch einer Explosion erschreckte einige Menschen im Dorf. Mancher ging zum Fenster, um zu sehen, ob es wo brannte. Andere wieder schliefen so fest, dass sie nicht geweckt wurden. Die Nacht war wie immer, kein Feuerschein, keine weitere Explosion. Man beruhigte sich und ging wieder zum Fernseher oder ins Bett. Wahrscheinlich ein paar übermütige Burschen, die noch Raketen vom Silvester hatten und einen Geburtstag feierten. Irgendjemand würde morgen eine Erklärung dafür haben.

Gegen 11 Uhr zerschnitt das Heulen der Sirene die Stille der Nacht. Ein Schichtarbeiter hatte auf der späten Heimfahrt den Feuerschein gesehen und die Feuerwehr verständigt. Es brannte im Wald westlich des Dorfs. Etwa fünf Minuten danach kamen die ersten Männer zum Feuerwehrhaus. Wenig später fuhr das Tanklöschfahrzeug los. Da war noch nicht klar, wie man den Brandherd am schnellsten erreichen könnte. Als der Trupp dort anlangte, hatte sich das Feuer schon weit ausgebreitet.

Es hatte seit Tagen nicht geregnet. Der Boden war trocken, zudem lag viel Bruchholz herum, in dem sich die Flammen wie an einer verästelten Zündschnur entlang schlängelten. Dem Kommandanten der Wehr war sofort klar, dass er Verstärkung brauchte. Er gab Alarm B4 aus, die höchste Stufe in der Skala der Einsatzpläne.

Beim ersten Haus in der Sackgasse, die zum Wald führte, stand ein Hydrant. Die Distanz von dort zum Brand betrug mehrere hundert Meter. Es musste eine Schlauchleitung gelegt werden, wobei das

Löschfahrzeug mit dem 4000 Liter fassenden Tank die Zwischenstation bildete. Ab da wurden dünnere Schläuche ausgerollt und ein Verteiler für die Strahlrohre angeschlossen. So konnte das Feuer von drei Trupps gleichzeitig bekämpft werden. Das alles erfolgte sehr schnell und mit großer Professionalität.

Aber die Flammen waren noch schneller und fraßen sich durch den Waldboden und die Sträucher weiter. Wie in den Plänen vorgesehen, wurden durch die Alarmstufe B4 die Wehren aus den Nachbargemeinden zu Hilfe gerufen.

Von seinem Posten auf dem Berg südlich des Dorfs beobachtete der Mann die Szenerie. Ganz in seiner Nähe befand sich das Pumpenhaus, wo das Wasser für die Versorgung des Dorfs in die notwendige Höhe befördert wurde. Der Mann legte sich in etwa zwanzig Meter Entfernung in eine Mulde, von wo er den kleinen Bau ins Visier nahm.

Eine der beiden mitgeführten Panzerfäuste hatte er über die Schulter gelegt. Die Panzerfaust war eine Waffe, die im Krieg zur Abwehr feindlicher Panzer entwickelt worden war. Er entsicherte die Waffe, zielte und schoss auf die eiserne Tür des Pumpenhauses. Die Tür flog weg, um das Haus züngelten Flammen. Der Mann ging hin und warf noch eine Handgranate in den Bau. Das genügte, um die Stromzufuhr für die Pumpe zu unterbrechen. Mit einer weiteren Granate brachte er einen Holzstoß zum Brennen. Der Mann war vollgepumpt mit Adrenalin. Er fühlte sich wie ein Soldat im Krieg. Er hatte genug Waffen im Depot gefunden. Eine Kiste mit Eierhandgranaten und eine zweite mit vier Panzerfäusten, zu Kriegsende angelegt für den Kampf der Werwölfe gegen die fremden Armeen. Er führte jetzt diesen Kampf weiter, nichts und niemand konnte ihn aufhalten!

Die Feuerschlange hatte sich zur Hydra gewandelt. Aus jedem neuen roten Maul züngelten weitere hervor, die unaufhaltsam zu den Häusern hin krochen. Wind aus dem Westen hatte eingesetzt und fachte die Flammen wie ein Blasebalg an.

Aus der Stadt und den Nachbargemeinden in den Tälern trafen Verstärkungen ein. Wasser allein reichte nicht. In fieberhafter Eile versuchten die Trupps vor dem Feuer Gräben zu ziehen, um die Ausbreitung zu verhindern.

Die Detonationen drüben auf der Erhebung oberhalb des Friedhofs Seite waren gehört worden, aber bei der allgemeinen Hektik kümmerte sich niemand darum. Erst als ein Feuerwehrmann zurück zum Einsatzfahrzeug lief, um weiteres Werkzeug zu holen, sah er den Feuerschein an der anderen Seite des Dorfs. Dieser neue Brandherd verschärfte die Situation dramatisch.

Inzwischen war der Abschnittskommandant eingetroffen. Die zuletzt angekommenen Wehren wurden zum neuen Brandherd umgeleitet. Die Lage und erschwerten Zufahrten schufen dieselben Probleme wie an der Westseite.

Die Sirene am Feuerwehrhaus sendete eine neue Warnung aus. Jetzt schlief keiner mehr im Dorf. Nach dem ersten Alarm war Iphi wieder zu Bett gegangen. Von ihrem Fenster aus konnte sie den Feuerschein nicht sehen. Es kam häufiger vor, dass Alarm gegeben wurde. Dabei handelte es sich meistens nicht um Brände, sondern um Unfälle, Sturmschäden oder Überflutungen in einem der benachbarten Täler. Nun hielt sie es nicht mehr im Bett. Sie zog ihren Jogginganzug an und ging mit Bertl zum Dorfplatz, wo schon viele Leute standen. Von hier aus waren beide Feuer zu sehen. Rauch lag in der Luft und diese Wahrnehmung machte den Menschen bewusst, dass die Lage ernst war.

Bis die Löschtrupps beginnen konnten den Brand beim Pumpenhaus zu bekämpfen, hatte sich auch hier das Feuer weitergefressen.

Dann geschah etwas, das die Lage für das Dorf zur Katastrophe werden ließ – der Wasserdruck wurde schwächer. Aus den Schläuchen liefen nur mehr Rinnsale um kurz darauf ganz zu versiegen.

Dem Dorf und seinen Menschen drohte ein Inferno!

Der Kommandant verständigte die Zentrale und die löste Katastrophenalarm aus. Alle im Bezirk stationierten Tanklöschfahrzeuge wurden zum Einsatz beordert. Mit den bereits vor Ort befindlichen Wagen wurde ein Pendelverkehr zwischen der Stadt im Tal und dem Dorf aufgebaut. Mit Feuerpatschen versuchten die Trupps das Feuer an der Ausbreitung zu hindern. Diese Geräte mit Lamellen aus Aluminium, die einer riesigen Fliegenpatsche glichen, waren das letzte Mittel. Ein Sisyphuskampf. War eine

Stelle eingedämmt, flammte eine andere neu auf. Von der Bezirkseinsatzzentrale wurden Polizei und Bundesheer um Hilfe angefordert. Aber bis die Hubschrauber eintreffen konnten, würde weitere kostbare Zeit verstreichen. Das Niederschlagen des Feuers und das Aufschütten von Gräben kostete enorme Muskelkraft und machte durstig. Es wurde eine Art Schichtbetrieb eingerichtet. Seit langem gab es auch weibliche Freiwillige bei den Wehren. Aus dem Dorf hatten nicht alle zum Einsatz kommen können, weil sie die Kinder nicht allein zu Hause lassen wollten. Aber die jüngeren waren da und kämpften Seite an Seite mit den Männern.

Ein Hubschrauber des Innenministeriums kreiste über dem Dorf. Den Piloten bot sich ein schauriges Bild. Das Dorf, fast eingeschlossen vom feurigen Rahmen, drohte von den Flammen verschlungen zu werden. Die Bewohner der Häuser am Rand wollten ihren Besitz schützen, hatten die Gartenschläuche aufgedreht und mussten mit Entsetzen feststellen, dass kein Wasser floss. Verzweiflung machte sich breit und einige Menschen begannen die Flucht aus dem Inferno vorzubereiten.

Iphi ging zurück ins Haus, aber an Schlaf war nicht zu denken. Sie überlegte, ob sie einen Koffer packen sollte, unterließ es aber doch. Sie war unruhig, aber nicht mutlos. Sie vertraute auf die Stärke der Feuerwehren, die in so vielen Katastrophen in Österreich die Menschen vor dem Schlimmsten bewahrt hatten. Sie wählte Johns Nummer, aber er meldete sich nicht. Sein Haus stand auf der dem Tal zugewandten Seite, vermutlich hatte er nichts gehört und war in keiner Gefahr.

Der Mann hatte eine neue Position bezogen. Er genoss das Chaos, das er angerichtet hatte. Vom Wanderweg oberhalb der Landstraße hatte er freies Schussfeld ins Zentrum des Dorfs. Dort stand der Dorfbrunnen, ein Granitstein und darauf eine Tafel aus Marmor.

Zum Gedenken an die Befreiung aus den Klauen
der Nazi-Diktatur durch die Rote Armee
Mai 1945

So ein Dreck, dachte der Mann. Verräter alle miteinander. Wenn er ein Buch las, dann nur solche über die Wehrmacht und den Aufstieg des Großdeutschen Reichs seit Hitler an die Macht gekommen war. Gut war es dem Volk gegangen. Alle hatten Arbeit gehabt. Es herrschten geordnete Verhältnisse. Nicht so ausufernde Kriminalität, wie in den letzten Jahren. Die Millionen Toten, die dem Weltkrieg zum Opfer gefallen waren, blendete er aus.

Er hatte sich kurz niedergesetzt und nahm einen Schluck Schnaps aus dem Flachmann. Der nächste Schuss musste treffen. Er genoss die Macht, die er in dieser Nacht über das Dorf hatte. Er wollte sie nicht mehr abgeben. Die Lehrerin würde sie auch zu spüren bekommen. Er dachte zurück an den Herbst im Vorjahr. Er war im Wald gewesen, als er die lauten Stimmen eines Mannes und einer Frau vernommen hatte. Im Gebüsch versteckt, hatte er den Streit verfolgt. Das übliche Vorwürfe hin und her und die Frau hatte mit Selbstmord gedroht. Sie hatte eine

Spritze gezückt. Sie würde sich eine Überdosis Insulin spritzen, wenn er sie jetzt verließe. Der Mann hatte nur höhnisch gelacht, hatte sie niedergestoßen und war gegangen.

Die Frau war liegengeblieben. Der Fremde hatte sie ihm wie auf einem Tablett serviert. Nun war er selbst an der Reihe. Sie hatte sich gewehrt. Nach einem kräftigen Faustschlag auf den Kopf war sie ruhig. Er hatte sie vergewaltigt und dabei wieder dieses Gefühl der Überlegenheit ausgekostet, die er in diesem Moment besaß. Danach hatte er sie weiter ins Gebüsch gezerrt. Die Frau hatte unsichere Bewegungen gemacht, so als wollte sie aufstehen. Ein Etui mit fünf Insulin-Spritzen hatte neben ihrem Rucksack am Rand der Forststraße gelegen. Er injizierte ihr die fünf Dosen in den Bauch. Das sollte reichen. Er kannte sich da aus, sein Vater war zuckerkrank gewesen.

In der Nähe war eine kleine Höhle. Dort hatte er den Körper versteckt. Die Frau hatte kein Lebenszeichen mehr von sich gegeben. Mit Zweigen hatte er sie zugedeckt und war gegangen.

Als nächste würde die Lehrerin dran sein, genauso wie damals die Wanderin, die er ins Jenseits befördert hatte.

Nun war es Zeit zu handeln. Er stand auf, legte sich die zweite Panzerfaust auf die Schulter und zielte auf den Dorfbrunnen. Dort waren noch Menschen zu sehen, aber das war ihm egal. Als er den Abzug betätigte, hörte er nur ein Klicken, aber nichts passierte. Voller Zorn schleuderte er die Waffe weg. Die Sprengladung hatte versagt.

Der Mann nahm einen Schluck aus dem Flachmann. Die Zerstörung des Dorfbrunnens hätte die Lehrerin aus dem Haus locken sollen. Er musste nachdenken. Die Handgranaten nützten ihm jetzt nichts. So nahe heran wollte er nicht kommen. Dann wusste er, was zu tun war, um die Lehrerin in seine Gewalt zu bringen.

Das Zuschlagen einer Tür weckte John. Er war benommen, wusste nicht, warum er auf dem Sofa lag. Das Wohnzimmer war finster. Im Gegenlicht zur Veranda sah er den Schatten eines Mannes. Der Schatten rückte vor. John dachte, schon wieder dieser Traum, wenn ich die Augen öffne, ist es vorbei. Aber der Schatten wich nicht, kam immer näher. John richtete sich auf, wollte sich wehren, ballte die Fäuste und streckte sie gegen den Mann. Jäh war der über ihm, John sah noch eine Bewegung, dann traf ihn ein Schlag auf den Kopf, den er nicht mehr wahrnahm, denn die Dunkelheit schloss ihn ein.

Gegen sechs Uhr früh hatte sich die Lage etwas entschärft. Die Tankwagen hatten im Pendelverkehr Wasser gebracht, so konnten die wichtigsten Brandherde nach und nach gelöscht werden. An anderen Stellen war das Feuer von selbst zum Erliegen gekommen, weil es an den aufgeworfenen Erdwällen keine Nahrung mehr gefunden hatte. Die Pumpe war provisorisch repariert worden und lief wieder. Dann hatte es nicht mehr lange gedauert, bis alle Glutnester erloschen waren.

Die ganze Mann- und Frauschaft war erschöpft. Der Kommandant konnte die meisten Wehren aus den Nachbargemeinden heimschicken. Es blieben aber genug Trupps im Einsatz, um mehrere Brandwachen zu stellen.

Iphi war lange wach gewesen. Ein paar Mal war sie zum Dorfplatz gegangen, um sich zu informieren und mit ihren Nachbarn zu reden. Elli hatte keine Zeit für sie gehabt. Sie hatte im Sitzungssaal des Gemeindeamts alles für die örtliche Einsatzzentrale organisiert.

Irgendwann in den Morgenstunden war Iphi eingeschlafen und erst gegen neun Uhr erwacht. Bertl hatte durchgehalten, weil er schon in der Nacht draußen gewesen war.

Iphi hatte es jetzt eilig. Bevor sie John besuchte wollte sie noch einige Lebensmittel besorgen. Heute sollte er ein besonderes Essen bekommen, was Feines mit Liebe gekocht.

Iphi öffnete die Tür zum Windfang und dann die Haustür. „John, wo steckst du?"

Sie ging ins Wohnzimmer. Dort saß ein fremder Mann auf dem Sofa.

„Was ist los? Wer sind Sie? Wo ist der Herr Leitgeb?"

„Zu viele Fragen auf einmal!"

Der Mann stand auf und kam drohend auf Iphi zu.

Bertl begann zu knurren. Der Unbekannte war groß und wirkte sehr muskulös.

„Hock dich nieder", sagte er zu Iphi und „Kusch!" zum Hund. Das beeindruckte Bertl nicht, sein Knurren wurde immer lauter und drohender.

Iphi ging in Abwehrstellung. Ihr Smartphone hatte sie in der Hand. Sie wich zurück in Richtung Ausgang, aber der Mann hatte sie schon am Arm gepackt. Sein Griff war wie eine eiserne Klammer. Mit seiner anderen Hand entriss er Iphi das Telefon und warf es in eine Ecke.

Für Bertl reichte das jetzt. Er fuhr auf den Mann los und biss ihn in die Wade. Bertl war halt kein großer Hund, weiter rauf kam er nicht.

„Deppertes Hundsviech", schrie der Mann, schüttelte Bertl ab und gab ihm einen Tritt. Bertl jaulte auf und wich zurück. Iphi versuchte, sich los zu machen, hatte aber keine Chance. Der Mann gab Iphi einen heftigen Schlag ins Gesicht. Gleichzeitig ließ er ihren Arm los und Iphi taumelte gegen den Kaminofen. Bertl bellte wie verrückt und baute sich vor Iphi auf.

„Du schmeißt jetzt den Hund hinaus, sonst knall ich ihn ab und häng ihn auf, wär nicht der erste..."

Dabei zog der Mann eine Pistole und richtete sie gegen Iphi und Bertl.

Iphi versuchte ruhig zu bleiben. Sie ging zur Haustür, Bertl blieb an ihrer Seite. Der Fremde als Wächter hinter ihnen.

Im Windfang drückte er die Pistole Iphi ins Kreuz und sagte: „Mach die Tür auf und raus mit dem Köter, aber glaub nicht, du kannst davonrennen."

Iphi war klar, der Mann würde ihr ins Kreuz schießen. Sie bückte sich zu Bertl und sagte leise in sein Ohr: „Lauf weg, lauf zu Elli, zu Elli." Sie schubste Bertl hinaus und schloss die Tür. Bertl blieb vor der Tür stehen und bellte weiter.

„Wenn er nicht aufhört, erschieß ich ihn doch noch."

Iphi deutete Bertl durch die Scheibe wegzugehen und zeigte mit dem Finger in die Richtung zum Pfad ins Dorf. Das konnte der Mann hinter ihr aber nicht sehen.

Iphi drehte sich um. „Was wollen Sie eigentlich von mir?"

„Das wirst du gleich hören. Los!" Dabei packte er sie wieder am Arm und führte sie in die Küche.

Ruhig bleiben, dachte Iphi, das war jetzt das Wichtigste! Sie hatte Angst, aber sie wollte es den Mann nicht merken lassen. In der Küche musste sich Iphi auf einen Stuhl vor der Falltür setzen. Der Mann fesselte Iphis Hände mit einer Schnur.

John hatte in seinem Verlies die Stimmen und das Bellen gehört. Iphi und Bertl waren gekommen und in eine Falle gegangen. Seine Verzweiflung wurde immer größer. Er allein hatte das verursacht. Nur seinetwegen war Iphi ins Haus gekommen. Der Gedanke, dass sie in Lebensgefahr war, schnürte ihm die Luft ab. An sich selbst dachte er nicht.

Der Mann zog die Falltür auf und Iphi konnte John sehen. Er musste vor dem jähen Licht die Augen schließen.

„Da schau hinunter, da hockt der Leitgeb."

Iphi wollte sich zu John hinunter beugen, aber der

Mann hielt sie zurück.

„John, wie geht es dir", rief sie. Von unten kam nur ein Krächzen mit der kaum verständlichen Bitte nach Wasser. Iphi sah John am sandigen Boden des Kellers sitzen und er tat ihr so leid und gleichzeitig war sie voller Wut gegen den Eindringling.

„So gib ihm doch Wasser, er ist am Verdursten!" Iphi redete den Mann jetzt auch per du an.

„So schnell geht das nicht."

Iphi kniete sich vor die Falltür. John sah zum Erbarmen aus. Eine verkrustete Wunde am Kopf, das Gesicht eingefallen, die Kleidung beschmutzt und grau vom Sand. „Halt durch, ich liebe dich!" Sie sah dass Johns Augen aufleuchteten, aber er konnte nichts antworten, weil seine Kehle total ausgetrocknet war.

Iphi wollte trotz der gefesselten Hände aufstehen und erhielt einen Schlag auf den Rücken. „Bleib sitzen, du dummes Luder, siehst ja, dass er lebt."

Der Mann verließ die Küche.

„Was ist los? Was will der?"

„Ich weiß es nicht", krächzte John.

Der Mann kam zurück und eine kleine Flasche Mineralwasser landete im Keller. John öffnete sie und trank sie zur Hälfte aus.

„Was willst du eigentlich von uns? Was soll das ganze Theater?"

„Ich will das Haus."

John konnte wieder sprechen. „Warum willst du mein Haus?", fragte er von unten.

„Nicht dieses Haus, Trottel, ich will das Haus der Lehrerin."

„Was? Das ist doch lächerlich, das Haus habe ich

von meinem Vater geerbt", sagte Iphi energisch. Sie ließ sich nicht einschüchtern

„Das Haus hat mein Urgroßvater mütterlicherseits gebaut. Der war ein Prendinger. Das Haus war jahrzehntelang in unserem Besitz."

„Und weiter?"

„Ich hätte es erben sollen, aber deine Großmutter hat es an deinen Vater verkauft. Was heißt verkauft, abgeluchst hat er ihr es. Erpresst hat er sie!"

„Lächerlich! Mein Vater war ein grundanständiger Mensch. Die Großmutter wollte das Haus nicht, außerdem war es total heruntergekommen. Wer bist du eigentlich? Sag´ wenigstens deinen Namen."

„Ich bin der Kesch Arnulf!"

Der Name sagte ihr nichts. Sie hatte nur eine vage Ahnung, wie das alles zusammenhängen konnte. „Und du gibst mir die Schuld, dass meine Großmutter das Haus verkauft hat? Das ist ja lächerlich! Und warum kommst du erst jetzt damit raus?"

Der Mann antwortete nicht.

„Was hat John damit zu tun?"

„Der hätte die Mumien da unten liegen lassen sollen, der hat die Blutschande unserer Familie öffentlich gemacht."

Iphi war klar, dass der Arnulf nicht normal war. Sie musste Zeit gewinnen. Ob Bertl wohl ihren Befehl verstanden hatte?

„Wieso hast du dich nicht früher gemeldet? Da hätten wir in Ruhe über alles reden können."

„Wozu viel reden? Du hast sowieso kein Recht auf das Haus. Meine Großmutter war eine Schwester von Alois und Johann Prendinger."

Iphi konnte den Zusammenhang noch nicht zur Gänze erfassen. Sie wusste jedoch, dass ihre Großmutter in erster Ehe mit einem Prendinger verheiratet gewesen war. „Dann sind wir verwandt miteinander!"

Iphi wollte Zeit gewinnen, Zeit war jetzt das Wichtigste. Der Mann stutzte, offensichtlich hatte er daran nicht gedacht.

„Verwandt oder nicht, ich will das Haus."

„Aha. Und warum gehst du nicht zu Gericht?"

Keine Antwort. Dann nach einer Pause: „Ich bin das Gericht."

Böse Augen hat der, dachte Iphi. Die Augenbrauen in gerader Linie zur Nasenwurzel, schon vom Ansehen her ein unsympathischer Mensch. Iphi war überzeugt von der Lehre der Physiognomik. Manche Menschen sind tatsächlich so, wie sie aussehen. Das trifft keineswegs auf alle Menschen zu und man sollte nie verallgemeinern. Es konnte genauso gut umgekehrt sein. Jäh schoss ihr das Bild von Mertens durch den Kopf. Der sah so seriös aus und war ein Schwindler und hatte womöglich Beate auf dem Gewissen. Aber bei dem Mann hier stimmten Gesicht und Charakter überein.

Iphi versuchte alles zu verarbeiten. Dann fiel ihr ein weiteres Detail ein, das sie gestern in den Notizen ihres Vaters entdeckt hatte.

„Du reimst dir was zusammen, aber in Wirklichkeit war das ganz anders. Das Haus wurde im Dorf nur das Nazi-Haus genannt. Meine Großmutter wollte es weg haben. Außerdem war es nichts wert. Das Renovieren hat viel Geld und noch mehr Arbeit gekostet."

„Halt den Mund, du Bastard", brüllte Arnulf auf einmal los. „Deine Mutter war das Kind einer Hure, die es mit dem Russen getrieben hat. Der Bruder meines Großvaters hat sie und den Russen erschossen!"

Das war jetzt ein Schock. „Das ist doch alles ein Blödsinn, was du da redest. Das stimmt doch alles nicht", schrie sie Kesch an, „meine Mutter hat ledig Magdalena Kruder geheißen und nicht Prendinger!"

„Da unten ist deine Großmutter vermodert. Es war die Antonia Prendinger, die er da unten gefunden hat." Dabei deutete Arnulf hinunter zu John. „Die hat sich von einem Russen vögeln lassen. Und diese Antonia war eine geborene Mauder, eine Schwester von der Theresia Mauder. Die war zuerst mit dem Johann Prendinger verheiratet und später mit dem Kruder. Das Kind der Antonia haben sie adoptiert. Darum hat deine Mutter als Ledige Kruder geheißen, aber in Wirklichkeit war sie eine halbe Russin und genauso ein Bastard wie du!"

Iphi war auf dem Stuhl zusammengesunken. Das war alles zu viel. Sie wollte raus, mit John weg von da, aufwachen aus diesem wüsten Alptraum.

„Du überschreibst mir das Haus, sonst stirbt der da unten!"

„Und was dann, dann sind wir frei?"

Iphis Frage blieb unbeantwortet. „Wo ist noch ein Schnaps?"

„Im Wohnzimmer", antwortete John von unten.

„Du rührst dich nicht von der Stelle", dabei bedrohte er Iphi mit der P38.

Als er die Küche verließ, überlegte Iphi kurz, trotz

der gefesselten Hände hinauszurennen. Eine kleine Chance, denn sie war eine gute Läuferin. Aber sofort verwarf sie diesen Gedanken, sie würde John nicht seinem Schicksal überlassen. Sie beugte sich hinunter zu ihm. „Was sollen wir tun?"

„Du überschreibst ihm das Haus pro forma und wir garantieren ihm, dass wir keine Anzeige machen werden, wenn er uns frei lässt. Auch ich werde das unterschreiben. Aber dafür muss er mich da rauf holen. Ich tue so, als hätte ich keine Kraft mehr. Er muss mich ziehen. Ich habe einen Schürhaken gefunden, den stoße ich ihm ins Gesicht und du trittst ihn mit beiden Füßen in die Kniekehlen. Dann stürzt er da runter und du hilfst mir schnell rauf."

„Ja, aber ob das funktioniert?"

„Ich glaube, der hat schon was getrunken, so sicher ist der nicht mehr auf den Beinen. Es ist unsere einzige Chance."

„Ich habe bemerkt, dass er hinkt. Der linke Fuß ist das. Dazu hat ihn Bertl noch ordentlich in die Wade gebissen."

„Dann schau, dass du ihn an dieser Stelle triffst."

„Ich habe Bertl zu Elli geschickt. Ich hoffe, er hat das verstanden, vielleicht ist Elli schon unterwegs."

Iphi war über sich selbst erstaunt, wie ruhig sie war.

Sie hörten Arnulfs Schritte im Vorzimmer und Iphi ließ sich auf den Sessel sinken und täuschte einen Weinkrampf vor. John und sie konnten nicht wissen, was der Kesch wirklich vorhatte. Iphi hatte Angst und gleichzeitig war sie voller Entschlossenheit, John und sich selbst gegen diesen Mann zu verteidigen.

Arnulf hatte Schnaps getrunken. Er wollte jetzt zu einem Ende kommen. Aber davor brauchte er beide lebend. „Hör auf zu plärren." Er ließ sich auf einem Sessel niedersinken. Es ging ihm was im Hinterkopf herum, aber die Gedanken entglitten ihm.

Er hatte auf der alten Reiseschreibmaschine seines Vaters ein Papier getippt. Eine Verfügung seines Großonkels Johann Prendinger dahingehend, dass das Haus wieder in den Besitz der Familie Prendinger übergehen muss, falls seine Witwe sich wieder verheiraten würde. Die Unterschrift hatte er gefälscht. Iphi sollte unterschreiben, dass sie das Dokument anerkenne. John sollte als Zeuge unterfertigen.

Sobald er diese Unterschriften hatte, würde er die beiden erledigen. Wie ein Selbstmord sollte es aussehen. Aufhängen würde er sie, das würde ihm noch ein zusätzliches Vergnügen verschaffen. Aber war das Papier noch was wert, wenn die Lehrerin tot war? Oder brauchte er ihre Unterschrift gar nicht? Arnulf war so müde, die Nacht war anstrengend gewesen. Er musste sich ausruhen, um später alles nochmals durchdenken zu können. Aber zuerst wollte er den Mann loswerden. Im Keller erschießen passte nicht. Besser draußen im Wald aufhängen, dass es wie ein Selbstmord aussah. Die Lehrerin musste er nicht gleich umbringen. Sie würde ihm ausgeliefert sein. Er würde sie anleinen wie einen Hund, seine wüsten Fantasien an ihr auslassen. Eine Sexsklavin, die ihm Tag und Nacht zur Verfügung stehen würde. Vielleicht würde er auch das Haus behalten. War nicht so übel da. Besser als im düsteren Tal hinter dem Berg.

Arnulf raffte sich auf. „Los, komm rauf da."

John wusste nicht, was das bedeuten sollte. Aber es war die Gelegenheit

„Ich kann nicht allein, ich habe keine Kraft, du musst mir helfen."

Iphi saß auf ihrem Sessel vor der Falltür.

„Geh weg da", sagte Kesch zu Iphi, „du bist mir im Weg."

Das passte zu Iphis Plan. Sie stand auf und trat zurück. So konnte sie ihn mit Anlauf in die Kniekehlen treten und noch einen Stoß in den Rücken geben.

John hielt den Schürhaken in der rechten Hand, bereit zum Zuschlagen. Es würde ein letztes Aufbäumen gegen die Bedrohung durch diesen Mann sein.

Arnulf beugte sich ächzend zu John hinunter und hielt ihm die Hand entgegen. Iphi spannte sich an, bereit zu zutreten. John ergriff Arnulfs Hand mit der Linken und hob den Schürhaken mit der rechten Hand an, um Arnulf das Eisen in den Hals zu stoßen. John konnte den Haken nicht anheben, der hing am Boden fest. John spürte, dass sich ein Draht in der Rundung des Hakens verhangen hatte. John riss mit ganzer Kraft daran. Der Draht gab nach. In einer Ecke des Kellers gab es ein knackendes Geräusch. Das war das Letzte, was John hörte!

Vor dem Gemeindeamt war viel los. Menschen und Autos, Uniformierte und Reporter. Bertl kämpfte sich unbeirrt durch. Elli war in ihrem Dienstzimmer im Parterre. Die Tür stand offen, weil dauernd Leute kamen oder gingen.

Als sie Bertl draußen vor den Stufen wie verrückt bellen hörte, wusste Elli sofort, dass etwas passiert sein musste. Sie ging hinaus zu ihm und er wandte sich in die Richtung zum Höhenweg, lief einige Meter weg und drehte sich nach Elli um. Das wiederholte er einige Male. Elli verstand, „Ich komme gleich", sagte sie und ging in den ersten Stock hinauf, wo auch Polizisten anwesend waren. Elli erklärte einem leitenden Beamten, was sie beunruhigte. Es müsste etwas mit Iphi geschehen sein, Bertl wäre sonst nie allein zu ihr gekommen. Das konnte nur bedeuten, dass Iphi Hilfe brauchte. Ein Polizist in Uniform wurde zu ihrer Begleitung bestimmt und zu dritt marschierten sie an Iphis Haus vorbei hinauf zum Höhenweg.

Bertl war immer zwei Meter voraus und kontrollierte öfters, ob die beiden ihm folgten. Nur er kannte den Weg zum Haus. Gerade in dem Moment, wo der Trupp vom Höhenweg auf den Pfad zum Haus abbog, zerriss eine gewaltige Explosion die Stille. Gleich darauf stieg ein riesiger Feuerball in den Himmel.

Elli schrie auf und rannte so schnell sie konnte den Weg hinunter. Der Polizist hatte sofort zum Telefon gegriffen und verständigte die Kollegen im Gemeindeamt. Die Feuerwehr wurde erneut alarmiert und viele Menschen im Dorf fragten sich, ob sich die Schrecken der Nacht wiederholten.

Als die drei beim Haus anlangten, war sofort klar, dass es hier nichts mehr zu helfen gab. Das Dach war nicht mehr vorhanden, das Haus stand in Vollbrand, in weitem Umkreis verstreut lagen Trümmer und brennende Reste von Möbeln.

Elli klammerte sich an die Möglichkeit, dass Iphi und John gar nicht im Haus gewesen waren. Die Szenerie, die sich ihr bot, ließ sie verzweifeln. Elli begann zu weinen, sie konnte die Tränen nicht mehr zurückhalten und ließ sich ins Gras sinken. Bertl rannte eine Weile aufgeregt hin und her, dann gab er auf und legte sich zu Ellis Füßen. Sie beugte sich zu Bertl und streichelte ihn. Wäre Iphi irgendwo in der Nähe gewesen, hätte er sie gefunden.

Ein Tanklöschfahrzeug, das schon am Rückweg in die Stadt war, traf als erstes ein. Wieder mussten Schläuche gelegt werden und es dauerte einige Zeit, bis das Kommando ´Wasser Marsch´ ertönte. Das Haus war nicht mehr zu retten und brannte bis auf den steinernen Sockel nieder.

Nach und nach trafen weitere Polizisten ein sowie ein Rettungsauto. Die ersten Schaulustige drängten sich bei der Absperrung. Die Explosion war im ganzen Tal zu hören gewesen. Die Polizei begann, das gesamte Grundstück abzusperren.

Gerade als Elli sich bereitmachte, mit Bertl den Heimweg anzutreten, kam ein Feuerwehrmann gerannt. „Sie haben sie gefunden", schrie er von weitem, „sie lebt, sie lebt."

Elli sprang auf und ging ihm entgegen. „Ist das wahr?"

„Ja, sie wurde bei der Explosion in ein dichtes Gebüsch neben dem Haus geschleudert, sie ist schwer verletzt, aber sie lebt."

Elli stammelte nur „mein Gott, ein Wunder, sie lebt", vor Aufregung konnte sie kaum sprechen. Dann bemerkte sie, dass das Auto vom Roten Kreuz mit Sirene und Blaulicht das Areal verließ. An Iphis Freund dachte sie nicht, es beherrschte sie nur ein Gedanke: Iphi lebt. Elli setzte sich noch einmal ins Gras und umarmte Bertl. Sie flüsterte ihm ins Ohr: „Iphi lebt, Iphi lebt! Es ist ein Wunder geschehen!"

ENDE

EPILOG

Drei Wochen nach der Explosion verlautbarte die Untersuchungskommission den Endbericht. Johann Leitgeb und Arnulf Kesch wurden für tot erklärt. Iphi war nach mehreren Tagen im Koma erwacht und hatte die Identität der Männer bestätigen können.

Keschs Abdrücke auf dem Lenker seines Mopeds waren gleich jenen, die auf den Tatwaffen in den Fällen Berger und Pfangl sichergestellt worden waren. Die Morde Berger und Pfangl wurden Kesch zugeordnet.

Iphis Leben hatte der Mann gerettet, der sie hatte vernichten wollen. Iphi hatte sich hinter Arnulf gestellt, um ihn ins Knie zu treten, so wie sie es mit John geplant hatte. Arnulfs massiger Körper hatte die Wucht der Explosion abgefangen. Iphi war weggeschleudert worden und in einer dichten Gruppe von Haselsträuchern gelandet. Sie hatte mehrere Knochenbrüche und Verbrennungen erlitten, aber sie war am Leben geblieben.

Iphi konnte berichten, was sich im Haus abgespielt hatte, als sie es an dem Unglückstag betreten hatte. An die Explosion selbst konnte sie sich nicht erinnern.

Unter den Resten des Fundaments, dort wo der Keller gewesen war, wurde eine kleine Höhle im Kalkstein entdeckt und zahlreiche Spuren von militärischem Sprengstoff und Metallresten von Waffen. Dieses Waffenlager war offensichtlich durch eine Sprengstofffalle gesichert gewesen.

Die Fingerabdrücke am Rohr der Panzerfaust bewiesen auch, dass Kesch das feurige Inferno verursacht hatte. Zum Glück hatte die zweite Waffe versagt, sonst wären mitten im Dorf Tote zu beklagen gewesen.

Keschs Haus wurde durchsucht. In einem Zimmer fand man die verweste Leiche einer Frau. Diese wurde als Veronika Kesch, geborene Prendinger identifiziert, die Schwester von Alois und Johann Prendinger. Offensichtlich hatte Kesch den Tod der Mutter nicht gemeldet, um deren Rente weiterhin zu kassieren.

In Keschs Notizen fanden sich einige Zeilen, die auf einen Mord an einer Frau schließen ließen, die vor einem Jahr als vermisst gemeldet worden war. Es wurde rund um Keschs Haus nach einer Leiche gesucht. Allerdings ohne Ergebnis. Die Frau blieb ein Name auf der Liste der ungeklärten Fälle vermisster Personen.

Außer verschiedenen Dokumenten wurde auch folgende handschriftliche Notiz des Johann Prendinger als mögliche Erklärung für späteren Handlungen des Arnulf Kesch zu den Akten genommen.

Mein Bruder Alois Prendinger hat 1945 in Ostpreußen gegen die Bolschewiken gekämpft! Er war ein Held. Er hat für die Heimat sein Leben geopfert. Als der Krieg dann durch den Verrat gesinnungsloser Volksgenossen verloren wurde, hatte sich seine Frau von einem russischen Offizier besteigen lassen. Ich habe sie beobachtet, mehrere Wochen lang, die haben in dem Haus am Wald, wo sich der Zenz aufgehängt hat, wie in einer Ehe zusammen gelebt! Ich musste die Ehre meines Bruders verteidigen! Die Hure und der Bolschewik wurden bestraft! So musste es sein. Sie haben nichts Anderes verdient! Ich konnte nicht anders.

Bevor ich sterbe, schreibe ich es auf. Es war eine Tat der Gerechtigkeit!

Weitere Aufzeichnungen des Johann Prendinger berichteten, dass die Frau des Bruders Alois, Antonia Prendinger, geborene Mauder, von dem Russen ein Kind hatte. Das Mädchen wurde von einer Schwester der Antonia Mauder, Theresia Mauder, Ehefrau des Johann Prendinger aufgezogen. Johann Prendinger, ein fanatischer Nazi, erschoss sich im Jahr 1947.

Theresia Prendinger heiratete in zweiter Ehe Albert Kruder und das Kind Magdalena wurde in die Familie aufgenommen und erhielt den Namen Kruder. Die wahre Abstammung wurde dem Mädchen verheimlicht. Die Witwe wollte mit dem Haus, in Hochdorf als Nazi-Haus bekannt, nichts zu tun haben. Als Paul Lewandowski die Ziehtochter Magdalena heiratete, verkaufte Theresia Kruder ihm das Haus zu einem symbolischen Preis und dem Versprechen, der Tochter ein guter treuer Ehemann zu sein. In den Jahren davor war das Haus nach einigen Vermietungen leer gestanden und in sehr schlechtem Zustand gewesen.

Otto Sedlacek wurde noch am Vormittag jenes Tages, als das Haus im Wald zwei Menschen in den Tod riss, in der Villa Temmer verhaftet. Er saß mit Adelheid beim Sektfrühstück, als die Polizei Einlass begehrte und ihn festnahm. Adelheid erlitt einen Ohnmachtsanfall und musste ins Spital gebracht werden.

Verena Schmidt hatte Otto Sedlacek angezeigt und der Polizei einen Hinweis zu seinem möglichen Aufenthaltsort gegeben. Nachdem Otto sie niedergeschlagen hatte, war sie im Garten zu sich gekommen und hatte sich unter großen Schmerzen auf die Straße geschleppt. Dort war sie nach wenigen Metern zusammengebrochen. Ein Passant hatte die Rettung verständigt. Verena Schmidt hatte eine schwere Gehirnerschütterung erlitten. Zum Glück hatte ihr dichtes Haar die Wucht des Schlags abgemildert.

Otto wurde in Untersuchungshaft genommen. Es folgten viele Verhöre. Otto bestritt jede Tötungsabsicht. Er räumte ein, dass es einen heftigen Streit gegeben hatte. Verena und er hätten viel getrunken. Verena hätte sich im alten Liegestuhl niedergelassen. Die Kerben zur Stütze des hölzernen Stuhls wären sehr abgenützt. Bei einer heftigen Bewegung Verenas wäre der Stuhl zusammengeklappt und Verena mit dem Kopf auf einem Stein aufgeschlagen. Er wäre sofort ins Haus gegangen, um Verbandszeug zu holen. Weil auch er sehr viel getrunken hatte, wäre er im Haus umgekippt und lang

Zeit ohnmächtig liegengeblieben. Danach hätte er Verena im Garten gesucht und nicht gefunden. Er hätte angenommen, sie sei wegen des Streits ohne Abschied einfach weggegangen. Mit dieser Aussage hielt Otto die Polizei einige Tage lang hin. Die Beweise für seine falschen Identitäten wurden im Haus in Rodaun entdeckt. Wirklich eng wurde es für Otto im Fall Gebauer in dem Moment, als ein aufmerksamer Kriminalbeamter entdeckte, dass Ottos Fingerabdrücke neben denen von Kesch auf den bei der Leiche gefundenen Insulinspritzen waren.

Otto versuchte auch in diesem Fall sich herauszuwinden. Sie hätten einen heftigen Streit gehabt. Beate hätte mit Suizid gedroht. Er habe Beate bei einem Gerangel die Spritze weggenommen. Sie sei dann ruhiger geworden und habe gesagt, er solle gehen, was er auch befolgt hatte. Das war sein Fehler gewesen, das gab er zu. Aber aus lauter Wut sei es ihm egal gewesen, was Beate weiter tun würde. Auf alle Fälle habe sie noch gelebt, als er gegangen sei. Er habe Beate nicht getötet.

Im Fall Gebauer konnte Otto keine Tötungsabsicht bewiesen werden, weil auch Keschs Fingerabdrücke auf den Spritzen sichergestellt worden waren. Otto wurde wegen unterlassener Hilfeleistung mit Todesfolgen und im Fall Schmidt wegen schwerer Körperverletzung angeklagt. Der Flaschenhals der Sektflasche, mit der Otto zugeschlagen hatte, war in einem Gebüsch gefunden worden. Darauf waren Ottos Fingerabdrücke und Blut von Verena. Da half kein Leugnen, das waren Indizien.

Die von Frau Ponsels Tochter eingebrachte Privatklage bezüglich einer Summe von 20.000,- Euro wurde von einem Zivilgericht behandelt. Frau Erika Ponsel sammelte alle Berichte über das Verfahren und bewahrte sie auf. Manchmal weinte sie ob des verschwundenen Traums vom späten Glück an der Seite dieses Mannes.

Auch Martina Egger verfolgte den Prozess und war sehr zufrieden, dass sie zur Entlarvung dieses Hochstaplers beigetragen hatte.

Otto wurde zu einer Strafe von drei Jahren, davon achtzehn Monate unbedingt, verurteilt. Im Gefängnis ging es ihm nicht schlecht. Mit einem Mithäftling schmiedete er Pläne für die Gründung einer Firma, die sich mit Projekt- und Grundstücksentwicklung befassen würde. Adelheid Temmer besuchte ihn regelmäßig. Eine Bestätigung dessen, was Otto schon immer gewusst und schamlos ausgenützt hatte: Liebe verzeiht alles!

An einem strahlend schönen Freitag im Juli wurde für Beate und John eine Totenmesse gelesen. Viele Menschen aus dem Dorf und Kolleginnen und Kollegen und Schüler waren gekommen. In beiden Gängen der Kirche mit den zwei Altären standen die Trauernden dicht gedrängt. Es gab keine Särge. Einen kleinen Tisch vor dem Hauptaltar zierten ein großer Strauß weißer Callas und die Fotos von Beate und John. Der Pfarrer sprach einfühlsame Worte, wie unabänderlich das Schicksal aller Menschen von einer höheren Macht gelenkt würde.

Ein allmächtiger Gott hat uns das Leben auf Erden für eine bestimmte Zeit zugeteilt. Ob er es uns für kurze oder längere Zeit gewährt, können wir nicht bestimmen. Aber jene, die rechtschaffenen Herzens waren, werden belohnt werden durch das Leben in einer anderen Welt. Und jene, die Böses getan haben, werden ewig in der Verdammnis leiden. So müssen wir auch den Tod unserer geliebten Freunde verstehen. Ein böser Mensch hat sie vernichtet, aber sie sind nicht tot, sie leben weiter in der Herrlichkeit Gottes!

Zum Schluss stimmte der Kirchenchor das Ave Maria von Gounod an und Elli sang das Solo so schön und ergreifend, dass viele der in der Kirche Anwesenden die Tränen nicht zurückhalten konnten. Iphi saß im Rollstuhl vor dem Tisch mit den Fotos. Sie hatte in den letzten Tagen so viel geweint, dass sie heute keine Tränen mehr hatte. Es beherrschte sie nur ein Gedanke, wo immer John jetzt ist, warum kann ich nicht bei ihm sein?

Über alle diese Vorgänge hatten sämtliche Medien tagelang berichtet. Schaulustige kamen immer wieder zu dem, was von dem Haus übriggeblieben war. Das Unglückshaus hatte wieder seinen Tribut gefordert. Die Dorfbewohner waren überzeugt, dass es so war und so sein musste. In dem Haus hatte sich vor Jahren ein unglücklich verliebter Mann erhängt. Auf den Mauerresten sprießte nach wenigen Wochen neues Grün. Die Natur ist gnädig. Sie deckt alles zu, als wäre es nicht geschehen, vielleicht der einzige Trost für uns Menschen.

Protagonisten und Handlungen dieses Romans sind frei erfunden, jede Ähnlichkeit mit lebenden Personen und Geschehnissen früherer Jahre wäre ein Zufall. Die Berichte der Zeitzeugen zu den Kämpfen in den letzten Monaten des 2. Weltkriegs stammen aus dem Buch: Geflüchtet, Vertrieben, Besetzt, von Friedrich Brettner, erschienen im Kral-Verlag, Berndorf. Überdenkt man diese dramatischen Schilderungen, erscheinen die fiktiven Ereignisse im Roman gar nicht so weit hergeholt. Trotzdem bleiben sie nur Fantasie.

Zum Schluss möchte ich über jene schreiben, die mich bei der Realisierung des Manuskripts unterstützt haben. Für einen älteren Mann, der nicht mit dem Computer aufgewachsen ist, hält so ein PC oft überraschende Hürden bereit. Mein Sohn Norbert hat diese Widrigkeiten aus dem Weg geräumt und Korrektur gelesen. Meine Schwiegertochter Monika und meine Enkelin Dorothea haben das Cover gestaltet. Mit Franz Jungreithmeier konnte ich über den Plot diskutieren und bei Fragen zu den juristischen-polizeilichen Vorgängen und der Organisation der Feuerwehr haben mir meine Freunde Harald Köllner und Martin Bauer geholfen.

Ihnen allen möchte ich an dieser Stelle ganz herzlich danke sagen!

Ebenfalls erhältlich:

Die Schatten der Toten

Dieses Buch ist kein Thriller und kein Liebesroman.
Es erzählt eine kurze Zeitspanne im Leben zweier nicht mehr ganz junger Menschen.
Paul Gregor hat ein altes, einsames Haus im südlichen Niederösterreich gekauft. Es steht oberhalb eines Weinberges auf einer Erhebung, hier will er einen ruhigen Lebensabend verbringen. Er lernt auch die Besitzerin der Riede, Eva Moser, kennen und verliebt sich in sie. Als er im Haus auf Spuren einer schrecklichen Vergangenheit stößt, kann er nicht anders, als diese zu verfolgen. Neue Verbrechen geschehen, es ist, als habe Paul die bösen Geister jener Zeit zum Leben erweckt...

© 2018 Norbert Zagler,
Verlag Mymorawa, Wien
Das Buch ist in allen Buchhandlungen erhältlich.
Paperback   ISBN 978-3-99070-653-4
e-Book   ISBN 978-3-99070-655-8